帝王州

千载沧桑话南京

李思〇著

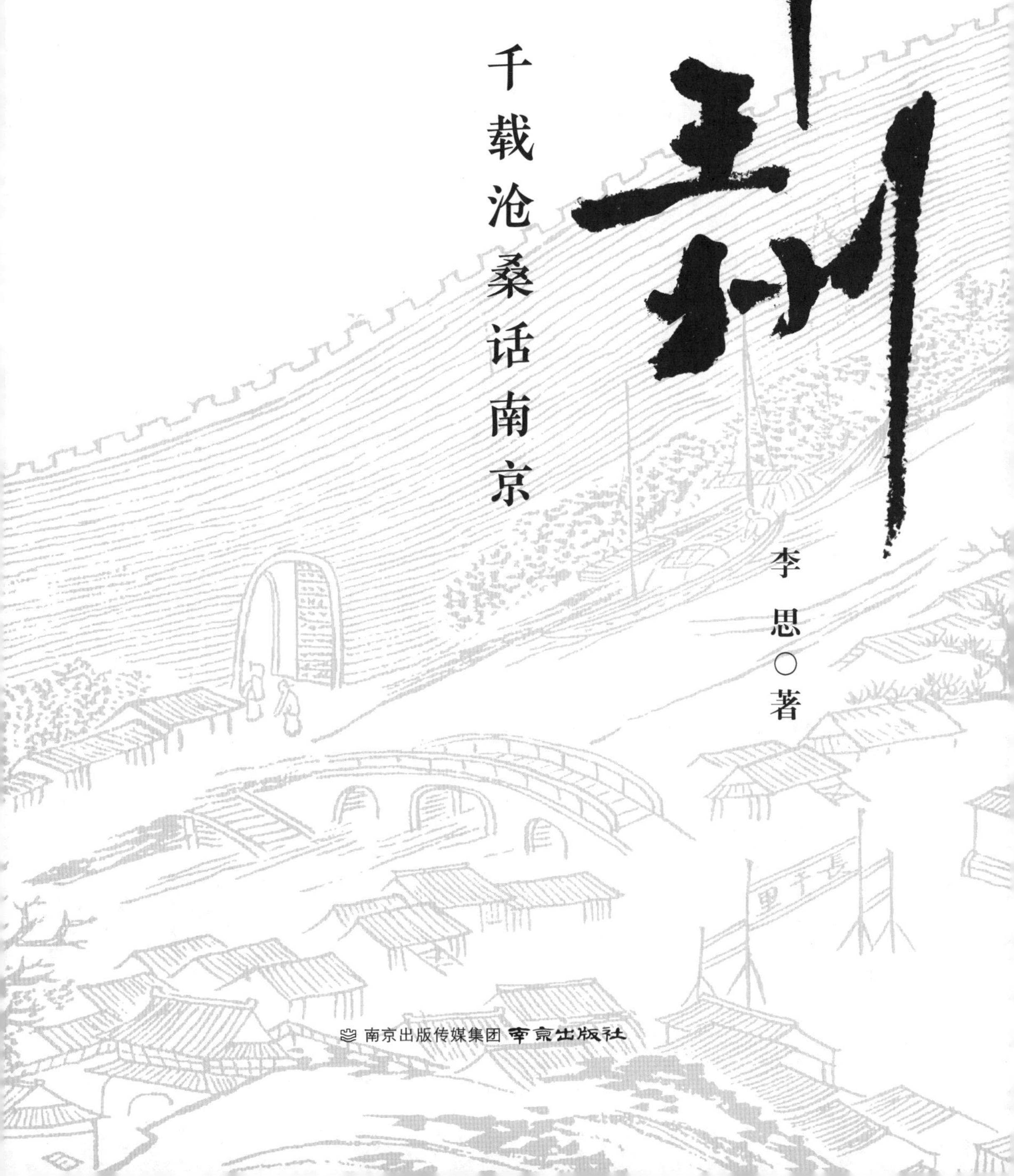

南京出版传媒集团 南京出版社

图书在版编目（CIP）数据

帝王州：千载沧桑话南京 / 李思著. -- 南京：南京出版社，2023.9

ISBN 978-7-5533-4352-5

Ⅰ. ①帝… Ⅱ. ①李… Ⅲ. ①散文集 - 中国 - 当代 Ⅳ. ①I267

中国国家版本馆CIP数据核字（2023）第159273号

书　　名：帝王州·千载沧桑话南京
著　　者：李　思
出版发行：南京出版传媒集团
　　　　　南 京 出 版 社

社址：南京市太平门街53号　　邮编：210016
网址：http://www.njcbs.cn　　电子信箱：njcbs1988@163.com
联系电话：025-83283893、83283864（营销）　025-83112257（编务）

出 版 人：项晓宁
出 品 人：卢海鸣
责任编辑：石长安
装帧设计：王　俊
责任印制：杨福彬

排　　版：南京新华丰制版有限公司
印　　刷：南京朗时印务有限公司
开　　本：787 毫米 × 1092 毫米　1/16
印　　张：15.5
字　　数：160千
版　　次：2023年 9 月第 1 版
印　　次：2024年 1 月第 2 次印刷
书　　号：ISBN 978-7-5533-4352-5
定　　价：68.00 元

序

应邀为李思《帝王州：千载沧桑话南京》作序之时，正值初夏芒种时分。于我也正是勤耕之日，如果说文学是春华秋实，最近我正“晨兴理荒秽，带月荷锄归”，胸中又有几缕思绪萌芽酝酿，正所谓忙忙碌碌、不亦乐乎。

这份邀请让我感到了忙碌中稍作停留的快乐。这本小书就似一缕清风，又伴着三分怀古的幽思，有着让人停驻脚步的魔力。

实话实说，当初这本《帝王州》放在我的案头时，我的内心并未掀起太多波澜。这也是正常不过的事——南京是“文学之都”，是个有故事的城市，古往今来文人墨客如过江之鲫，争相一睹“金陵帝王州”的风采，留下的名篇也浩如烟海。即便我本人亦不能免俗，当年初来南京时，得空便喜欢在城中闲逛，尤其喜爱那些带着历史味道的街巷角落，如城南的小巷、秦淮河畔、明城墙边等等，也曾有感而写下《文华金陵》《南京魅力街镇》，后来还为80集纪录片《重读南京》写过解说词。今又见《帝王州》一书，略听其文章主旨，虽欣慰又有喜爱文学的后辈出现，却也不免“冷饭重炒”的顾虑。所以，我并没有动笔。

后来因缘际会，经友人、也是江北新区作家协会散文部朱兆华先生的引荐，我见到了李思。这次会面，让我了解到她创作这本书的初衷。

如今提到南京，人们更多的联想是惨痛的近代磨难，“十里秦淮、六朝金粉”的浮华如梦，这些南京历史记忆中最鲜明的刻印，为南京留下了悲情的城市烙痕，这些印象已经深入人心。但南京也是中华民族三次南渡的栖息地，是中华文脉的存续处，是东西文化的交流地，在南京的城市文化内核中，还有不灭的爱国热忱、文脉传承、风霜傲骨、除旧鼎新以及东西文化的交融碰撞等等，也值得我们永久铭记。南京是多元的，是兼容并包的，但最最鲜明的，莫过于它是古往今来最具爱国主义色彩的城市之一。李思说，她想尽其所能，通过从古到今、娓娓道来的写法，去找回那些不曾止息的历史记忆，去进一步丰富南京的人文精神内涵。

这个想法很单纯，很真诚，也打动了我。城市是生活，是记忆，是朱自清笔下的“古董铺子”，李思的这种感受，与我过去生涯中的一些感触颇有异曲同工之妙。文人都有一颗敏感的心，我理解了作者的写作动机。作为一名笔耕多年的作家，在发现了这条道路上默默耕耘的后辈的欣喜之余，我也有一种欣慰，关于城市的精神，关于人文的延续，关于那种“我生活在这里，想要为这座城市做点什么”的朴实初心。

《帝王州》确实做到了从古到今，它从东吴孙权定都建业，写到人民解放军占领南京。文章并没有拘泥于某个侧面，而是有人有事，有诗有画，有家国有情怀。魏晋风骨、六朝文章、南朝佛寺、唐宋怀古、大明风华、海上丝路、觉醒呐喊、近代“三峡”……这些文章比起前人或许不够精深，却尝试从更诗意的话语中、更丰富的视角下去解读南京文化，这个尝试我是鼓励的，认可的。当然，这样完整的“从古到今”毕竟并不多见，其过程也非一帆风顺，个中曲折不多赘述，但值得欣喜的是，在这本书成书到出版的过程中，期间每一个环节、每一位同仁都对它表现出了一种包容，这是一种传承的包容，是一种责任的包容，也是生活在这片土地上文人们的共同情怀。

李思打动我的除了她的单纯、真诚与谦逊，更让我欣赏的还是她出众的文字才华。《帝王州》文辞华美，妙语连珠，渐进渐精，耐人寻味。读过往历史常觉苦涩，阅读《帝王州》对于我来讲却是享受，如甘露浸过心田，挠着了心底深处痒痒般的舒畅。在我看来，写南京历史文化的瀚海文章中，《帝王州》是一部难得的精品之作。

最后，衷心祝贺李思小友这本《帝王州：千载沧桑话南京》顺利出版！

邹雷于 2023 年 6 月

目　录

第一章

东吴都会

在长江中下游平原，有一处由各路水系、山川、丘陵和湖泊润养的故地。这里襟江带河，北联辽阔的江淮平原，东接富饶的长江三角洲，秦淮河水穿城而过，汇入滚滚长江。它东倚钟山，气势雄伟，有龙蟠之势；西筑石城为险，秦淮横贯，有虎踞之威。它沧桑满眼，见证过华夏大地上两千五百余年封建王朝的风雨行进，亲历过近百年来中华民族跌宕起伏的近代烙痕，它，就是被称为“六朝古都”和“十朝都会”的古城，南京。

江南佳丽地，金陵帝王州。

逶迤带绿水，迢递起朱楼。

飞甍夹驰道，垂杨荫御沟。

凝笳翼高盖，叠鼓送华辀。

献纳云台表，功名良可收。

南北朝著名诗人，与谢灵运并称“大、小谢”的谢朓，曾在《入朝曲》中如此描述南京的山川富丽与政治地位。此处的“金陵帝王州”，即指南京“六朝古都”称谓的肇始，距今约一千八百多年前，赋予南京城政治文化中心地位的第一人——“东吴大帝”孙权，给予了这片土地那个充满了希望与寄托的名称：建业。

让我们把历史的书页倒回至东汉末年。

那是建安二十五年（220），一代枭雄曹操与世长辞，其子曹丕继位。汉献帝被迫禅位，曹丕称帝建魏，东汉自此而亡。一年后，蜀汉章武元年（221），刘备在成都称帝，国号为汉，史称“蜀汉”“季汉”。至此，天下三分“三足鼎立”的两“足”已成。

就后世耳熟能详、家喻户晓的“三国”历史而言，此时东汉即灭，二帝并立，似乎东吴之主孙权称帝已是箭在弦上、不得不发。殊不知，待孙权最终于吴黄武八年（229）四月于武昌称帝，至同年九月又迁都于建业，已是过去了八载春秋。这八年间，孙权不仅没有贸然称帝，甚至主动向曹丕俯首称臣，因而受封“吴王”，过起了偏安一隅的小日子。

这八年的隐忍不发、俯首称臣，难道是因为孙权野心不够、没有称帝之心么？同样，称帝仅五个月后又做出迁都之举，其背后的原因又是什么呢？

我们的故事，从赤壁之战前夕的某个深夜，抵足而眠的君臣二人谈起。这二人，一人正是孙策病逝后，十五而立，少年统业的东吴幼主孙权，而另一人，则是被孙策评价为“为人忠烈，临事不苟，可以代瑜”的临淮名士——鲁肃。

在鲁肃即将对孙权说出“榻上对”的这个夜晚，或许我们应该先来了解一下当时的天下大势。事实上，东汉末年群雄逐鹿时期，曾出现过三种足以影响天下大势的战略方针，最早的，是名士沮授向袁绍提出的“邺城对”，其中“挟天子以令诸侯”的策略虽不为袁绍所用，却成为后来曹操政治操作的经典案例和“发家之本”；其次，是诸葛亮为刘备献上的“隆中对”，意为占据荆州、益州以对峙曹魏，奠定了“二分天下”的蓝图；第三，则是周瑜的“二分天下”论，即在孙策“举贤任能，以保江东”的遗言基础上，明确提出的以长江为界、二分天下的战略。

当时明月，清风朗朗。

在这样一个夜晚，君臣二人意兴勃发，不觉夜之已深。鲁肃对孙权侃侃而谈，条分缕析，他在认可了周瑜“二分天下”之策的同时更进一步，明确指出“汉室不可复兴，曹操不可卒除”，他劝幼主联合蜀汉，合力抗曹，为孙权打造出一条“鼎足江东，剿除黄祖，进伐刘表，竟长江所极，然后建号帝王以图天下”的称帝之路。这段著名的战略宏论的由来如此平凡，不过是榻上一场看似随意的君臣对话，故名《榻上对》。

时至今日，我们已经很难揣测出当年孙权听到“榻上对”时的真实态度。但从孙策的“保江东”，到周瑜的“二分天下”，再到鲁肃的“榻上对”，江东君臣雄踞一方以图天下的决心和行动却是一脉相承、有迹可循的。“榻上对”后不久，建安十三年（208）赤壁之战爆发，孙刘联盟携手共赢，这场著名的以少胜多之战，奠定了日后三分天下的基础。赤壁之战后曹操北上，以曹仁据守江陵，孙刘再次战略合作，周瑜、程普合攻南郡。建安十四年（209），周、程联军夺取江陵，曹操的势力撤出长江流域，其后周瑜拜偏将军，领南郡太守，治江陵（今荆州）。而几乎与此同时，刘备拿下荆南四郡，不久后周瑜病逝，东吴内部势力再次盘整，最终以江陵为中心的荆州地区为刘备所得。

刘备占据荆州后，依从《隆中对》之策，联合刘璋入蜀以图益州。建安十七年(212),刘备与刘璋决裂,开始向成都逼近,建安十九年(214),刘备夺取益州，实现了《隆中对》的战略决策。而经历五年的内部盘整与休养生息后，建安二十四年（219），刘备对曹操开始了全面战略反击，他夺取汉中自立为王，又令关羽北伐襄阳、樊城。而在鲁肃死后，早已对蜀汉坐大而坐立难安的孙权在此时骤然出击，江陵之战吕蒙白衣渡江，趁关羽北伐襄阳之际奇袭荆州，夺取南郡，后生擒关羽，直接斩断刘备一侧羽翼。

此时，我们重回这一历史节点，一年后，孙权为何没有直接称帝，而是转而向曹丕俯首称臣的原因，也许就迎刃而解了。

相比于曹魏一开始就拿到了“天子”这张王牌，而蜀汉刘备更是西汉中山靖王刘胜之后，前者可以逼迫天子禅让，后者可以“匡扶汉室”为出师之名，他们称帝固然是“司马昭之心路人皆知”，却在当时也占据了话语权上的“政治正确”。相比而言，江东孙氏出身平平，且因在江陵之战中首先撕毁孙刘联盟，自然会招致刘备的怨恨乃至报复，而江南一带又始终存在着山越部族的叛乱……所以公元 220 年前后，无论从天下舆论、还是政治博弈、抑或后方稳定考虑，彼时的孙权都还没有称帝的资本。

但这并不影响孙权有称帝的耐心。

公元221年，刘备称帝，曹丕封孙权为吴王、荆州牧，加九锡，节督荆、扬、交三州诸军事，进一步扩大了以孙权为代表的东吴势力的政治话语权。同年，刘备举复仇之师，亲率大军攻吴。吴将陆逊避其锋锐而不战，拖至入夏后看准时机火烧连营，这场著名的战役，被后世称为“夷陵之战”。夷陵之战的胜利，孙权得以将刘备的势力彻底逐出荆州。而刘备受此打击，两年后病逝于白帝城。

江东势力的再度壮大触动了曹丕敏感的神经。于是，自魏黄武元年（222）起，曹丕四年内三征东吴，直至黄武五年（226）病逝，孙权与蜀汉重新通好，合纵连横，制衡以抗曹。随着刘备、曹丕的相继病逝，天下大势的一次次潮涨潮落，孙权的称帝之路，也在一次次地在谋定而动、隐忍制衡中步步临近。

吴黄龙元年（229），孙权终于在武昌正式登基为帝，建国号为吴。九月，孙权下诏迁都建业，即今天的南京。

明人陈沂在他的《金陵古今图考》中记述了这段历史：“初，东汉末，以秣陵地封孙策，为吴侯。至弟权，据有江东，筑石头，改秣陵为建业。建安十三年，移（丹阳郡）治建业。黄龙元年，遂徙为都。”据《孙吴都建邺图考》记载，建业城在“淮水北五里，据覆舟山下，东环平冈以为安，西城石头以为重，后带玄武湖以为险，前拥秦淮河以为阻”，都城正门名为宣阳门，绕城一周为二十里十九步。

孙权和他的帝国的到来，给沉寂数年的金陵城注入了活力。赤乌十年（247），孙权在建业城修建皇宫——太初宫，据记载，太初宫周回五百丈，宫后有苑城，晋代时名为“台城”，沿用至今。陈沂在《孙吴都建邺图考》中断言："金陵建都，自吴以始。"

那么，孙权又为什么会选择把都城迁至南京呢？这或许就要从南京这一"江南佳丽地"的历史沿革说起。

虽然南京作为都城的起始是东吴孙权所立，但在过去的漫长岁月中，南京并非一个寂寂无名的偏安小城。相反，南京本身就是文华都会，是江东政治、经济和文化的中心地带。

作为孕育人类文明的摇篮之一，南京这片土地上人类活动的痕迹可以追溯到距今60万年前的旧石器时代。长江中下游优越的地理位置为先民提供了进化繁衍的必要条件，从汤山镇雷公山溶洞南京猿人头骨化石的出土，到南京市鼓楼区北阴阳营的新石器时代原始村落遗址的发掘，南京市区、江宁、六合、浦口、溧水、高淳……从旧石器时代到新石器时代，先民聚居活动的痕迹一次次通过考古发现展现在人们面前，作为孕育了湖熟文化、见证了早期中国长江、黄河"两河文明"融合交汇的南京地区，亲眼见证了中华文明从蹒跚学步，到足以屹立于世界民族之林的文明演进史。

南京作为城邑，始于越灭吴，楚灭越的春秋时期。初名冶城，后为越城。《舆地志》云：钟山，古金陵山也。县邑之名，由此而立。《建康实录》又云：楚威王筑城石头，置邑，以其地接华阳、金坛之陵，故号金陵邑。南京城影响最深远的名号——"金陵"就是由此而得名。秦时，朝廷先以金陵为鄣郡，至秦始皇三十七年（前210），皇帝东巡会稽，过吴地时从江乘渡，随从中有望气者言："五百年后，金陵有天子气。"或许是皇帝信了这位"望气者"的危言耸听，又或许是金陵一带本就活跃着让皇帝不安已久的故楚流民，为了镇压金陵的“天子气”，始皇帝迁怒一般地将“金陵邑”改名为“秣陵县”，意为“养马之地”，又命人将方山附近的长陇凿断，使得水系在此改道北流，流贯金陵城内以泄王气。而这条被改道北上的水流，就成了如今穿城而过，后世南京人耳熟能详的秦淮河。

汉灭秦后，以江南地先后分封过楚王韩信、荆王刘贾，吴王刘濞，《史记》记载吴地“豫章郡产铜，滨海地产盐”，盐和铁，让吴成为富可敌国的大型藩国。元封二年（前109），汉武帝改“彰郡”为“丹阳郡”，属扬州，下辖秣陵、湖熟、江乘、永平等十七县，秣陵（南京），则是当之无愧的扬州之首。一句“腰缠十万贯，骑鹤上扬州”，自古以来，吴地之繁荣富庶，人民之安居乐业，可窥一斑。

东汉末年，一代枭雄孙策受封秣陵，号吴侯。他开疆拓土，一举拿下江东六郡，奠定了日后孙吴政权的基础。面对孙策的汹汹来势，在吴郡土生土长、以“顾、陆、朱、张”四大家族为首的江东士族，开始了与孙吴政权漫长的磨合过程。到了孙权时期，彼此的磨合既反映在政权的扩大上，也反映在对人才集团的侧重上。孙权敏锐地注意到了秣陵城的区域中心地位，遂将丹阳郡更名建业郡，筑石头城，将政权中心南移；在人才任用上，他倚重江东士族，据《三国志・吴书》记载：“公族子弟及吴四姓，多出仕郡”，“先帝（孙权）外仗顾、陆、朱、张”，他任用顾雍为相十九年，而仅以陆逊为代表的陆氏一门，就先后出过两位相国、五位侯爵和十位将军。《三国志》卷五三《吴书・张纮传》记载，正是江东名士张纮最初提议孙权迁都建业：“纮建计宜出都秣陵，权从之。”

黄龙元年（222），孙权称帝，定都武昌，五个月后即徙建业为都城。政权内部结构的变化，导致了政权中心位置的变化，这一迁都背后，如果说没有万千江东子弟的推动，没有南京城作为江浙一带“文华都会”的经济、人文优势考虑，恐怕是不符合客观事实的。

而另一方面，南京除了文华都会的历史地位外，还拥有山川形胜这一天然优势。

对于南京城的地理优势，《隆中对》的作者，著名战略家诸葛亮曾如此评价：“钟山龙蟠，石城虎踞，真帝王之宅。”明代礼部编修的《洪武京城实录》则言：“金陵控扼吴楚，天堑缭其西北，连山拱其东南，而龙盘虎踞之势。”南京城四面环山，“东西二百三十五里，南北四百六十里。东抵镇江，东南抵常州，南抵宁国，西南抵太平，西抵和州，西北抵真州，以大江中流为界”，它东有紫金山，西有清凉山，南有雨花台，北有幕府山，城中长江、秦淮二水交汇，坐拥山川形胜，外联繁华之地，水路四通八达，可谓是物华天宝，人杰地灵之所。孙吴政权坐拥长江天堑，又拥有曹魏难以望其项背的水军，占据长江进而夺取周边水系的制水权，就等于拥有了雄踞一方的资本。

而孙权也确实是这么做的。

定都南京后，他利用南京城周边水系发达的优势，雄踞一方天险，兴修水利工程。他命人在城东凿渠，名为“青溪”，青溪发源于钟山，汇于燕雀湖，九曲西南入秦淮；他命人在城北开凿潮沟，城西开凿运渎，运渎之水源自秦淮，北上与潮沟、青溪四水交汇，建立起环绕城市的水系网络；他控扼江险筑石城，又夹淮立栅十余里，当时，长江周围有水系连通的湖泊——如巢湖、洞庭湖、太湖等，都可见到东吴战船的踪迹。

孙权称帝后二十年，他设置农官，实行屯田，设置郡县，并继续剿抚山越，促进了江南经济的发展，南京城也在他的治下走向稳定和繁荣。那时的曹魏、蜀汉和孙吴政权都不会知道，三国这段动荡的历史即将迎来终结，紧随动荡而来的不是和平，而是更大的动荡和惨祸。中国历史上的一段黑暗时期即将到来，汉人第一次衣冠南渡，将伴随着五胡十六国的铁蹄声步步临近，而南京作为文化重心南移的见证者和华夏文明的保存地，即将在新一轮的战火和迁徙中，迎来它新的使命。

定都南京二十三年后，一代雄主孙权在南京与世长辞。在今天南京城东的钟山明孝陵中，我们还可以找到“孙权墓”的遗迹。在孙权称帝、建都南京，最终实现了鲁肃“榻上对”的战略构想时，鲁肃已经离开人世十二年，周瑜也已经离开人世近二十年了。二十年沧桑满眼，人生不过弹指一挥间，不知当这位东吴大帝晚年时，是否也曾踏上太初宫后高高的台城，在那一川烟柳中念及往事，回想起许多年前那个清风朗月的夜晚，回想起许多故人的音容笑貌，回想起那个刀光剑影、金戈铁马的英雄时代。

第二章

衣冠南渡

公元 383 年，淝水。

饮马渡秋水，水寒风似刀。一水相隔的南北，是八万东晋军与八十万前秦军的较量。兵力悬殊至此，这场看似毫无悬念的战争背后，是晋人衣冠南渡后再无退路的背水一战，也是北方政权一统天下的志在必得一战。

公元 265 年，晋武帝以晋代魏，建立西晋政权。统一不过十年，又生贾后之乱。政治的黑暗、人心的动荡随之而来的是政局的进一步混乱，又十年间，陆续发生了“八王之乱”，北方少数民族统治者趁机入侵中原，北方再度沦为战场。公元 317 年，晋皇室仓皇南渡，定都建康，即今天的南京，东晋自此而立。而中原政权的南迁，伴随中原文明、典籍的南下，后世史官谓之“衣冠南渡”。由于此次南渡始发于晋怀帝永嘉年间，又被后世称为“永嘉南渡”。

在北方，战争和兼并仍在继续。最终，由氐族人建立的前秦政权一举扫灭前燕、代、前凉等北方割据势力，统一了黄河流域。东晋太元八年（383）七月，前秦大王苻坚认为时机已经成熟，下诏大举攻晋。他一举集结北方军事力量，亲率步兵六十万，骑兵二十七万，大举南侵。面对前秦兵马的汹汹来袭，东晋以“当轴士族”陈郡谢氏为首，统帅兵众八万余人，抵抗前秦。十二月，秦、晋两军对峙于淝水两岸，淝水之战的大幕就此拉开。

八万对八十万，可谓是“天公不语对枯棋”。然而这死棋一局，却在前秦统帅苻坚的大意轻敌、东晋丞相谢安的运筹帷幄之中，奇迹般地以少胜多，最终成就了一场中国战争史上的佳话。

淝水之战的胜利，离不开谢安的谋篇布局。大战来临之际，面对前秦军“有众百万，资仗如山”的汹汹来势，谢安“夷然无惧色”，深谋远虑，指挥若定。他以谢石、谢玄、谢琰为将，举陈郡谢氏一门倾力报国；他不计前嫌，重用桓冲、桓伊，倚为柱石，合力破敌。在他殚精竭虑的筹谋下，最终东晋军大破前秦军，俘虏、斩敌数万计，苻坚军“风声鹤唳、草木皆兵”，大败而逃，淝水之战也就此成为一场历史闻名的传奇之战。

淝水之战后不久，苻坚被杀，北方陷入“五胡十六国”的分裂时期，自此北人无暇南顾，流落于江南的中原衣冠得以留存和繁衍。纵观历史，令人不由地慨叹：若说天有天命，国有国运，或许就是如此。

据传，当淝水之战的捷报传来时，谢安正在山林之间与友人弈棋。

前方是生死攸关的背水一战，谢安却举重若轻，纵泰山崩于前而不变色。弈棋近半，其侄谢玄自淮上遣信使送来了淝水大捷的战报。对于谢安的反应，南朝刘义庆在《世说新语》中是这样描述的："（谢安）看书竟，默然无言，徐向局。客问淮上利害，答曰：小儿辈大破贼。意色举止，不异于常。"然而此时他的真实心态，或许我们可以从《晋书·谢安传》的记载中看得更加贴切："过户限，心喜甚，不觉屐齿之折"。如此的雅量，如此的喜怒不形于色，无怪乎见多识广的《晋书》作者房玄龄等人都不由得慨叹道："其矫情镇物如此"。

谢安，字安石，陈郡阳夏（今河南太康）人，东晋时期著名政治家、军事家，一代名士。他心系山水，少时起就屡辞诏命，隐居东山。前半生，他在会稽（今浙江绍兴）隐逸山林，独啸长风，曾从王羲之学书法，又与南渡诸家流觞曲水，结伴悠游；却在国难当头之际"东山再起"，居建康城二十余年，出将入相，定国安邦，成为汉人衣冠南渡、定都南京后名副其实的"守护者"。

"旧时王谢堂前燕，飞入寻常百姓家"。今天，当人们走到南京城南的乌衣巷时，依旧会想起唐人刘禹锡的这句诗。谢安出身陈郡谢氏，正是东晋门阀士族的代表——"王谢桓庾"四大世家之一。

门阀士族的产生，自东汉始，兴盛于魏晋。东汉后期，筛选官员，已重门第。魏晋之际，曹魏政权与司马氏集团均极力笼络士族，曹丕为了争取士族阶层的支持，施行九品官人法，将家世作为人才定品的重要因素，士族地位日益稳固。西晋建立后，为了巩固政权，继续沿用中正取士法，任命中正官选拔、任用贤才，上升渠道进一步被士族垄断。《晋书·段灼传》记载，当时“据上品者，非公侯之子孙，则当涂之昆弟也”，后来，占田、赐客、荫客、荫亲属等制度相继实行，士族因之拥有了世袭的政治特权和经济特权，就连当时的文学也产生了士族化倾向，门阀士族制度在这一阶段正式确立[①]。门阀士族制度的确立，影响了一个时代的政治、经济和文化，今天我们仍津津乐道的“旧时王谢”，就是当时门阀士族制度的一个缩影。

晋人衣冠南渡后，经历了淝水之战，南北朝隔江分治的格局基本形成。偏安一隅的格局，虽暂时无有性命之忧，却也使得晋室君臣破灭了中兴的梦幻，士族的精神状态也每况愈下。文化重心的南移、政治追求的破灭、朝堂时局的动荡、南北士族的矛盾……以东晋都城建康为中心，进一步形成了独特的江南士族文化圈层，进而发展壮大了玄言诗、游仙诗、山水田园诗、永明体等诸多文学流派，对中国文学的进程产生了深远的影响。

《世说新语·言语》记载：“过江诸人，每至美日，辄相邀新亭。周侯中坐而叹曰：‘风景不殊，正自有山河之异。’皆相视流泪。”新亭，地近江滨，据考证在今南京城南的雨花台一带，正是当年南渡诸家的游宴雅集之所，当时文人意气消沉，由此可见一斑。也许正是这样苦闷忧愁的心境，使得玄言诗在东晋南渡后“富盛炽于江左”。江左，即泛指以都城建康为中心的南朝江东地区。

玄言诗，始于魏晋清谈之风。刘勰在《文心雕龙》中这样概括：“中朝贵玄，江左称盛，因谈余气，流成文体”，这种“诗必柱下之旨归，

① 援引整理自郭预衡《中国古代文学史》第二卷

赋乃漆园之义疏”的江左文体，就是后世统称的玄言诗赋。玄言诗赋讲求“老庄玄胜之谈”，阐述玄学哲理，不谈朝堂现实，反映出当时政治混乱下，南渡诸人遁世隐逸、追求心灵安宁的精神状态。

谢安正是玄言诗派的代表人物之一，他在给好友，出身琅琊王氏的王胡之诗中写道：“绣云绮构，丹霞增辉。濛泛仰映，扶桑散蕤。吾贤领隽，迈俗凤飞。含章秀起，坦步远遗。”诗人借山水抒情，流畅生动。而玄言诗家代表孙绰在《答谢安》中写道：“缅哉冥古，邈矣上皇。夷明太素，结纽灵纲。不有其一，二理曷彰。”则是更典型的以玄理入诗，用范文澜的话说，就是“诗杂仙心”。除他们之外，玄言诗家还有许询、庾亮、桓温、郗超等代表名家。

玄言诗派在当时的江左一代蔚然成风。然而在它的发展进程中，出现了一位特别人物，那就是郭璞和他的游仙诗。

郭璞，字景纯，河东闻喜（今山西运城）人。好经术，洞悉五行、天文、卜筮之术。永嘉之乱时，郭璞避乱南渡，历任宣城太守殷祐、丞相王导幕参军。晋元帝定都建康后，偶见郭璞的《南郊赋》，大为赏识，便让他在朝中任著作郎，后擢升为尚书郎。至此，郭璞与南京城结下了不解之缘——即便到了今天，在南京市玄武湖景区内的郭璞衣冠冢旁，仍是松柏森森，亭亭如盖。

郭璞自幼博学多才，著述甚多。他尝注释《尔雅》，又为《三苍》《方言》《穆天子传》《山海经》及《楚辞》《子虚》《上林》赋作注。郭璞早期颇有辞赋，号为“中兴之冠”，写景壮丽，设想新奇，又糅杂了当时文必清谈玄言的特点，好用古字奇典。

郭璞南渡后，深感世事难料，祸福难测，又目睹了东晋皇室和士族争权夺利，不言北归之志，乃于玄言诗的基础上，作《游仙诗》十四首，成为他的代表作，也成为历代游仙诗中成就最高的代表。郭璞的游仙诗脱胎于玄言诗，却一扫玄言诗“只谈玄理，淡而寡味”的缺陷，比如游仙诗《其五》：

逸翮思拂霄，迅足羡远游。

清源无增澜，安得运吞舟。

圭璋虽特达，明月难闇投。

潜颖怨清阳，陵苕哀素秋。

悲来恻丹心，零泪缘缨流。

其风格“构思显怪”，意象鲜明，幻而似真，笔势跌宕。可以看出虽然使用了汉乐府五言诗的形式，与玄言诗一样“诗杂仙心”，但又明显抱有忧心时势的风格，迥异于玄言诗的只谈玄理，正如郭预衡在《中国古代文学史》中点评，郭璞的游仙诗彰显出屈原《楚辞》的特点和阮籍《咏怀》中的正始之音痕迹。

遗憾的是，郭璞之后，玄言诗人们多抛弃了游仙诗中鲜明的意象，而是倾向于只取其谈玄的风格，玄言诗也因其寡淡无味而渐渐走向消亡。反倒是数百年后的盛唐，我们不难从李白的《古风》和李贺的《梦天》诸作中看到其精神的一脉传承。

公元 420 年，北府军将领刘裕废东晋而自立，史称刘宋。自此，中国历史踏入隔江分治的南北朝时期。公元 479 年，中领军萧道成废宋建齐，史称南齐；公元 502 年，雍州刺史萧衍代齐建梁；公元 556 年，陈霸先废梁自立，国号曰陈。直到公元 589 年隋灭南陈，一百六十余年沧桑更迭，南朝经历宋、齐、梁、陈四国，均以建康为国都。加之以东吴、东晋二朝，合为六朝，故后人多以“六朝”来称呼三国魏晋南北朝这个时代，又以“六朝古都”来称呼南京。

据明人陈沂《金陵古今图考》中《南朝都建康图考》所记，当年晋元帝南渡，将吴都建业改名为“建康”，遂为都，号东晋。晋元帝在青溪东南筑城，名为“东府城”，以故建业城为“西州城”，于江乘（金陵邑的一个县，今南京栖霞东）以南置琅琊郡，将南渡诸人安置于此。又侨置淮南、魏、广州、高阳、唐邑、南东海、南兰陵八郡，并属京邑。建康都城有十二门，南北各四门，东西各二门，秦淮水上设浮桥二十四座。其中，在城南的朱雀门外设有朱雀桥，平日里在秦淮水上作浮桥，一旦战事起则可撤桥备战，沿袭了旧时孙权“夹淮立栅，以为栅塘”的城防思路。东晋亡后，南朝宋、齐、梁、陈四朝相继为据，宫城、都城仍然沿用晋都建康旧城。

六朝时期的建康，位于风雨飘摇的政治中心，目睹着动荡的时局和悲怆的现实，却以自身的饱满沃土，守护着中华文明，传承着江南文脉，为未来华夏民族的再次融合和文化的复兴孕育着生生不息的火种。

与东晋一脉相承的，是士族文学在这一时期继续占据着文坛的主流。但区别于谢安、孙绰等大隐隐于朝的“朝隐”派，刘宋以来，文人们对于现实的厌倦、寄情山水的渴望更上一层，进而出现了以谢灵运、陶渊明等为代表的新的“隐逸派”——山水诗派与田园诗派。其中以谢灵运、颜延之和鲍照为代表的“元嘉三大家”，因入职于朝，先后居于都城建康，因而都与南京这座城市结下了不解之缘。其中最知名、也与南京羁绊最深的，莫过于山水诗的鼻祖谢灵运了。

与谢安一样，谢灵运也出身陈郡谢氏，谢玄是他的祖父，他的母亲出身琅琊王氏，是王羲之的孙女。谢灵运天资聪颖，少有贤名，他曾自负地说：“天下才有一石，曹子建独占八斗，我得一斗，天下共分一斗。”东晋末年，谢灵运先后出任琅琊王大司马行参军、抚军将军刘毅记室参军、卫军从事中郎，可谓是少年得志，策马风流。

然而，刘裕以宋代晋后，陈郡谢氏作为东晋功臣，备受刘宋皇室压制。谢灵运被降爵为县侯，任散骑常侍。命运的无常第一次袭来，政权交替之间，诗人见到权力斗争的冷酷无情，痛感士族利益受到损害，种种现实使得他心生退意，开始徘徊于朝堂和山水之间。其时谢灵运被卷入政治斗争，出为永嘉太守，在即将离开熟悉的南京城之际，他写下《邻里相送至方山》一诗：

祗役出皇邑，相期憩瓯越。
解缆及流潮，怀旧不能发。
析析就衰林，皎皎明秋月。
含情易为盈，遇物难可歇。
积疴谢生虑，寡欲罕所阙。
资此永幽栖，岂伊年岁别。
各勉日新志，音尘慰寂蔑。

对于未知的前路，诗人心中的彷徨和忧愤可窥一斑。唐代诗人白居易曾评价谢灵运："谢公才廓落，与世不相遇。壮志郁不用，须有所泄处。泄为山水诗，逸韵谐奇趣。"在永嘉，谢灵运进一步寄情山水，《登池上楼》《登石门最高顶》《石室山》《登永嘉绿嶂山》等代表作均于这一时期作成。他的诗句"静观须心境纯净，游赏则寻幽览胜，摛藻绘象，便成画境"，这种"如画家之落墨于太虚中，初见形象"[①]的诗画意象，与后来唐代著名山水田园诗人王维的诗一脉相承，无怪乎时人曾叹：观摩诘[②]之画，画中有诗；观摩诘之诗，诗中有画。

刘宋文帝时，谢灵运又被征为秘书监，再次回到了南京。他奉诏负责撰写《晋书》，然而未成。元嘉五年（428），谢灵运免官还乡，九年，他再次被政敌诬陷，流放广州。这一路他经庐江，出彭蠡，过赣州、大庾岭、南雄和台岭，颠沛流离而至广州。一年后，因被指控"谋反"罪，皇帝刘义隆下诏，将谢灵运在广州街头斩杀，时年四十九岁。

客死他乡的诗人已经不会知道，他的尸骨最后还是被带回了见证他一生的建康城。从（宋）《景定建康志》到（元）《至正金陵新志》，再到（清）《道光上元县志》，南京历代地方志均出现了"宋谢灵运墓在本业寺"的相关记载。本业寺是南朝佛寺之一，据考证，它的遗址在今南京市麒麟门谢塘村南的山坡上，据说，谢塘村一带曾是谢灵运祖父谢玄别墅之所在地，这一带除了"谢塘"外，还有"小东山""谢家山""官塘"等地名为佐证。

往事历历不可追，从乌衣巷头的野草花，到谢塘村血红的落日，唯

① 以上两句引用均出自郭预衡《中国古代文学史》（第二卷）

② 王维，字摩诘

有南京城不言的草木，见证着早已远去的旧事。

刘宋之后的百年之间，齐、梁、陈、隋，兴亡交替，从皇室到豪族，传统道德和国家观念进一步崩坏，南朝君臣的精神与物质生活急剧堕落。《宋略·乐志》云："王侯将相，歌伎填室；鸿商巨贾，舞女成群。竞相夸大，互有争斗。"君主提倡"三教同源"，试图用宗教玄理唤回人们的精神素养，然而收效甚微。文学流派上，更沉迷于精雕细琢的工巧之风，所谓"竞一韵之奇，争一字之巧"。

然而，随着汉语言文学的自然发展、佛学的传入和佛经唱诵带来的影响，南齐永明年间，在齐武帝次子——竟陵王萧子良门下，形成了一个以周颙、沈约、谢朓、萧衍等人为主体的文学流派，称"竟陵八友"或"文章八友"，他们常于鸡笼山西邸萧子良府中集会，据研究者考证，即今南京北极阁一代。他们开创了以"四声八病"规范诗歌的永明声律理论，进而在齐、梁、陈三朝，又催生了以谢朓、何逊、阴铿"永明体"为代表的新体格律诗。

沈约是永明声律理论的代表人物。沈约，字休文，吴兴武康（今浙江湖州）人，出身江东士族。沈约少时笃志好学，入仕刘宋，任尚书度支郎；仕齐，任东阳太守、国子监祭酒；入梁，以功封建昌县侯，官至尚书令兼太子少傅。他一生历仕三朝，一直活跃在南朝政治中心——建康。他著有《四声谱》，明确提出四声参差互用和"平头、上尾、蜂腰、鹤膝、大韵、小韵、旁纽、正纽"的"八病说"，成为古代律诗、律赋乃至词曲语音规范的理论基础。

谢朓是新体格律诗——“永明体”诗文的践行者。谢朓，字玄晖，出身陈郡谢氏，与谢灵运并称“大小谢”，在山水诗清新流丽的风格上一脉相承，又加入了“永明体”对于声韵和对偶的要求，经过精心的剪裁和修饰，达到“清机自引、天怀浊流，壮景必幽，吐情能尽”[①]的境界。

然而谢朓生时，陈郡谢氏已经没落，谢朓纵有高才，却无力改变命运无常的消磨。他既追思先祖的荣耀，也畏惧仕途的险恶。他与同为“竟陵八友”的王融一起前往淮南，凭吊淝水之战的遗迹，追思自己的先祖，却写下了“平生仰令图，吁嗟命不淑”的诗句。在孤独和忧惧中徘徊的诗人仿佛预见了自己的命运——建武二年（495），他被卷入政治风波，出为宣城太守，仅四年后，年仅三十六岁的谢朓，惨遭构陷冤死于狱中。

《礼记》云：“道不行则辞有枝叶”。六朝时期政治黑暗，社会凋敝，门阀士族看似光鲜，实则不过刀俎上的鱼肉，面对残酷的政治斗争，仍摆脱不了走向幻灭的命运。然而现实的黑暗却催生了璀璨的辞章，六朝文学上乘汉赋，下启唐风，对中华文化有着深远的影响。郭璞游仙诗中隐约的“谪仙”意境，谢灵运山水诗中可以入画的清新意向，“永明体”中精雕细琢的律诗格调，无一不孕育着不久之后，众多伟大诗人们绣口一吐中的那个盛唐。而唐代诗人们也并不忘先人之志，用一篇篇诗文表达着对前人的追悼，如李白诗云“蓬莱文章建安骨，中间小谢又清发”，杜甫也道是“孰知二谢解能事，颇学阴何苦用心”。一个中国文学史上最光华璀璨的时代即将到来，然而以建康为核心的六朝文化，用

① 引自清代陈祚明《采菽堂古诗选》

其独属于江南的婉约和温柔，为那个时代殷殷守护的江南文脉，也将在不久的将来，大放异彩。

齐明帝建武二年（495）春，即将离开南京，出任宣城太守的谢朓忽发逸兴，晚登城南三山。陈郡谢氏到了“小谢”谢朓一脉，“旧时王谢”已如眼前夕阳薄暮，昔日谈笑东山的英雄气概，早不可追回。此番去后，玉关道路远，金陵信使疏，夕阳西下，远望江水之中积石如玉，列松如翠。隔江而望，谢朓在这里写下了那首著名的《晚登三山还望京邑》。

灞涘望长安，河阳视京县。
白日丽飞甍，参差皆可见。
馀霞散成绮，澄江静如练。
喧鸟覆春洲，杂英满芳甸。
去矣方滞淫，怀哉罢欢宴。
佳期怅何许，泪下如流霰。
有情知望乡，谁能鬒不变？

浓重的思念中，遥不可及的京师在心头再度浮现，那是南渡之人永不忘却的北归之梦，是报国士子们平生志向难以伸展的难言哀痛——而眼前帝国的落日，已是渐渐西沉。

第三章

千古文章

六朝，一个中国历史上时局动荡、风雨飘摇的时代。淝水之战后，北方陷入五胡十六国的混乱时期，战乱频仍，无暇南顾；而以当时的东晋都城建康为中心，借长江天险屏障，众人得以偏安一隅，兼之以典籍随文人南下，南朝文学在江南土地的滋养下，得以传承发展。

比起诗坛流派众多，文采烂漫，六朝文学的另一个突出成就也在熠熠生辉，那就是对后世有着深远影响的小说在这一时期萌芽奠基，志怪小说和志人小说在这一时期首次出现。《唐书》作者，唐代史家刘知畿评价这一时期：“街谈巷议，时有可观；小说之言，犹贤于己。故好事君子，无所弃诸。若刘义庆《世说》、裴荣期《语林》、孔思尚《语录》、阳玠松《谈薮》，此之谓琐言者也……求其怪物，有广异闻，若祖台《志怪》、干宝《搜神》、刘义庆《幽明》、刘敏叔《异苑》，此之谓杂记也。”

干宝的《搜神记》，是这一时期志怪小说的典型代表。

干宝，字令升，河南新蔡人。少时聪颖明慧，博学多才。西晋时任盐官州别驾，故举家迁往盐官州（今浙江海宁）。西晋南渡后，干宝因政绩突出和博学闻达，得到出身“琅琊王氏”的司徒王导赏识，在都城建康，他历任秘书监、司徒右长史、散骑常侍，受封关内侯。

干宝在建康领秘书监事，负责领修国史。前文中我们提到的“游仙诗”郭璞时任著作佐郎，二人同修国史，是同事的关系。可以看出，这对搭档志趣相投，也许是因为郭璞学术数、擅卜筮，而干宝喜志怪、好鬼神，真可谓是得天独厚的“中国好同事”。后来，干宝在他的《搜神记》卷三中独辟一章，名为《郭璞》，记录了郭璞劝庐江太守“急回南渡”，还抱得美人归的故事，整篇小纪幽默风趣、一气呵成，读来令人会心一笑。除此外，干宝还特意在本传之后，另行记录了三则郭璞的神机妙算故事，对自己的这位“好同事”不吝笔墨、大肆褒扬。

干宝领修《晋纪》，本是当朝史官，在当时就颇有贤名。他著《搜神记》，也被时人赞为“鬼之董狐”，董狐，春秋战国时期晋国太史，以“秉笔直书”史实著称，后世尊为史官的代称。干宝曾注经修史，著述甚多，却又独辟蹊径，选择了汉代以来就被称为“稗官野史”的小说文体，一举开辟了志怪小说的先河。

干宝亲历两晋之乱，对于黑暗的时局、道德的崩坏有着清晰的认识，他在编修的史书《晋纪》中说“礼法刑政，于此大坏。国之将亡，本必先颠，其此之谓乎？”他又说“古者敬其事则命以始，今帝王受命而用其终，其人事乎？天意乎？”其答案不言而喻：自然是人事大于天命。

所以干宝才在《搜神记》中“采访近世之事，发明神道之不诬”，明写“神道”，实则是以神怪之事警戒世人。《搜神记》中，有《范寻》《干将莫邪》《东海孝妇》，痛斥古往今来的暴虐政治，腐败官员；有《李寄》《蝗虫避徐栩》《白虎墓》，歌颂仁善义举，寄托政治理想。他的作品叙事流畅曲折，可读性强，已经是较为成熟的短篇小说集。

志怪小说之外，志人小说也于这一时期惊艳亮相，其代表，是刘义庆的《世说新语》。

公元420年，北府军将领刘裕废东晋而自立，定都建康，史称刘宋。刘裕少时家贫，投笔从戎，他军功赫赫，扫平内忧，驱逐外患，总揽东晋军政大权。建立刘宋后，他加强集权，抑制兼并，整顿吏治，重用寒士，一举开创了江左六朝疆域最辽阔的时期。

据《南朝都建康图考》载，晋恭帝被迫退位后，刘裕便入主建康，自继晋宫。晋宫，乃晋成帝在三国吴宫基础上新建，修缮苑城更名台城，又建起六大宫门。刘裕则在台城东、西又开万春、千秋二门，至齐、梁、陈三朝，皇宫大致依循此例。刘裕巡视都城十二门，以宣阳门为正门，一一盘整改新。他拓展建康城郭，于原朱雀门以南，秦淮十里外的长干桥东南又立国门。

扩建后的建康城气象一新，欣欣向荣。这日，宋武帝刘裕兴致勃发，遂北出皇宫元武门，与众王公子弟游猎于王城北的鸡笼山。座中子弟有一人，不过翩翩少年郎，轻衣纵马，谈笑间旁征博引，自有一种风流气度。刘裕见之，不由笑赞道：“此我家之丰城也！”

刘裕所赞之人，便是他的亲侄，曾以十五之龄任东晋秘书监，如今不过十七，已位居刘宋尚书左仆射的长沙王刘道邻之子——刘义庆。

刘义庆，彭城（今江苏徐州）人。他出身刘宋皇族，好文学，少时即居于都城建康，深受宋武帝刘裕信任，平步青云。他十五任秘书监，十七任尚书左仆射，中书令。他少年才高，却为人淡泊。《南史·刘义庆传》说他“性简素，寡嗜欲”，平生唯好广交游、结宾客。在建康，他得以目睹南渡诸家的风采，耳闻当年建安风骨、正始之音的遗韵，广泛结交高门名士。他尝“招聚文学之士，远近必至”，当时的名家鲍照、袁淑等人都曾从其左右。我们并不知道，他想要编纂一部记录文人轶事作品的想法，是否在这一时期萌生，但长居金陵风云际会的人生经历，一定如雁过留痕，对他后来的思想和创作意图产生了影响。

二十九岁那年，刘义庆面对朝堂日渐激烈的政治斗争萌生退意，自请调离建康，任荆州刺史。八年后，又任江州刺史和南兖州刺史。在这一时期，他汇聚门下名士，合力编纂了这部书写魏晋风流的《世说新语》。这是中国文学史上第一部为知识分子作传的志人小说，原书八卷，分德行、言语、政事、文学等三十六门，古往今来为学者所重，后世仿者更是不可胜数。

《世说》一部，千载风流。它真实地为后世留下了当时文人的思想状态和生活情趣。它记录下“王子猷雪夜访戴”“广陵散从今绝”“阮籍图穷大哭”“刘伶脱衣裸形”“桓伊梅花三弄”“嵇中散之死”，令人读之如同亲见。它臧否人物不求全貌，而是用魏晋时期“以形见神，遗形取神”的美学观念，语少而意丰，隽永而传神。从旷达放诞到雅量如海，从纵情山水大醉不出，到庙堂“明知不可为而为之”，《世说新语》

记载了当时文人的普遍特征和真实性情，也对社会现实有着深刻的批判。

公元444年，在南兖州（即广陵，今江苏扬州）完成了《世说新语》的刘义庆抱病请归。已到人生末年的他，在某一刻，也许突然想起了已经阔别十载的建康。当时谈笑的宾客尚在否？当年雅集鸡笼山的众人又在何处？

江风阵阵，碧水东去，昔时建康如同南柯一梦，烟云尽散。正如他曾亲笔书下的《世说新语》之《伤逝》篇刘伶之叹——

“而今视此虽近，邈若山河。”

回到建康后不久，刘义庆溘然长逝，时年仅四十一岁。

从《搜神记》到《世说新语》，六朝小说的发展丰富了中国文学的宝库，南京也以其独特的六朝中心地位，成为小说文体走向成熟的亲历者和见证者。无怪乎多年以后，在小说艺术达到巅峰的明、清二朝，南京能继续见证四大名著，尤其是《红楼梦》的诞生发展，可见华夏衣冠的传承，从来都是其来有自，并非偶然。

公元502年，雍州刺史萧衍迫使他拥立的傀儡皇帝——齐和帝萧宝融禅位于己，正式在建康称帝，改国号为梁，史称萧梁。

梁武帝萧衍少好读书，博学多识，刘宋时入竟陵王萧子良门下，曾为“竟陵八友”之一。建立梁朝后，他奉行一种较为温和的治国政策，提倡发展经济，鼓励文风兴盛。在萧衍的亲身垂范下，梁朝从帝王到文人，纷然以文化相尚，于文学、书法、绘画、音乐等领域，无不研磨更精，南梁成为六朝时期经济文化最繁盛的时代。

“（六朝）是一个内部分裂最为巨大的时代。……随着无尽的屠血、残杀和暴力不断上演，民不聊生，苦不堪言，这一时期的文学艺术却以其开放和包容在中国文化史上占据重要地位，并在梁武帝的治下达到了顶峰。在这儿，皇室郡王自己赋诗填词，或者编纂诗集，作品堪称中国历代文人的经典杰作”[①]。

成熟的文学，带来了成熟的文学批评和文艺理论，如刘勰的《文心雕龙》、萧统的《昭明文选》、钟嵘的《诗品》等著作，都在这一时期诞生了。

刘勰，字彦和，祖籍山东莒县，家族世居京口（江苏镇江）。刘勰幼年家中孤贫，笃志好学，精通儒学和佛典。南梁天监初年刘勰入京，历任临川王记室、太末令、南康王记室兼东宫舍人，得到昭明太子萧统的赏识。《文心雕龙》即成书于齐梁之际，为这一时期文学理论的集大成之作。

《文心雕龙》共十卷，五十篇。它一方面盘点了中国文学发展史，对历代文学的发展变化进行了阐述；另一方面则对历代名家、名作进行了评述，对于作家、创作、文体、风格进行了点评，全文既有作者的文学史观，又涉及文学批评，涉及极广，点评全面。

自曹丕《典论·论文》开创文学评论这一文体，魏晋以来，文学评论作品大多侧重于文学创作的某一个侧面，以求“一笔传神”，前文提到的《世说新语》，就能显著地反映这一时期的叙事风格。但这样侧写一面的风格，用于文学评论上，可能就难免有偏颇不全之失。但刘勰的

① 引自德国作家、摄影艺术家赫达·哈默尔和阿尔弗雷德·霍夫曼的《南京》

《文心雕龙》在侧重于用“传神”的手法写人物的同时，也注重涉及作家的各个方面，作品之外夹杂作家生平、其他资料、前人评论等，最终得出更为全面的评价。从作家到文风，再到文质，刘勰兼论各大文体，兼顾思想和艺术，务求面面俱到，他反对重文轻质，也并不简单地重质轻文；他反对虚饰，崇尚自然，提出“时运交移，质文代变”“文变染乎世情，兴废系乎时序”的观点。

刘勰一生与佛教结下了不解之缘。南朝刘宋元嘉十六年（439），西域僧人昙摩蜜多（法秀）在南京钟山紫霞湖一带建定林寺，在这里翻译经文，传经布道。到了南梁一朝，定林寺经数代传承，高僧众多，其中僧祐以精通律学，戒德高严而闻名于世，人称“僧祐律师”。

刘勰正是得益于僧祐律师的传学，得以钻研佛法，博通佛典。南梁一朝佛学勃兴，在这段日子里，刘勰跟随僧祐出入定林寺，修习佛法十余年。这十余年间，定林寺见证了佛学的弘扬和传承，也见证着一代文学巨著《文心雕龙》的著成。刘勰与昭明太子萧统交好，后来昭明太子英年早逝，他也看破红尘，请求出家。因未得梁武帝许可，他烧发明志，弃官为僧，法号慧地。不久，他也圆寂于定林寺中。

与刘勰交好的昭明太子萧统，也是当时文学成就极高，又通晓佛典、遍览众经的代表人物。

萧统是梁武帝萧衍的太子，幼名维摩。他仁厚纯孝，笃好文学，出口成章，他善于识人用人，“总览时才，网罗英茂”，刘勰便是因作其东宫通事舍人而受其赏识的。

萧统热爱钟山，喜于钟山读书。曾作《钟山解讲》诗：

清宵出望园，诘晨届钟岭。
轮动文学乘，笳鸣宾从静。
暾出岩隐光，月落林馀影。
札纷八桂密，坡陁再城永。
伊予爱丘壑，登高至节景。
迢递睹千室，迤逦观万顷。
即事已如斯，重兹游胜境。
精理既已详，玄言亦兼逞。
方知蕙带人，嚣虚成易屏。
眺瞻情未终，龙镜忽游骋。
非曰乐逸游，意欲识箕颍。

正如诗中意向所记，太子常与宾客携游读书，纵谈遣兴，畅论文采华章。正在这样的背景下，萧统主持编纂了中国现存最早的一部诗文总集——《文选》。因萧统谥号昭明，故这部书又称《昭明文选》。《昭明文选》收录了自周代至南梁七八百年间一百三十多位作者的诗文七百余篇。在这部诗文总集里，萧统把我国先秦两汉以来文、史、哲不分的现象作了梳理和区分，他认为经史诸子都以立意纪事为本，不属词章之作，所以他在序文中明言不选“姬公之籍，孔父之书”，也不选“老、庄之作，管、孟之流”，只有符合“事出于沉思，义归乎翰藻”标准的文章才能入选。也就是说，只有强调“文以载道”，在文章中蕴含自己的思想，并且善用典故成辞、善用形容比喻、辞采精巧华丽的文章，才合乎选用的标准，《昭明文选》正是以此来划分文学与非文学界限的第一部选集，因其选材严谨、辞藻典雅，在文学史上有着重要的地位。唐宋科举取士时，《昭明文选》成为文学的必修教材。

萧统才华横溢，却未及继位就英年早逝，谥号昭明，后人称之为昭明太子。南京城记住了他生前的文采辞章，他的登临遥想。在如今南京钟山燕雀湖水榭一带，筑有“昭明太子读书台”，楼台前雕有石像，斯人手不释卷一如昨日，题名“台想昭明”，清风阵阵、山水相伴间，令人不由追思往日，有匪君子，如切如磋，如琢如磨。

除了《文心雕龙》和《昭明文选》，在隋朝统一之前，六朝论文诸作还有一部代表，那就是钟嵘的《诗品》。

钟嵘，字仲伟，颍川长社（今河南长葛）人。南齐永元年前，钟嵘入朝任司徒行参军；梁代齐后，钟嵘在朝中任西中郎将、晋安王记室。他的诗歌评论专著《诗品》，成书于南梁天监年间。

《诗品》仿汉代“九品论人，七略裁士”的著作先例，以点评五言诗为主，全书将两汉至南梁作家一百二十二人，分为上、中、下三品进行评论。在《诗品》中，钟嵘提倡建安风力，反对玄言诗赋，他主张音韵自然和谐，反对人为的“四声八病”；他主张“直寻”，反对用典，提出了一套比较系统的诗歌品评的标准。他的立论虽不似《文心雕龙》那样全面，对诗人的品评也不见得全然公允，但他言之有据，自成理论体系，有很强的现实意义。

阮籍墓、郭璞墩、温峤冢、卞公祠……如今散落在南京城的各处，成为后人追思凭吊的古迹。从晋贤古冢到六朝石刻，斑驳古丘记录的风流已成绝唱。从小说杂记到文学评论，六朝文化的全面繁荣，既有这个历史阶段文学发展繁荣的必要条件，又有当时江左一带社会风气的影响使然，从中可以窥见文学创作发展和演变的痕迹，也可以看到存留华夏衣冠的六朝诸家，为了存续文化所始终坚守的“文心”。

文章千古事，得失寸心知。或许，正是这执着的用心，坚守的文脉，为不久的将来，唐诗、宋词的全面繁荣孕育了勃发的底色。

第四章

风雨梵唱

公元 247 年，即东吴赤乌十年，一位僧人自交趾（今越南境内）经广州，北上千里跋涉，他这一路风尘仆仆历尽艰辛，却不言放弃，他就是来自康居国的僧人——沙门康僧会。他此行的目的地是东吴都城建业，他身怀佛宝圣物和文化交流的热切盼望，来见此时东吴的帝王——孙权。

东汉末年的三国时期，佛学的传播在中国内陆正处于萌芽待兴的历史节点上。据考证，大约在五百年前，即印度孔雀王朝阿育王（约前273—232）统治期间，佛教自恒河中下游地区传播至印度各地，并开始向周边国家传播。而这一时代，中国正处于“大争之世”战国末期，秦国正在为不久后的大一统变法兴兵、急速扩张。公元前 126 年，张骞自西域返回，汉武帝设河西四郡，开辟河西走廊，首次联通了东西方文化交流的通道。据史料记载，佛教首次传入内地的时间大约在西汉末期，汉哀帝元寿元年（前 2）左右，而“汉代的官员在公元前一世纪首次深入到中央亚细亚。从这时起，出现了称呼这个地方的新名称——西域。第一批传播佛教的人可能就是访问西域的中国人，还有作为商人、政治避难者和使者在中国生活的外国人”[①]。到了东汉末年，东西方文化交流进一步加强，西域途径河西走廊来到内地的僧人增多，佛学在中原迎来了第一次繁荣。

与同时期途经河西走廊进入中原，自西向东、由北向南传播佛学的诸位僧贤们不同，康僧会的这场“传教之旅”由越南北部的红河流域，一路北上至中原腹地的长江中下游，他是历史上有记载的第一位由南向北传播佛教的来华僧人。

康僧会原籍康居，这是一个位于安息帝国（今伊朗）东北方、大月氏北方的西域古国。其家族世居天竺，随父经商移居交趾。据史料记载，康僧会家族显赫，父辈曾位居康居大丞相，而他少时便“弘雅有识量，笃志好学”，却不恋世俗，看破红尘，十几岁便出家为僧。

赤乌十年（247），康僧会秉承佛旨千里跋涉，终于来到了东吴都城建业，他在这里译经、传道。但当时江左佛学未兴，这位容貌殊异，自称“沙门”的西域僧人，引起了以大帝孙权为首的中央政府的注意。孙权召见康僧会，康僧会侃侃而谈，他向孙权普及了“如来神迹逾千载，阿育王起塔八万四千”的西域佛学传播盛况，更为弘扬佛法，随身请来如来遗骨舍利。传说康僧会斋戒祝祷二十一日，众人亲见佛舍利神曜五方，孙权大为叹服，立即为康僧会造寺，因此寺为江南有佛寺之始，故

① 引自崔瑞德、鲁惟一《剑桥中国秦汉史》

名为“建初寺”，并建阿育王塔供奉佛舍利。约三百年后，在敦煌莫高窟第323窟的北壁东侧，初唐画师以生动的笔触、绚丽的色彩，画下一组《康僧会金陵布教图》壁画，为后人记录下了这段历史。

在佛学传入中原，经历第一次勃兴的三国魏晋南北朝时期，由于佛学西来、语言不通，对于当时的中原人还属于陌生的外来事物，故中亚来华的僧人们，大多也是翻译佛经的“译经僧”，中国译经史上的“四大译师”——鸠摩罗什、真谛、玄奘、不空，半数出现在这个时代，其中真谛法师就曾在南梁时受邀来到建康。建初寺建成后，康僧会便在寺中翻译《六度集经》，编译了各种短篇佛经91篇，成为颇有成就的译僧。同一时代，还有东汉末年迁居吴地的大月氏僧人支谦，因精通六国语言被孙权拜为博士，在建业近三十年间，他译出《大明度无极经》、《维摩诘经》等29部长篇佛经，成为三国时期译经最多的人。

据现代学者考证，六朝时期，一代代译经大师在南京译出大小乘佛教经典近500部、2000余卷，使得南京成为当时重要的译经、讲经中心。至明、清之际，南京已成为全国重要的刻经地，今坐落于南京市淮海路，每年仍刻印十万余册佛教典籍流往世界各地的金陵刻经处，即是见证。佛学在南京的发扬光大，让人不由得殷切回望——正是因为有了建初寺这“开天辟地”的江南首寺，才有了后来勃兴的汉译、融合和传承。

据清人陈作霖《南朝佛寺志》所载，建初寺初建时，位于“古宫城南十里”，即今秦淮区中华门外。东晋咸和年间，建初寺焚毁于战火。作为江南首寺，建初寺在后世历经沧桑流变，历代不断有新的佛寺在旧址上重建，寺名也屡经改易。晋代始为长干寺，宋改天禧寺，元名慈恩旌忠寺，明永乐十年（1412），敕工部重建，至宣德六年（1431）始建成，赐额大报恩寺[①]。建初寺屡废屡建，生生不息，如同文化在华夏大地上的传承，从未间断。

2007年，南京市政府启动了金陵大报恩寺重建工作。2014年，中国佛教界批准在大报恩寺遗址重建的基础上，复建建初寺。经社会各界人士的共同努力，建初寺历经两千余年沧桑，终以新的荣光呈现在世人面前。

佛学传入中土，也就开始了它的本土化历程，东西方文化的交流和融合，在六朝时期汉传佛教的传承上呈现出鲜明的痕迹。在当时的思想界，儒学是正统主流，融合了玄学的道教思想方兴未艾，佛学的传入，使得中国传统儒、释、道并行的文化表征第一次得到彰显，三教合流，开始逐渐成为社会思潮的主流。

在三国时代，康僧会就将“君仁臣忠，父义子孝，夫信妇贞”“为天牧民，当以仁道”的儒家思想在《六度集经》中融会贯通。到了南朝，谈玄的风气在朝野遍行，葛洪、陶弘景等道教代表人物出现，佛学思想和道家思想也经历了抗辩和融合的阶段，在这个时期，我们既可以看到南梁著名律师僧祐的《弘明集》中，近三成内容记录了与道家思想的抗辩；也可以看到般若学僧如康僧渊、康法畅、支敏度、支道林等，避乱渡江后与众东晋名士交游，他们将玄学与般若融合讲道，也为喜爱玄学

① 一说建初寺、长干寺并非同寺。《南朝佛寺志》记载，建初寺在六朝未改名，唐后渐为尼寺，至明无传；长干寺在古秣陵县大长干，先有塔，晋初立寺，流传至明为大报恩寺

清谈的名士们所认可。竟陵王萧子良在鸡笼山开西邸，让“义学沙门”和“竟陵八友”交游研学，催生了“永明体”声律理论，为隋唐时期格律诗的发展奠定了理论基础。

位于南京城东北的栖霞山，登临极顶，风光绝伦。在西方首次提出“丝绸之路”，足迹遍布中国的德国地理学家李希霍芬曾这样描述它：“很少能如此完美地从一座高峰上看到一张地图所给予的风貌景象。扬子江谷地在我们眼前展开，江姿气势如虹，沟渠错综交织，无数的村庄和小城镇，嵌入丰饶的大地风光之中。”

栖霞山拥有的不只是地理风光。它更是见证汉传佛教、中原儒学和道教玄学融合发展的“金陵第一明秀山”。在这里，南朝僧人明僧绍初建栖霞精舍，后经历多朝流变，终成今日之栖霞古寺。

明僧绍，刘宋时平原郡鬲县（今山东德州）人，他擅经学，是儒家学者。六朝时期，儒者不满现状时事，隐居山林收徒研学者众，明僧绍也不例外。他不受朝廷征召，隐居于长广郡崂山聚徒讲学，后避乱渡江，隐居摄山。摄山，就是今天的南京栖霞山，古时因其山多草药，可以摄养，故名摄山。

明僧绍出身平原明氏，兄弟皆任职朝中，多能谈玄说道，他本身也是位博学鸿儒。据说，在隐居摄山期间，他“二十许年不交俗士，与释智度往来，待以师友之敬”。他受师友启发，始筑栖霞精舍，研修佛学，结交学问僧人。在明僧绍的带动下，栖霞山成为名士交游的场所。而以栖霞精舍为前身的栖霞寺，成为后世汉传佛教三论宗的发源地。三论宗早期“一切皆空”“诸法性空”的观点，是否受到过晋代玄学澄怀空灵的风格影响，我们已经不得而知，但三教的融合和传承，却在那个时代真真切切地上演着。

随着佛教的中国化，宗教类建筑也飞速发展，在这个时期，汉传佛教的又一个标志性动作——凿窟造像艺术开始兴起。据史料记载，中国的四大石窟均始建于魏晋南北朝时期，但我们也能发现，石窟造像由于是“西学东渐”，大多沿河西走廊传入内地，呈明显的自西向东、由北向南路线，即“南方重义理而北地偏禅观”，黄河流域及以北的地区在开凿石窟及建造佛、菩萨石像之风远甚于南方[①]。

但六朝江左佛教的兴盛，注定了南京不会是一个对石窟造像艺术无动于衷的城市。栖霞山千佛岩，位于栖霞寺东北侧山崖的岩壁上，它是我国南方今所能见的为数不多的南朝石窟之一，它的开凿，与明僧绍也有千丝万缕的联系。

传说，某日明僧绍梦到佛光耀于摄山西岩壁，于是立志在山中开凿石窟。然而未及动工，他便因病故去。明僧绍圆寂后，其子仲璋、友人释智度承其遗志，在摄山西壁凿佛龛，镌刻三尊佛像，皆高三丈余。后经齐、梁二朝，佛学受到官方礼遇，齐文惠太子、豫章文献王、竟陵文宣王等，陆续捐资在摄山凿石造像。从南朝齐永明二年至梁天监十年（484—511），千佛岩历经近三十年、两代人开凿而成，因其开凿年代和艺术成就均为江南佛窟代表，故有“江南云冈”之称。

千佛岩中，现存南朝佛像515尊，佛龛294个，大者高数丈，小者仅盈尺。后世历经唐、宋、元、明，历代皆有开凿和修葺，至今共存有

① 引自王振复《汉魏两晋南北朝佛教美学史》

佛像700余尊。这些佛像面容清俊，骨韵劲秀，一派宽衣博带、形神飘逸之象，后世专家认为，其艺术风格与同时代的云冈石窟二期（465—494）佛像有如出一辙的特点。较之早期石窟造像气势宏大的“西域风”，此时已经体现出西域与汉文化融合后精细华丽、“秀骨清相”[1]的特点，是东西文化融合的最好见证。

栖霞山千佛岩是一场千年前的南北对话，它有来自西域的文化特征，又不乏江南的婉约静美，它是佛教自西域传入中原，在中原腹地从文化传承到审美情趣的一次融合呈现。从栖霞山到栖霞寺，再到千佛岩，旧时风物默默不语，却亲历了南朝宋、齐、梁三朝更迭，见证了汉传佛教早期演进史。而中国历史上最推崇佛教的时代，也在它的亲眼见证下，已经缓步走来。

“在（南京）这座城的众多寺庙之中，没有一座寺庙像鸡鸣寺那样，使得那段光辉岁月历历在目”。这句话，出自民国时期德国外交家、摄影家赫达·哈默尔的游记《南京》。

鸡鸣寺位于南京市玄武区鸡笼山东麓，始建于西晋永康元年（300），距今已有一千七百多年的历史。正如哈默尔的感慨，和栖霞山一样，鸡鸣寺见证了中国历史上最崇佛礼佛的帝王——梁武帝萧衍将汉传佛教发展至顶峰的事迹。

梁武帝萧衍（464—549），字叔达，南兰陵中都里（今江苏丹阳）人，出身兰陵萧氏，南梁开国君主。萧衍少时即以才学闻名，刘宋时尝

① 引自王振复《汉魏两晋南北朝佛教美学史》

从竟陵王萧子良门下携游，与谢朓、沈约、范云等并称“竟陵八友”。

建立南梁后，萧衍以帝王之尊笃信佛教，护持佛法，在都城建康广修佛寺，大造佛像。他优待义学沙门，鼓励宣讲佛经，广修佛学道场，首开“水陆法会”“盂兰盆斋会”，大兴佛事。在萧衍身体力行崇佛礼佛的带动下，南梁佛教发展呈现出空前繁荣的态势，据唐朝李延寿《南史》载：“都下佛寺五百余所，穷极宏丽，僧尼十余万。”唐法琳《辨正论》也记载，梁代佛寺达到 2846 所，僧尼 82700 人。这就是后世“南朝四百八十寺，多少楼台烟雨中”的出处了。

南梁大通元年（527），萧衍兴建同泰寺。据《南朝佛寺志》记载，“同泰寺在宫城北掖门外路西梁武帝以其地为寺，于宫后别开一门，与寺南门对。取‘同泰’返语，名为大通，即以之改元焉。”关于寺中景貌，书中是这样记载的——

“寺有浮图九层，大殿六所，小殿及佛堂十余所，东西般若台各三层，大佛阁七层。璇玑殿外，积石为山，盖天仪激水，随滴而转。所铸十方金像、十方银像，皆极壮丽。”

同泰寺落成后，萧衍大为欣喜，“自是无岁不幸寺”。他曾四次“舍身”于同泰寺，欲皈依佛门，又被大臣们强行“赎出”。他在寺院内颁布《断酒肉文》，为佛教素食肇始，又颁布忏悔法，称为“梁皇忏”。他首次提出“三教同源”说，促进了佛学和中原文化的交流融合，佛学成为当时思想文化界的风尚。在萧衍的带动下，南梁子弟如昭明太子萧统、梁简文帝萧纲、梁元帝萧绎等，也都以喜好佛理著称。可以说，汉传佛教在梁武帝萧衍的大力推广下，达到了顶峰。

南梁一朝举国兴佛，在六朝古都南京，汉传佛教经历了深厚的理论积累渐趋成熟，佛学的研究、推广和解读向更广阔的领域展开。各类佛典大量被翻译，精通经典的学问僧人持续出现，这些“师僧”们开坛讲经，解读佛法，许多这一时期萌芽的思想，为隋唐时期佛教诸宗的开宗立派提供了最初的理论依据。正如赵朴初曾说：“在中国成立的大小乘各宗派无不和南京有关。如三论宗即在南京的摄山成立，天台宗的智者大师是在南京最初宣讲他的学说，华严宗依据《华严经》是在南京翻译的，涅槃师依据的《大涅槃经》也是在南京经大文学家谢灵运和慧观再治，并由鸠摩罗什的高足弟子道生讲授的。禅宗依据的《楞伽经》是在南京翻译的，创立摄论、俱舍两宗的真谛法师最初也是由梁武帝请来南京的。”

传说，汉传佛教禅宗始祖——天竺高僧菩提达摩祖师来建康时也居于同泰寺。梁武帝萧衍来见达摩祖师，共论佛法，祖师欲以“廓然无圣”的佛偈点醒梁武帝，但梁武帝却不能即时开悟。后达摩离去，萧衍不舍而命人追赶其后。追至江畔幕府山中段时，两侧山峰突然闭合，一行人被夹在两峰之间。达摩正走到江边，见使者匆匆赶来，就在江边折了一根芦苇投入江中，化作一叶扁舟飘然过江，这就是著名的“一苇渡江”的传说。

或许梁武帝萧衍和达摩祖师在佛理上并没有拈花微笑的默契相得，但千年前的长江水岸，一南一北，一东一西，文化的交流与碰撞所带来的回响，却定格在时间的记忆中，回味隽永，永不褪色。

大约一千年后，一位贫时曾入佛门的皇帝定都南京。传说，他来到同泰寺旧址之上，下令重建寺院，扩大规模，并朱笔御题“鸡鸣寺”。江南楼台烟雨纷纷，一代同泰寺就此更名鸡鸣寺，而这位布衣出身的皇帝，就是明太祖朱元璋。巧合的是，其子明成祖朱棣为了纪念双亲，又在建初寺原址处重建佛寺，名大报恩寺。从同泰寺到鸡鸣寺，从建初寺到大报恩寺，历史的重合就似一个个沧桑轮回，令后人平生唏嘘和感慨。

在今天的南京市秦淮区中华门东南赤石矶附近，临近大报恩寺的这片平平无奇的地界，传说就是东晋建康道场寺的遗址所在。道场寺，这个人们已经不甚熟悉的地名，却见证了约一千七百年前，第一代西行求法的中原僧人——法显途径陆地、海上丝绸之路，十五年苦心跋涉、前往天竺求取佛法的壮举。

法显，俗姓龚，刘宋时期平阳郡（今山西临汾）人。公元 399 年，出于“常慨经律亟缺，誓志寻求”的宏愿，法显与慧景、道整等 4 人从长安启程前往中天竺（印度），立志寻求戒律典籍。他们向西走，先到达河西走廊，在张掖，法显等人遇到智俨、宝云等人，一度结伴西行。“他们自敦煌渡流沙，经鄯善（新疆若羌）北上呙夷（新疆焉耆），转西南走于阗（新疆和田）、子合（新疆叶城）、于摩（新疆塔什库尔干），北折竭叉（新疆喀什），然后逾葱岭抵北天竺陀历国（今巴基斯坦北境），再渡印度河到乌苌国（印度河上游及斯瓦特地区），历及犍陀卫国（巴基斯坦喀布尔河上游）、弗楼沙罗（白沙瓦）、那竭国（阿富汗拉勒阿巴德）、罗夷国（巴基斯坦拉基）等国，进入中天竺境内。”[1]

① 引自魏道儒《佛教史话》

这一路的行程，僧祐在《祐录》中描述道：

“西度沙河，上无飞鸟，下无走兽，四顾茫茫，莫测所之，唯视日以准东西，人骨以标行路耳。……凡所经历，三十余国，至北天竺。”

到达天竺后，法显在各地巡礼佛教圣地，拜访名师，搜集佛经。在完成了西行求法的初衷后，他选择改走海路回到中土。他经过斯里兰卡、苏门答腊，于东晋义熙八年（412）在山东崂山登陆，次年到达建康。这距离他自长安出发，已经过去了足足十五年。

在建康，法显携带他历经千难万险，自中天竺带回的丰富的佛法经典住进了道场寺，他在这里开始了自己的译经生涯。在道场寺，法显与宝云、佛陀跋陀罗等人相继译出《墨客僧祇律》40 卷、《大般泥洹经》6 卷等共计 6 部 63 卷经书，直到他于公元 420 年逝世，仍有多部经书未来得及译出。在道场寺，法显依据自己的平生经历见闻写下了《佛国记》。这是一部足以与玄奘《大唐西域记》遥相对望的旷世巨作，记载了法显等人从长安出发，跋涉 6 年经陆上丝绸之路到达中天竺，停留研学 6 年，又经海上丝绸之路，历时 3 年返回中原的旅途，前后 15 年，游历 29 国。

《佛国记》为后人研究古中亚历史，特别是印度历史提供了宝贵的第一手资料，更在世界范围内产生了重要影响。近代学者梁启超说：“法显横雪山而入天竺，赍佛典多种以归，著《佛国记》，我国人之至印度者，此为第一。”斯里兰卡史学家尼古拉斯·沙勒说：“人们知道访问过印度尼西亚的中国人的第一个名字是法显。”日本学者足立喜六把《佛国记》誉为西域探险家及印度佛迹调查者的指南。法国著名学者戴密微也在《剑桥中国秦汉史》“汉至隋代之间的哲学宗教”篇中这样描述法显的贡献：“法显是那个时期研究佛教世界的众多中国朝圣者中最著名的一位，也是我们拥有完备记述材料的唯一一位。他的《佛国记》连同其他朝圣者的残篇是不朽的资料，没有这些东西，我们对于公元一世纪亚洲佛教的历史就会一无所知。”

2008年，考古工作人员在原大报恩寺遗址上发现了一只铁函，内藏七宝阿育王塔，塔内供奉佛祖释迦牟尼的佛顶真骨舍利，这一发现轰动了中外。经南京市人民政府批准，2016年，佛顶舍利被供奉于南京市江宁区的禅宗文化名山——牛首山佛顶寺地宫之中。

节物风光不相待，桑田碧海须臾改。时光如白驹过隙，千载交互，我们仿佛又回到了那一年，回到了康僧会怀中圣光熠熠的佛骨舍利，回到了碧水滔滔一苇渡江的远去身影，回到了梁帝同泰寺的梵音阵阵，回到了法显西行求经的婆娑行路……那些过往，承载了东西文化的千年一晤，承载了古往今来仁人志士的执念无悔，也承载了滚滚长江、浪淘不尽的旧时重光。

第五章

妙笔丹青

在北京故宫博物院，藏有这样一幅丹青墨宝。

绘卷之中，可见一人一僧，相对而坐，侃侃而谈。一侧仆从烹茶煮茗，调酥煎雪。在泛黄的纸张中，雅韵阵阵仿佛跨越千年，幽袅袭来。这幅画作，便是宋人摹绘唐代画家阎立本的《萧翼赚兰亭图》。寥寥几笔，为我们展示了御史萧翼乔装入永欣寺结交辩才，为唐太宗赚取王羲之“天下第一行书”——《兰亭序》的一段过往。

唐人何延之在《兰亭记》中云：“辩才博学工文，琴弈书画，皆臻其妙。”这是中国文人第一次将“琴棋书画”相提并论，至此，“琴棋书画”成为评价文人士大夫文化精神修养的标准，跨越了千年。

旧时光于丹青绘卷上缓缓流淌，就让这些流动的光影，引领我们梦回六朝的建康城。回到花开墨痕的洗砚池，回到梁帝宫中的落子声，回到竹林深处的琴音古调，回到笔尖绽放的丹青墨宝，回到那个中国传统艺术和美学蓬勃发展的时代，去寻觅那些跨越千年的绝响。

六朝，一般是指中国历史上三国至隋朝时期南方的六个朝代，这是中国历史上一段只有37年大一统，余下朝代更替频繁、南北隔江分治、多国并存的时代。这个时期自曹丕公元220年称帝至公元589年隋灭南陈，历时369年，可分为三国、西晋、东晋十六国和南北朝四个时期。其中三国时的吴国、西晋南渡后的东晋以及南朝的宋、齐、梁、陈六国均定都于建康（吴时为建业，今南京）[①]，故南京又称“六朝古都”。

六朝是一个“血与火”的时代。破坏与建设并存，光明与黑暗同在，污秽的政治泥淖，酷烈的兵燹战火，却碰撞出璀璨的思想之光和蓬勃的艺术之美。它上承秦汉雄风，下启盛唐气象，三教并立、南北并行而兼容多元，被学界视为“传统艺术走向自觉的时代”。

在这样的背景下，南京承载汉人衣冠南渡的厚重，见证了中华传统文化的第一次觉醒。以国都建康为中心，文艺创作蓬勃发展、百花齐放。以“书圣”王羲之、“绝琴”嵇康、“画绝”顾恺之、“棋圣”严子卿、马绥明等为代表的艺术家们横空出世，并称“文人四友”的琴、棋、书、画四大传统艺术独立成学，相继崛起于中华文化史的天幕之上。

一说六朝之书。

关于“书圣”王羲之，《晋书》和《世说新语》不约而同地记载过

① 此处为表述方便采用了较为统一的“建康”，其实南京地名多有流变。六朝时先后使用建康、金城、江宁、白门、白下等名号

一段“东床坦腹”的趣事。

时太尉郗鉴使门生求女婿于导，导令就东厢遍观子弟。门生归，谓鉴曰：“王氏诸少并佳，然闻信至，咸自矜持。唯一人在东床坦腹食，独若不闻。”鉴曰：“正此佳婿邪！”访之，乃羲之也，遂以女妻之。

（太尉郗鉴派门生向王导求婿，王导带门生去东厢遍观王氏子弟。门生回去对郗鉴说：王氏子弟都很出众，但听闻太尉的使者为求婿而来，个个都作矜持之貌。唯一人东床坦腹，自顾吃喝，就像没听到一样。郗鉴说：这就是我要的佳婿呀！上门寻访，原来是王羲之，就把女儿嫁给了他。）

王羲之的雅量使得他脱颖而出，成为太尉郗鉴的东床快婿，娶得郗家女郗璿为妻。这桩婚事，更是东晋两大书法世家——“高平郗氏”和“琅琊王氏”联姻传承的佳话。

书法，古称“书”，是中国汉字特有的一种传统艺术，包括笔法、字法、构法、章法、墨法、笔势等内容。书法艺术以汉字为载体，从甲骨文、金文演变而为大篆、小篆、隶书，至东汉、魏、晋的草书、楷书、行书诸体，一直散发着独特的艺术魅力。六朝时期既是书体的终结期，又是书法技法的集大成期，建康作为六朝之都，更在中国书法史上勾勒出浓墨重彩的一笔。

所谓“北书以骨胜，南书以韵胜，南书温雅，北书雄健”[①]，东吴时以建业为中心，以皇象《天发神谶碑》、陆机《平复帖》等为代表，诞生了有别于中原洛阳地区的“吴士书”，以古雅圆浑、笔意婉转见长。

① 语出刘熙载《艺概》

西晋末年永嘉之乱，北方士族南渡避祸，东晋士族领袖——出身“琅琊王氏”的政治家王导南渡时，将魏书家钟繇的《宣示表》缝于衣带携至建康，为温雅的吴书带去了矫健的北方风骨。《宣示表》真迹的南传，将南北书风进一步融合，对于东晋乃至南朝书法的繁荣有着直接的影响。

六朝书风有别于秦篆汉隶，开启了诸体兼备、行草昌盛的时代，书家更是群星璀璨，熠熠生辉。门阀士族制度是魏晋时期特有的历史现象，它萌芽于东汉，兴盛于两晋，影响到社会的方方面面。门阀士族对于经济、政治、文化的垄断，催生了文学艺术、思想潮流、社会风尚的家族化、团体化，更是全面影响了琴、棋、书、画“文人四友”的传承发展。士族南渡后，六朝书家多出身于以门阀士族为代表的书法文化世家，其中以琅琊王氏、高平郗氏、河东卫氏、颍川庾氏、陈郡谢氏为代表，他们自成体系，融汇联合，成就了中国书法史上最辉煌的年代。

“王与马，共天下”，琅琊王氏是东晋前期最为显要的世族，在书法艺术成就上也最为卓著。前有王导、王敦等四人，后有王羲之、王允之等六人，到第三代，单王羲之的七个儿子就个个擅长书法，可谓一门书香。琅琊王氏不仅男子擅长书法，族中女子亦多涉翰墨，如王羲之夫人，出身高平郗氏的郗璿，《书小史》记载她“甚工书，谓之笔中之仙”，其父郗鉴一手行草“丰茂宏丽”，兄郗愔、郗昙均以书法名世。还有王凝之夫人，身怀“咏絮之才”的谢道韫，《书后品》言其书法“雍容和雅，芬馥可玩”，其伯父谢安擅行书，米芾赞其“山林妙寄，岩廊英举，不繇不羲，自发淡古”。或许正是这样的社会背景和家学渊源，催生了王羲之、王献之这两座中国书法史上的丰碑。

王羲之，字逸少，生于西晋惠帝太安二年（303）。其父王旷“善行、隶书”，历任淮南太守、丹阳太守。王羲之少讷于言，却聪慧而有洞见，为族中长辈王导、王敦所喜。他儒玄双修，琴书并举，长于诗文、书法、绘画、古琴、弈棋。后及仕途，历任宁远将军、江州刺史，后为会稽内史，领右军将军，世称“王右军”。

在书法师承上，王羲之从其伯父王导“以师钟、卫，好爱无厌”，以卫夫人、王廙（益）为师。卫夫人出自书法世家河东卫氏，“擅钟法”；王廙则是王羲之的叔父，“能楷书，仅传钟法”。二人都传承“正书之祖”[①]钟繇，又糅合了河东卫氏、琅琊王氏的世家特色。有此渊源，王羲之的书法转益多师、博采众长又独有创新，唐人张怀瓘《书断》云王羲之“草、隶（楷）、飞白、八分、章、行，备精诸体”。他的楷书有《黄庭经》《乐毅论》《东方朔画赞》等，草书有《初月帖》《寒切帖》《上虞帖》等，行书有《兰亭序》《平安帖》《快雪时晴帖》等，一生留书甚多，广受世人追捧，今存历代书迹摹本三百余件，遗憾的是无真迹存世。王羲之书法自然天成，千变万化，《晋书》谓之“飘若浮云，矫若惊龙”，唐代欧阳询赞其“铁书银钩，冠绝古今”。

东晋穆帝永和九年（353）上巳节，王羲之在会稽山阴兰亭组织了一场文人雅集。席间名流僧道如谢安、谢万、孙绰、支遁等四十一人，王羲之诸子献之、凝之、涣之、玄之亦作陪，可谓“谈笑有鸿儒，往来无白丁”。远望山水清幽，风景秀丽，众人曲水流觞，饮酒赋诗。谈兴浓时，王羲之为众人诗稿作序。他半醉半醒，乘兴而就，鼠须笔于蚕纸

① 出自《宣和书谱》，正书，即楷书

上尽兴挥洒，书写乘兴之游，抒发死生之叹，写下了这遒媚飘逸、有如神助的三百二十字。第二日，王羲之醉酒醒来，欲将昨日的草稿誊抄，却发现草稿神妙，当时境界已不可得。犹豫再三，他将誊写的正稿作序，将这篇草稿传给了少子王献之。这篇流传千古的序文草稿，便是后人为之痴迷，唐太宗李世民亦为其折服的《兰亭序》。

《兰亭序》最初为王献之所得，日日描摹，不可尽数。王献之是王羲之第七子，字子敬，他少负盛名，“风流蕴藉，乃一时之冠”，深得丞相谢安赏识。历任司徒左长史、吴兴太守，累迁中书令等职，人称“大令”。他自幼师承父亲学习书法，书画俱工，兼擅弹琴，以书法成就最高。《书断》云“子敬才高识远，犹如风行雨散，润色开花，笔法体势之中，最为风流者”，和父亲王羲之并称“二王”。论二王笔法，王羲之自然遒劲，王献之超逸神峻。

《书断》记载“子敬隶（楷）、行、草、章草、飞白五体俱入神”，《保姆帖》《中秋贴》等为传世墨宝。原石藏于首都博物馆的《洛神赋十三行》，是现存王献之的唯一真迹，也是他的代表作之一。《十三行》字法“秀劲圆润，行世小楷无出其右”，被誉为“天下第一楷书”。有人说，王献之喜书《洛神赋》是寄托了对原配妻子郗道茂的思念，但这就和“桃叶渡”承载着王献之《桃叶歌》的浪漫传说一样，虽然寄托着后人对于美好爱情的向往，却并不可尽信。王献之和郗道茂的婚姻悲剧背后，是东晋门阀士族风雨兴衰的缩影。

与父亲一样，王献之成年后娶了自己的表姐，高平郗氏郗昙之女郗道茂。郗昙是太尉郗鉴之子，时任御史中丞，更是知名书家，唐人《述书赋》评其草书“密壮奇姿，抚迹重熙。若投石拔距，怒目扬眉”。郗昙是王羲之内兄，一向与之交好，郗昙早逝，《兰亭序》真迹最初就是陪葬于他的墓穴之中，后被掘墓盗出。王献之与郗道茂婚后感情融洽，生有一女，却不幸夭折。

时东晋简文帝年间，权臣桓温大权在握，联合以郗超为首的高平郗氏废帝立威，清除异己，有夺取天下之心。谢安为之“东山再起”，联合琅琊王氏扼制其势力。桓温死后，以谢安为首的陈郡谢氏掌握实权，与谢氏素有嫌隙的郗氏则随之没落。

门阀士族的联姻，本就伴随着家族利益的交换。时移世易，简文帝之女新安公主看中了风流俊逸的王献之，适逢她刚与原配丈夫——桓温之子桓济离婚，便求皇帝下旨，欲嫁与王献之为妻。此时郗道茂犹在，《宋史》说王献之炙足避婚，真假已不可考证。但如其《奉对帖》所书：“方欲与姊极当年之匹，以之偕老，岂谓乖别至此……俯仰悲咽，实无已已”，确非全然无情。然而就算违背本心，面对家族的利益、皇帝的旨意、谢氏的支持……又岂容王献之拒绝？最终郗道茂被休，可叹她父亲早亡，家族衰落，身后无子，不得不寄居伯父家中，不久郁郁而终。斯人已逝，《奉对帖》《思恋贴》再深情，往事终不可追。

王献之续娶新安公主，仕途平步青云。后得女王神爱，亦工于书法。太元二十一年（396），王神爱嫁与皇太子司马德宗为太子妃，及其即位，又被立为皇后。但这不过是又一场政治联姻的悲剧。司马德宗生来痴愚，不知饥饱冷热，王神爱贵为皇后，却不得不伴于痴傻之人左右，怎不令人喟叹。

晚年王献之常为足痛所苦，疾病缠身，刚过不惑之年，已是日薄虞渊。病危之际，家人请道家“上章”，即向上苍阐明自己的罪过以祛病消灾。道士问献之：“由来有何罪过得失？”献之云：“不觉有余事，惟忆与郗家离婚。”[①]

献之死后，东晋也很快走向终结。南朝时，建康书家多受到钟繇、“二王”的艺术风格影响，形成了与北方“碑学”相对应的“帖学”。南朝书坛有影响力的书家如羊欣、谢灵运、薄绍之、孔琳之等，多学王献之书。但也有梁武帝萧衍、道人陶弘景等书家，偏爱王羲之。《兰亭序》真迹在南朝辗转数人，梁武帝萧衍就曾收藏过此帖，至隋唐时，真本为王羲之七世孙王法极所有，王法极于山阴永欣寺遁入空门，法号智永。智永圆寂后，又将《兰亭序》传于弟子辩才。

唐朝是中国封建社会的巅峰时代，文化各界呈现出后世难以企及的“盛唐气象”，书法艺术也不例外。唐太宗李世民酷爱王羲之，下诏以金帛收购真迹，贞观二十年（646），他亲自以王体行书撰写《晋祠铭》勒石，开行书入碑之先河。后命怀仁以王羲之行书集成《圣教序》刻碑，使王书风韵流播海内。传说太宗集书千件，独不得《兰亭序》，引为憾事。命人求取于辩才，辩才谎称不知。时有南梁皇族之后萧翼，持王氏书帖乔装入永欣寺，与辩才清谈论佛，一见如故，引为知交。辩才放下戒心，以《兰亭序》真本示之，萧翼表明身份，赚取真本献于太宗。这便是开篇提到的“萧翼赚兰亭”旧事。

在唐太宗身体力行的带动下，唐人研学王体成为风尚，朝野竞仿，

① 载于刘义庆《世说新语·伤逝》

趋之若鹜。这样的审美倾向贯穿整个唐代，直接影响到“初唐四家”虞世南、褚遂良、欧阳询和薛稷，也从精神传承上影响到盛唐颜真卿、张旭、怀素等书家。其中被誉为“二王”之后成就最高、影响最大的书家颜真卿，曾任昇州刺史兼江宁军使。在南京，或许他也曾追随“二王”的足迹，寻访乌衣巷旁的王谢故居，在乌龙潭边挥毫而就《放生池碑记》……五百年岁月不居，但这片热土上，人文精神的凝聚，书法艺术的传承却从未间断。

再说六朝之琴。

说到琴，一则载于《世说新语·任诞》的轶事，描述了“十大琴曲”之一的《梅花三弄》在建康城外诞生的故事。

王子猷出都，尚在渚下。旧闻桓子野善吹笛，而不相识。遇桓于岸上过，王在船中，客有识之者云：“是桓子野。”王便令人与相闻，云：“闻君善吹笛，试为我一奏。”桓时已贵显，素闻王名，即便回下车，踞胡床，为作三调。弄毕便上车去，客主不交一言。

（王子猷出建康，船在青溪。曾听说桓子野擅吹笛，但和他并不相识。正逢桓子野从岸上过，王子猷在船上，宾客中有人认出桓子野。王子猷就派人对他说：听说您擅长吹笛，请为我奏一曲。桓子野当时已是朝中显贵，他早听说王子猷之名，便下车坐于胡床，即兴创作了《梅花三弄》。一曲吹罢便上车去，自始至终，桓、王未说一句话。）

王子猷即王羲之第五子，王献之的哥哥王徽之，其人才华出众，六艺皆长，却性情放诞，是当时名士。桓伊，字子野，东晋时著名军事家，曾与谢玄共御前秦军，参与淝水之战。桓伊在青溪畔即兴吹奏《梅花三弄》，王徽之打谱记之，试为琴曲，一曲《梅花三弄》就此流传千古。这则清雅有趣、回味隽永的故事，正是六朝时期，以古琴为代表的音乐艺术繁荣兴盛的绝佳见证。

古琴，古称“琴”，又称瑶琴、玉琴，还有“绿绮”、“丝桐”等雅称。琴最早见之于典籍是在中国第一部诗歌总集——《诗经》之中,《周南·关雎》“窈窕淑女，琴瑟友之”，可见三千多年前，古琴已在民间盛行。作为儒家“正音”，琴乐寄寓了中国千年的正统思想和人文积淀。

六朝时，文化艺术全面繁荣，“文人四友”成为时下风尚，朝野士人风雅相逐，竞相效仿。伴随着文人自我意识的觉醒，琴为心声的“文人琴”走向成熟，“左琴右书”成为名士彰显才情与素养的必备标识。

追溯金陵琴学，自东吴起始见端倪。据宋人郭茂静《乐府诗集》所载，东汉名士、古琴家蔡邕曾至金陵，根据金陵山水创作《蔡氏五弄》（《游春》《渌水》《幽居》《坐愁》《秋思》），而“竹林七贤”阮籍便是师从蔡邕，留有《酒狂》传续至今。《重修真传》云：“《酒狂》晋阮籍所作也。叹已道与世不和，故忘尘虑于形骸之外”，足见当时，古琴艺术已出现了“琴为心声”“琴以载道”的文人琴特征。

出土于南京南郊西善桥宫山南朝墓的《竹林七贤与荣启期》拼镶砖画，曾作为南京六朝博物馆的“镇馆之宝”登上《国家宝藏》。这组砖画长五米，南壁可见嵇康、阮籍、山涛、王戎，北壁是向秀、刘伶、阮咸、荣启期，其中嵇康、荣启期静坐抚琴，阮咸则手持与他同名的乐器——阮咸，自在操缦。其余诸人或清谈，或听琴，一派林下风致。这组砖画，正描绘出了当时以“竹林七贤”为首的文人纵情山水、琴书雅论的日常生活。

“竹林七贤”是魏晋之交的文坛领袖，其中又以阮籍、嵇康为代表。其时正逢司马氏得国不正，一方面对朝堂血腥清洗，一方面又急于拉拢知名士人以安抚人心。这样的时代背景下出现的阮籍、嵇康，不仅在中国文学史上留下浓墨重彩的一笔，也在琴史上留下了两抹遗世独立的背影。正是他们，在建安风骨之后，共同奏响了最强的“正始之音”。

阮籍（210—263），字嗣宗，陈留尉氏（今河南尉氏县）人。《三国志》言其人“才藻绝艳而倜傥放荡，以庄周为模则”。曹爽辅政时召为参军，后相继为司马懿从事中郎、司马师从事中郎。司马昭当政时，他“闻步兵校尉厨多美酒，求为校尉。遂纵酒昏酣，遗落世事”，世称“阮步兵”。嵇康（223—262），字叔夜，谯国铚县（今安徽宿县）人，曹魏拜中散大夫，世称“嵇中散”。《三国志》载嵇康“家世儒学，少有隽才，学不师授，博洽多闻，擅属文论，弹琴咏诗，自足于怀抱之中。”

嵇、阮同为竹林七贤，情同手足，他们的人生追求很相似，性格却截然不同。嵇康张狂不羁，阮籍隐忍晦涩；嵇康刚肠嫉恶，阮籍纠结压抑；二人诗文亦风格迥异，“嵇志清峻，阮旨遥深”。

嵇康是真君子、真性情。他坦荡通透，峻切激烈，却又能包容人性的复杂。面对司马氏的拉拢利用，一篇《与山巨源绝交书》，将劝其归附以求保身的至交山涛公然痛骂，却又在身后将儿子托付给他；阮籍的纠结软弱他看在眼里，却并不苛责——这是对待朋友。对于人品有瑕之人，他嫉恶如仇，往而不返，不惜直言交恶。

阮籍也是真君子，却并不是时刻的真性情。他长嵇康十三岁，目睹了汉魏易代之际政权更迭的血腥，再看司马氏以晋代魏，已是渐趋麻木，故其敷衍世事，较能做到“应变顺和”。但唯其如此，阮籍的内心才藏有更多的矛盾，压抑更深的痛楚。他同样拥有高蹈的人格，却不能时刻实践这种人格，于是他发泄、逃避，才有了纵马狂奔、途穷大哭，“大醉三十天”种种怪异举动。

这样的性格分野决定了二人最终的命运。嵇康不肯屈从于司马氏，终为司马氏所杀。临刑之际三千太学生为其请命，嵇康索琴奏《广陵散》，留下了“广陵散与今绝矣”的千古绝唱。嵇康一死，司马氏不再容许阮籍装醉逃避，阮籍被迫写下《劝进表》得以保身。然而，司马氏放过了他，文人人格的尊严却没有放过他——阮籍死在嵇康死后的第三个月，吐血抑郁而亡。

只叹斯人已逝，风骨犹存。南京见证了古琴艺术全面成熟的时代，这个时代，正是由阮籍、嵇康为首的“竹林七贤”携手开启的。从阮籍的“夜中不能寐，起坐弹鸣琴”，到嵇康的“手挥五弦，目送归鸿”，古琴艺术至此融入文人的生活，进入文人的创作视野，琴赋、琴论等文艺理论著作也开始大量涌现。嵇康的《琴论》《声无哀乐论》开启了琴学论著全面兴荣的时代，在他之后，相继诞生了梁武帝萧衍《琴要》、梁元帝萧绎《纂要》、谢庄《琴论》、曲瞻《琴声律图》等琴学著述。南朝梁丘明记录了现存最早的文字谱《碣石调·幽兰》，实现了古琴记谱方式的全面革新。诸多知名琴家大量涌现，如魏晋阮氏家族，东晋王氏、桓氏家族，六朝戴氏家族等，琴家呈现出文人团体、门阀士族的特征，如段首《梅花三弄》的故事，正诞生于琅琊王氏、谯国桓氏两位士族后人之间。另一方面，由于文人琴的兴起，大量咏琴、听琴诗歌亦纷纷出现，在这一时期的文学作品中，琴人琴事更是俯拾皆是，仅以《梅花三弄》王子猷为例，与他相关的“琴事”，《世说新语》中就还有两则：

王子猷居山阴，夜大雪，眠觉，开室，命酌酒，四望皎然。因起彷徨，咏左思《招隐》诗。忽忆戴安道。时戴在剡，即便夜乘小舟就之。经宿方至，造门不前而返。人问其故，王曰：“吾本乘兴而行，兴尽而返，何必见戴？”

（王子猷居绍兴，一夜大雪，他从梦中醒来，打开房门，命人斟酒，四望皎然如玉。心中彷徨，他吟诵左思的《招隐》，忽然想起戴安道。戴在剡溪，便夜乘小舟去寻他。奔波一夜至戴家门前，王徽之却直接折返了。有人问他为什么这样，他说：“我本来是乘着兴致前来，兴致已尽，为何一定要见戴呢？”）

左思的《招隐》诗中，有这样两句：“岩穴无结构，丘中有鸣琴。非必丝与竹，山水有清音。”而王子猷雪夜想起的戴安道，则是出身谯郡戴氏的戴逵。戴逵是知名隐士，博学多才，善于鼓琴，长于山水人物绘画。“王子猷雪夜访戴”的故事含义隽永，余韵无穷。一人，一琴，一舟，一夜大雪，是魏晋风度的惊鸿一瞥，是穿越时空的名士雅唱。与之相比，另一则故事却凝结了骨肉之情，伤逝之悲，死别之痛——

王子猷、子敬俱病笃，而子敬先亡。子猷问左右：“何以都不闻消息？此已丧矣。”语时了不悲。便索舆来奔丧，都不哭。子敬素好琴，便径入坐灵床上，取子敬琴弹，弦既不调，掷地云：“子敬子敬，人琴俱亡。”因恸绝良久。月余亦卒。

（王子猷、王子敬都病重，子敬先逝去。子猷问手下人：怎么没听到子敬的消息？他一定先去了。他说这话时显得并不悲伤，坐了轿子去奔丧，一路未哭。他知道子敬平生好琴，就径直入内，坐在灵床上，取子敬的琴来弹，但弦音都不准。王子猷遂将琴掷地说：子敬子敬，你的人和琴都死了，旋即恸哭良久。过了月余，他也过世了。）

子敬就是王徽之的少弟王献之。“子敬子敬，人琴俱亡”，面对至亲离世，王徽之的痛彻心扉令人感同身受。与“广陵散与今绝矣”一样，在当时，琴是文人自我意识的外化，琴为心声，更是成为文人自身的延伸，人在琴在，人亡则琴亦亡。

滚滚长江，历史的长河奔流无尽。到如今，王子猷的雪夜已经凝结在久远的时空中，成为后人追慕难至的怀古幽思。但六朝琴学的繁荣，正始之音的遗韵，为中国古琴艺术的发展奠定了崇雅尚逸、清微淡远的底色。正如明人徐上瀛《溪山琴况》所言：“但能体认静、远、淡、逸四字，有正始风，斯俗情悉去，臻于大雅矣”。无论是惊鸿一瞥、继起于明清之际的金陵琴派，或是近代活跃于南京琴坛的青溪琴社、南京乐社、金陵琴社，又或在南京传承的金陵派、广陵派、梅庵派、诸城派等诸多琴学流派，徐元白、王燕卿、夏一峰、刘少椿、王生香、张正吟、梅曰强、成公亮、刘正春等众多琴家……六朝琴韵泠泠，跨越千年，至今仍在南京城中屡屡回响。在袅袅升腾的古调中，人们对魏晋风骨的追寻，对玄远高逸的审美，对琴为心声的追求，从未有一刻消弭。

三说六朝之棋。

在中国围棋史上，有个故事闻名遐迩，甚至成为一则典故，这就是记于《晋书·谢安传》中的“围棋赌墅”故事。

（苻）坚后率众，号百万，次于淮肥，京师震恐。加安征讨大都督。玄入问计，安夷然无惧色，答曰：“已别有旨。”既而寂然。玄不敢复言，乃令张玄重请。安遂命驾出山墅，亲朋毕集，方与玄围棋赌别墅。安常棋劣於玄，是日玄惧，便为敌手而又不胜。安顾谓其甥羊昙曰：“以墅乞汝。”安遂游涉，至夜乃还，指授将帅，各当其任。玄等既破坚，有驿书至，安方对客围棋，看书既竟，便摄放床上，了无喜色，棋如故。客问之，徐答云：“小儿辈遂已破贼。”

（苻坚号称百万大军，列阵于淮河、淝水，京师震恐。朝廷加封谢安为征讨大都督。谢玄向谢安问计，谢安毫无惧色，道：“朝廷已另有主意。”后默默不语。谢玄不敢再问，又派张玄再去请示。谢安驾车去山中别墅，见亲朋毕集，便与谢玄下围棋赌别墅。谢安平常棋艺不及谢玄，这日谢玄心慌，败给了谢安。谢安对外甥羊昙说：“别墅送你了。”又登山游玩，至夜才归，部署将帅，各司其职。谢玄等人大败苻坚，捷报送至，谢安正与客对弈，看罢将捷报丢在床上，下棋如故。客人询问，才徐徐答道：“小儿辈已击败敌人。”）

正所谓“江左风流宰相，唯有谢安”，大战在即谈笑东山，围棋赌墅，这种超越常人的从容气度，一位政治家驾驭全局、指挥若定的形象跃然纸上。围棋在此处，也成为别具意象的文化符号，为后人所敬仰和传颂。

围棋，又称“棋”“弈”。在古代，它还有多种其他称谓：根据棋子、棋盘的颜色形状，有“黑白”“方圆”“乌鹭”之称；根据棋盘线条纵横交错，有“河洛”“吴图”“星阵”之称；根据围棋体现的文化精神，又有“坐隐”“忘忧”“手谈”“烂柯”等雅称。传说围棋为帝尧所发明，春秋时流传至民间，于两汉之际缓慢发展，至六朝，围棋终于迎来第一个蓬勃发展的高潮，若论这个高潮的中心，毫无疑问就是当时的国都——建康。

“阻兵之雄，若棋弈争枭”。三国大争之世，因之所蕴含的“棋道即兵道”文化意蕴，围棋开始为时人、特别是当权者所重，迎来了高速发展的机遇。其中，以吴国围棋之风最为深入和普及。北宋棋待诏李逸民《忘忧清乐集》中存有“吴主孙策诏吕范弈棋图”，图中可见孙、吕对弈所用的已是十九路棋盘，于今已无二致。吕范乃孙策谋士，二人常在对弈时商讨军国大事，孙策“以亲戚待之”。孙吴一朝，士大夫如顾雍、陆逊、蔡颖等皆棋艺精湛，严子卿、马绥明等“有棋圣之名”的知名棋士相继出现，更产生了《围棋势》等理论著作，可见弈棋在吴地之盛。

两晋时期，士人崇尚清谈，标榜风流，独立意识和自我意识进一步觉醒，围棋不再仅仅是娱乐游戏，而是魏晋风骨的延续。西晋时曹丕善棋，作《夏日诗》“棋局纵横陈，博弈合双扬”，当时的文坛领袖“建安七子”中，至少有孔融、王粲、应玚、阮瑀四人工于围棋。南渡后，东晋当轴世族如琅琊王氏、陈郡谢氏等皆尚弈棋，门阀士族的带动更使围棋进一步“雅化”，用以彰显从容镇定的名士风度。据《世说新语·方正》记载：

江仆射年少，王丞相呼与共棋。王手尝不如两道许，而欲敌道戏，试以观之。江不即下。王曰：“君何以不行？”江曰：“恐不得尔。”傍有客曰：“此年少戏乃不恶。”王徐举首曰：“此年少，非唯围棋见胜。”

（左仆射江虨年少时，丞相王导与其对弈。王导的棋艺要被江让先二子，但欲不让子而下，想以此观其为人。江虨不先下，王导问：“你怎么不下？”江虨说：“怕不合适。”一旁客人说：“年轻人棋艺不错。”王导徐徐抬头道：“他虽年少，却不只围棋胜过我。”）

王丞相，即东晋士族领袖、琅琊王氏王导。《晋书·王导传》记载王导之子王恬“晚节更好士，多技艺，善弈棋，为中兴第一”，可见王导、王恬父子皆善棋。而《晋书》中“王景文之死”的记载，更以弈棋为引，彰显了时人对于名士风度的审美趋向：

泰豫元年春，上疾笃，遣使送药赐景文死……敕至之夜，景文政与客棋，扣函看，复还封置局下，神色怡然不变。方与客棋，思行争劫竟，敛子内奁毕，徐谓客曰：“奉敕见赐以死。”方以敕示客。酒至未饮，门客焦度在侧，愤怒发酒覆地曰：“大丈夫安能坐受死？州中文武可数百人，足以一奋。”景文曰：“知卿至心，若见念者，为我百口计。”乃墨启答敕，并谢赠诏。酌谓客曰：“此酒不可相劝。”自仰而饮之。

（泰豫元年春，皇上病重，送毒酒给王景文赐死。诏命下达之夜，王景文正与门客下棋，打开封函看完敕文，又装好放在棋盘下，神色怡然不变。待一局毕，收罢棋子，他才对门客说：“收到敕令，皇上赐我以死。”将敕文给门客们看。当时毒酒在旁，门客焦度愤怒地将酒泼在地上：“大丈夫岂能坐以待毙？我们州也有文武数百人，不如奋起一搏。”

王景文说："知你心意，但若顾念我，就为我家中百口人考虑吧。"于是答谢赐诏，斟酒并对门客说："这酒就不敬大家了。"一饮而尽。）

正如余嘉锡《世说新语笺疏》之言："尝观古人之事，危疑仓促之时，往往托请博弈，以示镇静。古人当大哀大乐死生呼吸之际，亦以围棋示度量"。

经过两晋士人的不断雅化，围棋在南朝迎来了全面繁荣。棋谱专辑和棋学论著大量出现，宋人高似孙在《纬略》中将马融、蔡洪、曹摅、梁武帝、梁宣帝五人所写的五篇《围棋赋》和班固《弈旨》、应玚《弈势》及沈约《棋品序》称为"五赋三论"，代表了中国古代围棋论著的最高水平，其中就有"四赋两论"出自六朝。

帝王的带动催生了围棋艺术的勃兴。宋、齐、梁、陈各代，多位帝王迷恋弈棋，他们亲力亲为，鼎力推广，极大地推动了围棋的盛行。刘宋之时，棋迷宋文帝与黄门侍郎羊玄保对弈，羊氏胜出，命为宣城太守，这便是棋史上著名的"赌郡戏"典故。宋明帝嗜棋尤深，首创"围棋州邑"——专门的围棋管理机构，设置官员用以选拔棋士、整理棋谱，将围棋艺术官方化、正式化。宋明帝后，齐高帝萧道成、齐武帝萧赜、梁武帝萧衍和梁简文帝萧纲皆雅好围棋，帝王的大力推崇，推动了南朝品棋活动的兴盛，这是围棋艺术全面繁荣的标志。

品棋，即对棋士的棋艺水平进行高低品鉴的活动。《宋书·羊玄保传》载"羊玄保善弈棋，棋品第三"，可见南朝初期已有品棋之风。在南朝有记载的品棋活动中，以梁武帝天监年间的一次为最盛。梁武帝萧衍为人风雅，史载他"六艺备闲，棋登逸品"。齐武帝萧赜时，竟陵王萧子良曾命萧惠基掌事品棋，当时萧衍正在萧子良门下，时称“竟陵八友”。我们有理由相信，也许正是南齐时这次品棋吸引了萧衍，后来萧衍代齐，天监年间他仿照前朝，也举办了一次规模空前的全国性品棋活动。《南史·柳恽传》载：“梁武帝好弈，使恽品定棋谱，登格者二百七十八人，第其优劣，为棋品三卷。”萧衍首开围棋九品制，亦是当今围棋段位制的先河。在梁武帝的带动下，南梁一朝棋坛群星璀璨，为后世所不能及。

南朝时期，围棋也开始进入文人士大夫的创作视野，以围棋为创作素材的诗文不断出现。第一位将围棋作为主要描写对象的诗人是南朝刘孝绰，他的《赋得照棋烛诗刻五分成》诗云：

南皮弦吹罢，终奕且留宾。日下房栊暗，华烛命佳人。侧光全照局，回花半隐身。不辞纤手倦，羞令夜向晨。

小诗仿佛一幅精美的画卷，徐徐展开于人前：弦歌听罢，主人盛情邀请客人对弈。天色已晚，遂命侍女执烛。棋下得尽兴，宾主又刻烛赋诗[①]，兴致正浓，通宵不眠。这首诗正是当时文人生活的真实写照，众人弹琴赋诗，灯下对弈，风雅相尚的名士风度呼之欲出。

唐宪宗宝历二年（826），因诗获罪、被罢和州刺史的刘禹锡在回洛阳途中经过吴地。适逢白居易卸任苏州刺史回返洛阳，在扬州，两位诗人不期而遇了。相邀宴饮，二人感慨时局灰败、权贵当道，白居易颇有颓丧悲观之情。许是为了鼓励郁郁寡欢的白乐天，许是当年吴地弈棋

① 当时流行的一种赋诗雅好。《南史·王僧儒传》“竟陵王萧子良尝夜集学士，刻烛赋诗，四韵者则刻一寸，依次为率。”

文化的繁盛鼓励了同样落魄的刘禹锡，遂以围棋“烂柯”之典，写下了这首名垂千古的《酬乐天扬州席上初逢见赠》：

巴山楚水凄凉地，二十三年弃置身。怀旧空吟闻笛赋，到乡翻似烂柯人。沉舟侧畔千帆过，病树前头万木春。今日听君歌一曲，暂凭杯酒长精神。

半生流离的诗人，归来时恰似王质观棋归来，物事已是沧桑巨变；但弈棋中蕴藏的玄妙变化、进退哲理也同样激励着失意的诗人，一句“沉舟侧畔千帆过，病树前头万木春”，令人瞬间仿佛重回“无为在歧路，儿女共沾巾”的盛唐气象。

“青山不厌千杯酒，白日唯消一局棋”。在浩瀚的时间长河中，弈棋作为不可或缺的文化意趣和审美追求，承载了国人的性情，装点了国人的生活，更在失意之时，予以多少文人士子激昂奋进、永不言败的斗志和勇气。此种勇气，时至今日仍然传承于华夏大地之上，血脉传承，生生不息。

四说六朝之画。

魏文帝黄初三年（222），旧友被戮、身遭疑忌的曹植入京觐见，归时乘渡洛水。时天光西倾，车殆马烦，诗人漫步阳林，极目远望。忽见波光潋滟中一位丽人立于岩畔，其形“翩若惊鸿，婉若游龙，荣曜秋菊，华茂春松。髣髴兮若轻云之蔽月，飘飖兮若流风之回雪”，诗人追忆洛水宓妃传说，慕其淑美，心震荡而不怡。洛灵感之，相与一会，一时神光离合，气象万千，华容婀娜，飘忽若神。只恨人神殊途，相逢短暂，“悼良会之永绝兮，哀一逝而异乡”，佳人转瞬而逝，只余诗人顾望怀愁，盘桓不去，只得将这惊鸿一瞥寄于生花妙笔，一篇流传千古的《洛神赋》，成就了曹子建“仙才”之名。

约一百五十年后，东晋“画绝”顾恺之于友人处偶读曹植《洛神赋》，一见倾心，铭感五内。他乘兴而就，挥洒丹青，首开长卷叙事，大胆布局，将原作中炙热纯洁的浪漫与凄婉尽情倾泻于画卷之中，笔笔描摹力求“悟对通神”。这就是开创了中国传统绘画长卷的先河之作，被称为“中国绘画始祖”的《洛神赋图》。

顾恺之（348—409），字长康，晋陵无锡人（今江苏无锡）。东晋杰出画家、绘画理论家、诗人。其人博学多才，率直通脱，擅诗赋、书法，尤善绘画，世人称为“三绝”：画绝、文绝和痴绝。谢安深重之，以为苍生以来未之有。其代表画作有《女史箴图》《洛神赋图》《列女仁智图》《斫琴图》等。我国如今存世最早最完整的国画作品就是顾恺之的《女史箴图》，原作已轶失，现存唐代摹本收藏于大英博物馆。

六朝时，士人与黑暗的现实决裂，却纷纷从灵魂深处发出了前所未有的自我呐喊，他们肆恣挥洒，用各自的方式表达着自我的生命状态。建康城见证了中国传统艺术的觉醒和勃兴，绘画艺术自然也不遑多让，第一批有历史记载、因绘画才能而蜚声后世的画家就出现于魏晋之际，并称“六朝四大家”的顾恺之、曹不兴、陆探微、张僧繇全部崛起于建康画坛，被后世誉为“画家四祖”的陆探微、顾恺之、张僧繇、吴道子，其中三人的主要人生轨迹在建康。唐代张怀瓘的《画断》评之“张僧繇得其肉，陆探微得其骨，顾恺之得其神”。

顾恺之善画，二十岁时曾为建康瓦官寺绘就《维摩诘像》，绘成“光照一寺，施者阗咽，俄得百万钱”，为寺僧筹措捐施逾百万，为时人津津乐道。曾事桓温、桓玄两代，曾率兵众身先士卒、共抗乱军，卒于散骑常侍任上，享年六十二岁。

顾恺之作画意在传神。他曾以嵇康诗论画：“手挥五弦易，目送归鸿难”，可见摹形易而摹骨难。他擅长人物画、山水画，大力提倡“迁想妙得”“以形写神”，《世说新语》记载“顾长康画人，或数年不点目睛。人问其故，顾曰：“四体妍媸，本无关于妙处；传神写照，正在阿堵中。”他认为阿堵（眼睛）是“传神写照”的关键所在，至今仍为画师所重。关于顾恺之画作传神的记载，最有趣的莫过于《世说新语·巧蓺》所载的几则轶事：

顾长康画裴叔则，颊上益三毛。人问其故，顾曰：“裴楷俊朗有识具，正此是其识具。”看画者寻之，定觉益三毛如有神明，殊胜未安时。

（顾恺之画裴楷，在面颊上多加三根胡子。有人问他为什么，他说：“裴楷俊朗有才识，这正是表现他的才识。”看画者望去，顿觉加这三根胡子更有神明，远胜未加的时候。）

顾长康画谢幼舆在岩石里。人问其所以，顾曰：“谢云：‘一丘一壑，自谓过之。’此子宜置丘壑中。”

（顾恺之画谢鲲，将他立于岩石中。人问其故，他说：“谢鲲曾说：‘在一山一水间游乐，我自认比他强’。所以画他该立于山崖沟壑中。”）

无论是裴楷的“三毛传神”，还是谢鲲的“独立丘壑”，顾恺之在写形之余，致力于传达描摹人物的性情灵魂。顾恺之的“神”，赋予了人物精神和内在生命，更通体贯彻了东晋飘逸轻灵的审美趋向。这与顾恺之本就是时下名士，长于诗文清谈的文人素养是分不开的，他的文辞秀美，或许我们可以从《世说新语·言语》的这篇小记得窥一二：

顾长康从会稽还，人问山川之美，顾云："千岩竞秀，万壑争流，草木蒙笼其上，若云兴霞蔚。"

（顾长康从绍兴还，旁人问山川之美。他说："千座山峰比赛秀丽，万条沟壑争相奔流，茂密的草木笼罩其上，有如彩云涌动霞光灿烂。"）

时称"文绝"的顾恺之，为后世贡献了"青云蔽日""声泪俱下""万壑争流""渐入佳境""一叶障目"诸多成语，绘画之外，他更长于琴筝，工于诗文，谈玄参禅，精神世界丰富多彩。或许正是有此积淀，当顾恺之遇到《洛神赋》，翩若惊鸿的《洛神赋图》呼之欲出，画家跨越了传统的时空观念，以他擅长的山水木石为引，将不同情节置于同一幅画卷之上，洛神和曹植反复出现在画卷当中，连续而完整地传达了二人邂逅、相恋、依依惜别的过程，笔法如"春蚕吐丝"，丝丝入扣、传神写照、以情动人，千载之下，仍使人共情动容。

若说六朝开启了文人自我意识的觉醒，顾恺之则开启了画师"以画载道"的"画谏"功能，他最负盛名的画作《女史箴图》《列女仁智图》便是典型的画谏之作。

晋惠帝时，皇后贾南风弄权，她挟惠帝下诏，残杀朝中政敌数千人之多，独揽大权长达八九年之久，史称"贾后之乱"。广武侯张华以历代贤妃故事为本撰写了《女史箴》一文，意在讽谏贾后，倡导女性传统美德，在当时流传甚广。《女史箴图》便是顾恺之以《女史箴》文所作。

而《列女仁智图》则是顾恺之根据西汉刘向的《列女传》所绘，整幅画卷包含15个故事场景，一个场景描绘一位贤德女性，场景间彼此独立，没有关联。欣赏此卷，应当每一次只展开一小段，看完一段卷起来，再展开下一段，阅卷犹如读书。相比于传统社会文字诗赋是文人士大夫阶层独有的“特权”，画作影响力更大、更普及，也更易于被社会各阶层所接受，顾恺之以画劝善，进一步拓展了绘画艺术的社会功能，为后世所广为称颂。清乾隆帝赞其“妙入豪巅”，亲自收藏《女史箴图》，更是不惜连盖37枚私章，足可见其把玩次数之多。

以顾恺之为首的六朝“四大家”，其超然出尘的风骨，悟对传神的笔法，清灵飘逸的审美，为后世中华绘画艺术的发展繁荣奠定了基础。至南唐时顾闳中的《韩熙载夜宴图》，明代佚人的《南都繁会图》《上元灯彩图》，李渔的《芥子园画传》，一代代金陵画家以丹青绘史，以妙笔寄情，自在挥洒，畅游于天地间。

1937年7月7日，日军炮轰宛平城，发动了震惊中外的“卢沟桥事变”。7月29日，北平沦陷，抗日战争全面爆发。其后八年间，以西南联大为代表的大批知识分子携典南渡，辗转漂泊于西南诸地。历史仿佛重现，六朝文史成为当时研究的风潮，年近不惑的傅抱石客居蜀地，亦投身其中。这一时期，傅抱石创作了《兰亭修禊》《渊明沽酒》《羲之爱鹅》《竹林七贤》等大量六朝题材的怀古画作，其中，就有一幅《萧翼赚兰亭图》——

庭前浓绿层层晕染，大片树荫掩映间窥得寺中内景：萧翼手持《兰亭序》正藏入怀中，绘卷半掩半露，仅现一抹红色绫边，越发引人遐思；另一侧辩才附身低头，神思愀然。

位于南京玄武区傅厚岗6号的傅抱石故居，是“新金陵画派”代表人物、一代画坛宗师傅抱石在南京的定居地。从清康、乾年间以龚贤为首的“金陵八家”为代表的“金陵画派”，到20世纪40年代长居南京，以傅抱石、钱松喦、亚明等人为代表的“新金陵画派”，再到一位位曾客居金陵，如雷贯耳的画坛大师如吕凤子、徐悲鸿、张大千、刘海粟等，南京无不以其六朝风骨底蕴，赋予艺术家们一支支如椽巨笔，助其神思飘游，逸兴勃发，成就丹青史上一幅幅不朽名作的诞生。

大音希声，大象无形。一卷卷丹青墨宝，一池池笔墨书香，穿越千年的时光，承载时代的风云，在如今的南京城依旧纤毫毕现，栩栩如生。这是竹林赋予的风骨，是笔尖绽放的神妙，是古调自持的清远，也是弈势起落间，跨越千年而历久弥新的金陵风华。

第六章

绣口盛唐

唐玄宗开元十三年（725）秋，一位青年辞别故乡，去国远游。他沿大江东下，轻舟乘渡，来到心中的“当时帝王宅”——金陵。眼前的东南第一都会随着奔腾而下的江水，在青年的眼前缓缓铺开。刹那间逸兴入怀，神思翩飞，青年挥毫而就，写下这样的诗句：

晋家南渡日，此地旧长安。地即帝王宅，山为龙虎盘。

金陵空壮观，天堑净波澜。醉客回桡去，吴歌且自欢。

彼时的青年心怀四方之志，仗剑携游。他天才英丽，俊逸若仙。历经六朝风云，看尽百年沧桑的金陵城热情地迎接了他，这，就是古都南京，与诗仙李白的第一次邂逅。

公元589年，隋灭南陈，三百年六朝终成过眼云烟。隋文帝杨坚废丹阳郡，于石头城置蒋州，以建康归属于江宁县。大业初年（605），隋炀帝又改蒋州为丹阳郡，置金陵城。公元618年，唐灭隋，分天下十道，以丹阳郡属江南东道。唐朝统治的三百年间，正是我国地方政治体制由郡县制向州县制过渡的时期，南京城名多有改易，曾用归化、上元等名号，但大体以江宁、金陵为县名，先后属扬州、润州、昇州。

隋、唐二代，帝国统治者以六朝近300年江南割据的历史为鉴，大体对南京地区实施了废郡为县、撤销县属建制的抑制措施。据明人陈沂《隋蒋州图考》记载，“平其宫阙，并荡耕垦，六朝之迹，不复存者”。虽然金陵的政治中心地位不复存在，但它身为六朝古都的历史文化存留并不会就此消失，在隋唐五代，金陵依旧是长江中下游的经济、文化重镇，更因其独特而厚重的历史文化意象，成为唐代诗人们咏怀古迹、感慨现实的必经之地，在这里，有现实和过去的交汇回响，有文化和传承的前世今生。

提到与金陵有缘的诗人，自然不能绕过唐代伟大的浪漫主义诗人——诗仙李白。

李白（701—762），字太白，祖籍陇西成纪（今甘肃天水），先世罪迁中亚碎叶，后随父迁居四川绵州隆昌县（今四川江油市）青莲乡，号青莲居士。李白是继屈原之后，我国古代史上又一位伟大的浪漫主义诗人。

李白与南京有着深厚的夙缘。有学者据詹瑛《李白诗文系年》统计，李白一生曾六至金陵，他创作的900余首存世作品中，有180余首创作于金陵或是咏怀金陵，占全部作品的五分之一[①]。特别是初游金陵那年，

① 出自邢虹、朱彦《用唐诗宋词重新打开南京》

他在秦淮河外长干里写下的《长干行》，不仅在中国家喻户晓，更因为美国著名现代派诗人庞德的翻译而蜚声海外。“因为庞德[①]自由主义风格的翻译，《长干行》成为现代英文诗歌翻译的杰作，被收入到很多教科书和诗文之中，它也成为庞德的代表作之一”[②]。无怪乎叶兆言说，李白是当之无愧的“南京的形象代言人”。

初至金陵，李白二十五岁。这一年他仗剑去国，辞亲远游。在钟山他凭栏俯瞰、怀古思幽，在秦淮他呼朋引伴、把酒言欢。寓居长干里一代，年轻的诗人时有“妾发初覆额，折花门前剧。郎骑竹马来，绕床弄青梅”的纯真浪漫，时有“铙歌列骑吹，飒沓引公卿。槌钟速严妆，伐鼓启重城”的凌云壮志。青年沉醉着，欢笑着，他在金陵城白日放歌、系马高楼、纵情声色，他以饱满的生命和热情拥抱金陵城，金陵城则回之以慷慨和接纳，正如临别之际，青年妙笔一挥间，《金陵酒肆留别》中，那溢出纸张的不舍与眷恋——

风吹柳花满店香，吴姬压酒唤客尝。

金陵子弟来相送，欲行不行各尽觞。

请君试问东流水，别意与之谁短长？

一别十三载，山高水长。唐玄宗开元二十六年（738），李白再访金陵，已过而立之年。在过去的十余年间，他怀揣报国之志独闯长安，却囿于出身所限四处碰壁出仕无门。心怀“大道如青天，我独不得出”的愤懑，诗人咏怀古迹，追思先人，将金陵城的处处草木，诸如谢公墩、板桥浦、

---

① 埃兹拉·庞德，美国著名现代派诗人，意象派诗歌运动重要代表人物之一

② 出自美国艺术文学院院士哈金《通天之路：李白传》

白鹭洲、覆舟山、后湖（玄武湖）尽皆录入生花妙笔。两年后，李白送友赴任瓜州，再次停留金陵，在雨花台梅岗一带，留下了旅途中的诗人对一双儿女的牵挂：

娇女字平阳，折花倚桃边。折花不见我，泪下如流泉。

小儿名伯禽，与姊亦齐肩。双行桃树下，抚背复谁怜？

在金陵，清灵飘逸、高不可攀的诗仙，却因这拳拳父爱被人间烟火所沾染，变得更加真挚、动人。

只是高蹈仙人入了世，终无法避免无常浊世的消磨。天宝元年（742）八月，唐玄宗闻李白诗仙高名，诏其入京。渴望报国的诗人闻之大喜，以为平生壮志一朝得伸，殊不知长安之途看似光鲜实则凶险。高傲的帝王并不需治世能臣，他要的不过是盛世的点缀；京城芸芸众生，争相攀附互相侵轧方为处世哲学。理想和现实的巨大落差，傲睨权要的诗人处处碰壁，终于在天宝三年（744）春收获"赐金放还"逐出朝堂的惨淡结局。他的名篇《蜀道难》《行路难》皆成于此时，长安一梦终复醒，醒时的挣扎和悲愤，可想而知。

经历了大喜大悲的起伏落差，李白寄情山水，沿大河一路东行，以脚步丈量着他热爱的山川土地。"李杜携游东鲁，中遇高适"的文坛佳话即成于此时，这也是李白创作成就的高峰期。"五岳寻仙不辞远，一生好入名山游"，《将进酒》《梦游天姥吟留别》《远别离》《战城南》等名篇，随着诗人游历天下的脚步，如山如海，磅礴而出。

天宝六年（747）的一个春日，李白独自南下吴越，于人生中第四次来到了金陵。他在这里停留至天宝九年（750）。风雨故都的沧桑起落慰藉了诗人忧心时局、孤独彷徨的心灵，他在城南凤台山寻访瓦官寺，登上刘宋时的古迹凤凰台，遥望台下水天一色，诗人也发出了人生的悲凉一叹——

凤凰台上凤凰游，凤去台空江自流。
吴宫花草埋幽径，晋代衣冠成古丘。
三山半落青天外，二水中分白鹭洲。
总为浮云能蔽日，长安不见使人愁。

天宝十三年（754），李白五游金陵。时有王屋山人魏万闻之，“自嵩历兖，游梁入吴，记程三千里”至金陵寻访李白。二人泛舟秦淮河上，李白感于魏万千里来会的深情，以诗文相托，后编为《李翰林集》，成就文坛又一段佳话。而在两年前，李白曾北上游历途径范阳（幽州），目睹安禄山的嚣张气焰，在金陵时，他的忧国之心更甚。好在无论是千里赴会的魏万，抑或倾心招待的杨江宁，金陵友人的陪伴给了诗人心灵的宽慰。在白鹭洲，在朱雀门，在劳劳亭，歧路的彷徨、国运的忧心时刻伴随着老之将至的诗人。

天宝十四年（755）年十一月，安禄山叛乱于范阳，很快占洛阳、破潼关、陷长安，“安史之乱”爆发，唐玄宗仓皇逃往四川。太子李亨自行即位于甘肃灵武，改年号为至德，是为唐肃宗。另一位野心勃勃的皇子永王李璘，则在湖北江夏招兵买马，与北方的肃宗朝廷分庭抗礼。大唐盛世来到了分岔的路口，李白也来到了人生的路口。面对国运的崩塌，流亡南国一载后，年迈的诗人怀揣报国之志，他怀着对政治的幼稚和懵懂，于至德元年（756）应永王李璘之聘加入永王幕府。

在永王幕府，李白作《永王东巡歌》十一首，建议李璘以金陵为根据地，兴师北伐，平定叛乱。然而永王并不采纳，他挥师东下，与肃宗自相残杀。最终永王兵败被戮，李白也因附逆罪入浔阳狱。幸得天怜英才，狱中的李白得到了郭子仪、崔涣等京中权贵的仗义相助，老友杜甫受困长安，更为其屡次作诗鸣冤，特别是直接审理此案的御史中丞宋若思也对其心怀同情，李白感其知遇，不顾自身仍处危困，又作《为宋中丞请都金陵表》请其代奏朝廷，他说“臣伏见金陵旧都，地称天险。龙盘虎踞，开扃自然。六代皇居，五福斯在。雄图霸迹，隐轸由存。咽喉控带，萦错如绣。天下衣冠士庶，避地东吴，永嘉南迁，未盛于此”，再次进言朝廷以金陵为都，据长江天险固守一方，重申了他誓清胡尘、恢复两京的报国陈情。

经历了永王幕府、浔阳大狱、流放夜郎、中道遇赦一系列大起大落的人生变故，在晚年，李白第六次，也是最后一次来到金陵。在这里，他“浪迹江湖，终日沉饮”，与友人诗酒唱和，“我忆君到此，不知狂与羞”，已将世俗全然抛诸脑后。他听闻太尉李光弼出镇临淮、引兵东南，竟不顾年迈多病，一跃而起，自请北上从军。他的诗篇，又回到了生命最初那些年的慷慨激昂，英风豪气——

旧国见秋月，长江流寒声。帝车信回转，河汉复纵横。

孤凤向西海，飞鸿辞北溟。因之出寥廓，挥手谢公卿。

上元三年（762），因病在参军途中不得不折返的李白，在金陵附近的当涂（今安徽马鞍山）走完了自己的一生。李白的离去，在后人的传说中也颇具浪漫色彩。病入膏肓的诗仙在江畔独行，忽见江中明月莹莹如玉，他伸出手来，欲将那一轮明月揽之入怀，然而大梦幻灭，虚影破碎，诗人也终究跌落江水，再也没有起来。

李白死后，当涂的亲故李阳冰和老友魏万将他的著作结集传世。然而在那个乱世，他那些浩瀚如星海般的诗作，也已是十散其九。但这十散其九的遗憾，并未影响后人对他惊才绝艳的赞颂："他的诗歌是昂扬奋发的时代精神、宏大蓬勃的盛唐气象的鲜明写照；是开元、天宝之际唐朝盛极一时，又危机四伏的社会现实的深刻再现"[①]。李白，就是国人心中的那个盛唐。

六次来回，百年过往。金陵城见证了李白起伏跌宕的一生，见证了中国封建社会的盛极和跌落。李白将他与金陵的夙缘，凝结于他那些或轻灵飘逸或悲壮感怀的诗篇之中，也将一种特殊的带有地域特色的文体引入高峰时期，它，就是金陵怀古诗。

金陵怀古诗作为怀古咏史诗的重大类别，因其浸染了独特的金陵地方文化特色，成为一种影响深远、风格独特的文学群体创作现象。自唐以来，诗人们基于对六朝文化的认同，对历史兴亡的慨叹，对文物古迹的凭吊，对人生际遇的感怀，"金陵"逐渐成为一种文化意象，金陵怀古诗应运而生。金陵怀古诗作为一种独立的文体产生、发展，始于初唐张九龄的《经江宁览旧迹至玄武湖》、储光羲的《临江亭五咏》[②]等，但金陵怀古诗的全面兴盛，却公认是由李白发展至巅峰的。

中唐时期，金陵怀古诗的代表，无疑是刘禹锡。

① 引自郭预衡《中国古代文学史》

② 引自黄珍妹《唐代金陵怀古咏史诗歌研究》

刘禹锡（772—842），字梦得，河南洛阳人，祖籍中山（今河北定县），出生于嘉兴（今属浙江）。他自幼好学，熟谙儒经，浏览百家，贞元九年（793）与柳宗元同登进士，历任太子校书、监察御史。永贞元年（805）任屯田员外郎，与王叔文、王伾、柳宗元等积极推行革新，时称“二王刘柳”。然而仅半年后，永贞革新失败，刘禹锡与柳宗元等八人同时被贬远州司马，史称“八司马”。

刘禹锡一生经历代、德、顺、宪、穆、敏、文、武宗八朝，目睹中唐朝堂党争激烈、社会矛盾尖锐的现实，诗人怀着更宽广的视野，写下许多具有底层视角、更富现实意义的诗文，金陵怀古诗，就是刘禹锡诗文中以古讽今，警戒世人的代表。

王濬楼船下益州，金陵王气黯然收。
千寻铁锁沉江底，一片降幡出石头。
人世几回伤往事？山形依旧枕寒流。
从今四海为家日，故垒萧萧芦荻秋。

这首《西塞山怀古》是刘禹锡金陵怀古诗的代表作。以其揭示“兴废由人事，山川空地形”的真理，讽喻世人，回味无穷。

《金陵五题》组诗是刘禹锡金陵怀古诗的代表作。其中以《乌衣巷》最为脍炙人口：

朱雀桥边野草花，乌衣巷口夕阳斜。
旧时王谢堂前燕，飞入寻常百姓家。

乌衣巷，位于秦淮河上朱雀桥南岸，在六朝时期，这里是以琅琊王氏、陈郡谢氏为首的门阀士族聚居之地。从当时的鼎盛繁华，到如今的荒疏残照，盛极必衰的兴亡慨叹油然而生，“全诗案而不断，发人深思，含蕴无尽。”[①]

又如《台城》一诗：

台城六代竞豪华，结绮临春事最奢。

万户千门成野草，只缘一曲后庭花。

台城，即孙权时吴宫后的苑城，东晋时更名台城。《台城》全诗“句结案断，却令人震悚，回味靡穷”[②]。

唐代金陵怀古诗，从初唐、盛唐时的寄情山水、凭吊古迹，到中唐时的喟叹兴亡、讽喻时事，至晚唐时国运已零落成泥，此时再论前朝，亡国之忧、人生如梦的彷徨无据体现更深。

并称“小李杜”的李商隐、杜牧是晚唐时金陵怀古诗的代表诗人。

杜牧，字牧之，号樊川，京兆万年（今陕西西安）人。杜牧生于内忧外患日益加深的中晚唐之际，其祖父是中唐名相杜佑，他才兼文武，志在经济，喜谈兵论政，时有灼见，二十三岁即以一篇《阿房宫赋》惊艳四座。他的诗歌咏史喻世，针砭时弊，“与韩柳、元白同时，而文不同韩柳，诗不同元白，复能于四家外，诗文皆别成一家”[③]，传闻他曾在金陵城南花露岗沽酒，这便是“牧童遥指杏花村”的由来。杜牧的金陵怀古诗有《江南怀古》《泊秦淮》《台城曲》等多篇，其中以《江南春》最为知名：

① 引自郭预衡《中国古代文学史》
② 同上
③ 引自洪亮吉《北江诗话》

千里莺啼绿映红，水村山郭酒旗风。

南朝四百八十寺，多少楼台烟雨中。

兴亡之叹寄于自然之景，令人读罢，只觉兴衰惆怅之叹油然而生。

李商隐，字义山，号玉溪生。原籍怀州河内（今河南沁阳），祖迁居郑州荥阳，家道衰微但志向高远。他一生经历宪、穆、敬、文、武、宣六朝，踏入仕途后，目睹时局黑暗，终沦为朝堂党争的牺牲品。他的诗歌内容丰富广泛，风格朦胧壮美，是晚唐诗坛一颗熠星。李义山的金陵怀古诗有《南朝》二首、《陈后宫》二首、《咏史》《景阳井》《齐宫词》共七首，这些怀古诗或借古讽今，警戒荒亡，或托古抒情，宣泄壮志难酬的悲愤。如那首《咏史》：

北湖南埭水漫漫，一片降旗百尺竿。

三百年间同晓梦，钟山何处有龙盘。

在诗人笔下，三百年兴亡如梦徐徐展开，包蕴密致，寄托遥深。

小李杜之后，晚唐仍有如张祜《玉树后庭花》、罗隐《金陵图》、韦庄《台城》等金陵怀古诗，这些诗作以金陵为题感史伤世，在现实的彷徨幻灭中，诗人寄托其中的对家国、对百姓深沉的热爱，成为晚唐如浓墨般黑暗的现实中一抹闪耀千古的亮色。

公元907年，朱全忠灭唐建后梁，继五胡十六国后，华夏大地再次陷入分裂、动乱的战乱时期。直至赵匡胤篡后周建宋止，短短几十年（907—960），北方相继有后梁、后唐、后晋、后汉、后周五代更替，南方则有吴、南唐、前蜀、后蜀、吴越、楚、闽、南汉、南平、北汉等十国存在，这个时期，被后世称为“五代十国”。

相对于北方中原一代的藩镇交替、战乱频仍，此时的南方战乱较少，相对安定。公元937年，李昪灭杨吴，建立南唐政权（937—975），都江宁。据《南唐江宁府图考》记载，南唐都城始建于杨吴天佑十一年（914），大将徐温以唐昇州为基础，改筑城郭为金陵府。南唐建立后，李昪改金陵府为江宁府，遂以府为宫，以城为都。江宁府“城周二十五里，北六朝都城；近南贯秦淮河于城中。西据石头、三山二门，南接长干，东门以白下桥为限，北门以玄武桥为限”，可知南唐时金陵城已向南拓展至秦淮两岸，建立起后世内、外秦淮河并行的格局。

南唐小朝廷偏安江南，社会相对安定，大量中原人口随之向江南迁移，有史学家认为，这是中国历史上第二次“衣冠南渡”[①]。此时的南唐城市经济繁荣，文质也渐渐复苏。中主李璟、后主李煜、宰相冯延巳皆有文采辞章，其中以南唐后主李煜诗文俱工，书画兼擅，尤以词作成就最高。

李煜（937—978），字重光，南唐中主李璟第六子。建隆二年（961）即位，史称南唐后主。公元974年，宋师长驱渡江，逼围江宁，次年都城陷落，李煜作为亡国之君被俘至宋都汴京。

李煜的早期词作受唐末花间词派的影响较大，多以宫廷生活、男欢女爱为主。后经历国变，词作于国破家亡之际，其情其景，深切动人。千载之下，也能激发后世读者深切的故国之思。“江南江北旧家乡，三十年来梦一场”，从降宋到被毒死的两年又七个月间，是李煜创作的

① 也有史家认为中国古代历史上只有永嘉南渡和建炎南渡两次衣冠南渡

高峰，一草一木，一景一物，无不唤起往昔如梦、凄凉之叹。如《破阵子》：

四十年来家国，三千里地山河。凤阁龙楼连霄汉，玉树琼枝作烟萝，几曾识干戈？

一旦归为臣虏，沈腰潘鬓消磨。最是仓皇辞庙日，教坊犹奏别离歌，垂泪对宫娥。

又如《浪淘沙》：

帘外雨潺潺，春意阑珊。罗衾不耐五更寒。梦里不知身是客，一晌贪欢。

独自莫凭栏，无限江山，别时容易见时难。流水落花春去也，天上人间。

江宁故梦已如落花流水般春去，留下的，只有不可言说的亡国之痛，至此，李煜词作的内容已从花前月下变成了对人生的思考，对国运的悲切。命运的覆雨翻云手，让一个自幼“生于深宫中，长于妇人手”“几曾识干戈”的纯真之人，亲历翻天覆地的人生剧变，从而实现了他从自我人格到创作风格的最终成熟。正如王国维在《人间词话》中点评：“词至李后主而眼界始大，感慨遂深，遂变伶工之词而为士大夫之词”。李煜提升了词的格局，开拓了词的题材，更大大丰富了词作的表达，为宋词的蓬勃发展奠定了底色，无怪乎后世奉其为“宋词的开山祖师”。

北宋太宗太平兴国三年(978)，距南唐后主李煜囚居汴京，不知不觉，已过去了近三载时光。

一日，大臣徐铉奉宋太宗之命探视李煜，李煜对徐铉叹曰：“当初我错杀潘佑、李平，悔之不已！”终不忘亡国之恨。徐铉去后不久，李煜作《虞美人》：

春花秋月何时了，往事知多少。小楼昨夜又东风，故国不堪回首月明中。

雕栏玉砌应犹在，只是朱颜改。问君能有几多愁，恰似一江春水向东流。

这是李煜写给自己的诀别诗。“一声恸歌，如闻哀猿，呜咽缠绵，满纸血泪。[①]”这力透纸背的深切哀思，终不为新朝统治者所容，不久后，李煜被宋太宗赵光义下令毒杀。其后，他亦未如先祖一般归葬江宁牛首山南唐二陵，而是被孤单地葬入洛京外邙山。

人生如梦，已经离去的李煜并不会知道，他将带给这个名为“宋”的新朝文坛怎样的影响。人们只知道，在这一弯多情又无情的明月里，又一个时代落幕了。这是盛唐诗仙最爱的一轮明月，是晚唐义山寄以珠泪的沧海月明，是南唐后主不堪回首的当时明月，也是国人心中永不可忘却的报国之志、忧国之叹和故土之思。

---

① 引自清代陈廷焯《云韶集》

第七章

熙宁旧事

宋神宗元丰七年（1084）三月，因驳斥新法、“乌台诗案”而谪居黄州五载的苏轼接诏命，迁汝州团练副史。苏轼奉诏辗转北返，七月，过当涂而至金陵[①]。

在金陵，苏轼见到了自己的政敌，熙宁变法主力，今二度罢相、寓居金陵半山园的王安石。得知苏轼抵达金陵，王安石一袭轻衣，不顾自身老病，骑驴自江畔相迎。东坡亦去帽相见，曰：“轼今日敢野服见大丞相？”王安石笑答：“礼岂为我辈设哉？”

“骑驴渺渺入荒陂，想见先生未病时。劝我试求三亩宅，从公已觉十年迟。”

数月交游，诗酒唱和。金陵的山水见证了一段旧敌变新友的佳话，浪淘不尽的长江水，也将我们带回北宋熙宁年间，那些已成过往的沧桑

① 此段依据刘乃昌《苏轼年表》

旧事。

公元960年，后周禁军将领赵匡胤陈桥兵变夺取帝位，建立宋朝，定都汴京（今河南开封），年号开宝。开宝八年（975），南唐灭后一年，宋太宗赵光义恢复昇州建制，设江宁府。（宋真宗）天禧二年（1018），升江宁府建康军节度使，封寿春郡王赵祯为昇王，也就是后来的宋仁宗，进一步提升了江宁府的地位。仁宗时以昇为大国，不再分封皇子，以帝王的宰执近臣任其守臣。南京地区这样的建制格局，一直延续北宋一朝[①]。

宋朝时，江宁府作为江南一带的政治、经济、文化中心，兼之其古都丰厚的历史内蕴，成为宋代士人争相吟咏的对象。然而宋人眼中的金陵，也不可避免地带有宋代独特的烙印，从而呈现出一些不同于前朝的特征。

纵观两宋三百年，政治问题复杂，内忧外患显著，社会富裕繁荣，士人阶层的思想活跃开放。宋代的政治格局很有特点。观其内部，中央高度集权，国家机器冗余庞大，激烈尖锐的党争和派系倾轧始终不断，其中尤以革新与保守之争最为明显；再看外部，宋代是外患最多、历时最长的朝代，对外实力又十分衰弱，十战九败。这样的政治格局投射到社会文化上，文人士子对政事表现出更强烈的参与意识和忧患意识，也表达出更强烈的爱国热忱。

到了社会矛盾日益凸显的北宋中期，金陵古城所蕴含的王朝更迭、

① 引自明代陈沂《金陵古今图考》

沧桑巨变的历史内涵，与宋代士人探索和总结朝代盛衰的历史规律的心理需求不谋而合。宋人吟咏金陵，更生深沉悲慨之气，更多议论反思之风。尤其是范仲淹、梅尧臣、石延年等北宋政治家们吟咏金陵，从“恃险不能久，六朝今已亡”到“三百年间却堪笑，绝无人可定中原”，更是掺杂了更多理性思考，抒发了对现实的忧思和借鉴。

王安石，这位千年前的“南京市长（江宁太守）”，熙宁变法的“总设计师”，他的一生，是北宋文人士大夫与南京城不解之缘的一个缩影，也是北宋这个“最好的时代，也是最坏的时代”，从富饶繁荣的易碎表象走向幻灭崩塌的一个缩影。

王安石，字介甫，号半山，抚州临川（今属江西）人。北宋名相、改革家。世称荆公、文公、临川先生。王安石不仅是北宋最伟大的政治家，也是北宋诗文革新运动的积极参与者，“唐宋八大家”之一。

南京是王安石的“精神故乡”。他一生四居金陵，每次来时心境皆迥异。金陵这片土地，见证过他自重自持、玉蕴山辉的君子风度，见证过他为官一任、务实致用的革新作风，也见证过他繁华落尽、漱石枕流的归来半生。

宋仁宗景祐四年（1037），王安石之父王益调任江宁通判，举家迁往金陵。与金陵城初遇，繁华的六朝古都带给十七岁少年时不我待、砥砺奋进的感慨。他回忆少年时的经历写道：

两子从亲走京国，浮尘坌亦缁人衣。

明年亲作建昌吏，四月挽船江上矶。

端居感慨忽自寤，青天闪烁无停晖。

男儿少壮不树立，挟此穷老将安归。

少年懵懂的报国之志萌生于此，贯穿一生。宝元三年（1039）王益卒于江宁任上，他科考入仕，为官清廉，携妻带子勉强度日，举家“无田园以托一日之命”。家中顶梁柱的骤然崩塌，使得本就贫困的家庭愈发困顿，少年王安石无力扶柩回乡，奉母居丧于金陵。居丧期间，他苦心钻研古今学问，结交品德高尚的君子。金陵诸生中，他与李通叔最为交好，李通叔是闽人，其人“文章一本于古，绝无华虚荡肆之学”，与崇尚简古的王安石志趣相投。

庆历二年（1042），王安石进京应试，榜上有名，开始了他的从政生涯。对待入仕，王安石坚守道义，秉承“在其位谋其事”，脚踏实地，自尊自重。他少有贤名，很快为时人所重。曾巩谓之“文甚古，行称其文”，欧阳修赞之“文字可惊，世所无有”，曾巩、欧阳修、文彦博等都曾向仁宗举荐过他。朝廷几次诏其入京，他却屡辞不就，安心于淮南判官、鄞县知县、舒州通判、常州知州、江南东路刑狱等基层官职，放眼于苍生百姓。在基层，他目睹了大宋王朝升平下的隐藏危机，“慨然有矫世变俗之志”，多用灵活的经济政策以惠民。

嘉祐四年（1059），王安石再度应召回京。十载归来，谋定而动，一篇《上仁宗皇帝言事书》洒沓万言，纵论天下大事，阐述自己的革新主张。王安石一针见血地指出：“今天下之财力日以困穷，风俗日以衰坏，患在不知法度”。梁启超曾评这篇言事书是“王安石之政治改革宣言”，此文一出，即宣告王安石的变法思想已趋成熟。

嘉祐八年（1063），安石母卒。安石丁忧去职，归于金陵，葬母于蒋山（今钟山）。这一次，他在金陵长居五年。五年间他醉心学术，收徒讲学，宣传他的改革思想和荆公新学。《洪范传》《淮南杂说》等新学著作即成于此时，在金陵，王安石的思想走向成熟，文风也走向成熟。在这段充实的岁月里，他与友人咏怀唱酬，写下那首著名的《桂枝香·金陵怀古》：

登临送目。正故国晚秋，天气初肃。千里澄江似练，翠峰如簇。归帆去棹残阳里，背西风、酒旗斜矗。彩舟云淡，星河鹭起，画图难足。

念往昔、繁华竞逐。叹门外楼头，悲恨相续。千古凭高对此，谩嗟荣辱。六朝旧事随流水，但寒烟衰草凝绿。至今商女，时时犹唱、后庭遗曲。

神宗即位后，踌躇满志，锐意改革。熙宁元年（1068），神宗诏王安石入京任参知政事，熙宁变法的大幕，就此正式拉开。王安石首先组建了三司条例司作为变法领导机构，针对北宋朝堂冗员、军队冗兵、财政冗费的社会危机，相继推行农田水利、青苗、均输、保甲、免役、市易、保马、方田等法，以御内忧外患。变法期间，王安石主持收复河湟，经略蛮夷，南征交趾，新法一定程度上改变了北宋积贫积弱的局面。

熙宁变法，是中国古代史上继商鞅变法之后又一次规模巨大的社会变革运动。新法涉及深广、思想超前，难以平衡各方利益，自身又存在一定短板，引发了巨大的反弹。变法伊始，即遭到以司马光为首的旧党的强烈反对。面对朝野反对的声浪，王安石义无反顾，“众人纷纷何足竞，是非吾喜非吾病”，在神宗的鼎力支持下，新法在举步维艰中行走七年，王安石终于在熙宁七年（1074）首次罢相，知江宁府。在金陵一年后，他又被官复原职，但此时的新法已是大厦将倾。熙宁九年（1076）十月，王安石第二次罢相，任镇南节度使，判江宁府，变法基本宣告失败。其后人生的十余年间，王安石一直退居金陵，直至元祐元年（1086）四月辞世。其间，新法渐渐被全部废除。

“天变不足畏，祖宗不足法，人言不足恤”，熙宁变法短暂却千古，近代大家如曾国藩、梁启超等皆对其评价极高，国史大家钱穆也曾说“至晚清而主变法者，争言荆公政术”。变法的功过暂且不论，论其败因，与宋自立国起就始终存在的朋党之争是不无联系的。自变法开启至七年后落幕，旧党反对的呼声就一刻不曾停止，同为唐宋八大家的苏轼、苏辙均极力反对新法，就连早年力荐王安石的欧阳修、文彦博等也对新法不以为然。因为反对变法，司马光、吕诲、苏辙、范纯仁、程颢等多人遭到流贬，其中最知名的，莫过于多次上疏反对新法屡遭贬谪，后因“乌台诗案”又遭二次迫害的苏轼。在苏轼深陷牢狱之时，已经退居江宁的王安石，一封“安有圣世而杀才士乎”的上疏，摒弃新旧成见，只存仗义一言。念及前因后果，岂不令人陡生唏嘘！

面对新法，旧党如置冰炭同器，仿佛被一双看不见的手裹挟着，前仆后继。王安石举步维艰，孑然一身。他无人可用，甚至到了后世多质疑他常用“小人”的地步，以至于这样一位“太杰出、太强悍、太超前”[①]的人物，身处内忧外患之中，心怀忧国忧民之思，却独立风口，终其一生不能成事，身后也不曾得到公允的评价。

① 引自梁启超《王安石传》

二次罢相后，王安石归心似箭。他曾在《忆昨示诸外弟》中写道“想见江南多翠微，归心动荡不可抑”。他在蒋山西南造半山园，作为晚年的居所。蒋山，史称金陵山，汉时为钟山，孙权时筑蒋庙，改钟山为蒋山，这称谓便由此而来。据载，半山园简陋“若逆旅之舍”，不设垣墙，仅蔽风雨，却给晚年的王安石提供了心灵的休憩之所。园北是谢公墩，他到此登临怀古，追思谢安；蒋山有定林寺，他在寺中访僧悟道，读书参禅。闲时乘马骑驴，遍览诸胜，为山川名寺题写文章。他时而寄情山水，如吟咏钟山的《北山》：“北山输绿涨横陂，直堑回塘滟滟时。细数落花因坐久，缓寻芳草得归迟。”时而走亲访友，如拜访友人的《书湖荫先生壁》：“茅檐长扫净无苔，花木成畦手自栽。一水护田将绿绕，两山排闼送青来。”时而抒情言志，如忧思新法的《杖藜》：“杖藜随水转东冈，兴罢还来赴一床。尧桀是非时入梦，固知余习未全忘。”他的诗文从早年的“意气自许”，到如今，已是“晚年始悟深婉不迫之趣”。

元丰七年（1084），年逾六十的王安石大病一场。适逢苏轼因“乌台诗案”贬谪黄州五年后，接诏任汝州团练副史。五载沉浮，心境已不同昨日的苏东坡辗转北上，至金陵见王安石。两位“政敌”在金陵山水同游，诗酒唱和。东坡游钟山作《同王胜之游蒋山》，荆公读罢赞曰：“余爱其‘峰多巧障日，江远欲浮天’，老夫平生作诗，无此二句。”而东坡读荆公《寄蔡氏女子》中“积李兮缟夜，崇桃兮炫昼”，也赞道：“自屈宋没世，旷千余年，无复离骚句法，乃今见之。”[①] 苏轼去后，王安石感于晚年寂寥，幸有佛学禅友相伴慰藉，故奏请将半山园改为佛

① 引自南宋胡元任《苕溪渔隐丛话》

寺，神宗赐额“报宁禅寺”。

已至风烛之年的王安石，在泯然一笑中，将平生难酬的壮志托于滚滚东去的江水。这一年，他在江畔写下了这首《南乡子·自古帝王州》：

自古帝王州，郁郁葱葱佳气浮。四百年来成一梦，堪愁。晋代衣冠成古丘。

绕水恣行游，上尽层城更上楼。往事悠悠君莫问，回头。槛外长江空自流。

元祐元年（1086）四月，王安石病逝于江宁。王安石死后，司马光在《与吕晦叔简》中说：“介甫文章节义，颇多过人。不幸谢世，反覆之徒，必诋毁百端。光以为朝廷特宜优加厚礼，以振起浮薄之风。”皇帝从其言，追赠“太傅”封号，敕文见于《东坡集》。苏轼在这篇他亲自起草的敕文中评价王安石：“瑰玮之文，足以藻饰万物；卓绝之行，足以风动四方。用能于期岁之间，靡然变天下之俗。”两位昔时政敌的“盖棺定论”，为王安石的一生，做了绝好的注脚。

然而斯人已逝，新法也终成往事。至此，北宋士人欲以一己之身力挽狂澜，救国于大厦将倾的愿望，终作烟云消散殆尽。

神宗驾崩后，随着王安石、司马光相继谢世，帝国政治逐渐陷入党争的泥沼。至公元1100年徽宗赵佶即位时，昔日的君子之争、政见之争，早已恶化为权力之争、私利之争。其后的二十余年波诡云谲，政潮迭起，党争的痼疾每翻覆一次，帝国的命数就衰减一分，直至药石无医。

宋钦宗靖康二年（1126）四月，金军攻破汴京，俘虏了宋徽宗、宋钦宗父子及大量赵氏皇族、后宫妃嫔及贵卿、朝臣三千余人，押解北上，汴京城中公私积蓄为之一空，史称“靖康之乱”。五月，宋高宗赵构即位于应天府（今河南商丘），建立南宋，改元建炎。建炎三年（1129），改江宁府为建康府。随着金兵南下，宋高宗前后逃往扬州、临安府，甚至漂泊海上数月，最终金军北撤，高宗定都临安（今浙江杭州），史称“建炎南渡”。

绍兴三年（1133），高宗驻跸建康，于南唐旧宫所在地置行宫，设留守。但这不过是虚伪的统治者为了安抚朝中震荡的北伐呼声，做出的抗金姿态而已。社会的空前动荡和民族的奇耻大辱，极大地震动了当时的政坛、文坛。中原板荡，神州陆沉，爱国主义基调成为南宋文坛的特定烙印。然而统治者主和投降的态度，让具有强烈爱国热忱的文人士大夫阶层备受压抑和苦闷。期间，建康因其扼江而守、据险以北伐的地理位置，成为渴望洗刷耻辱、北归复国的南宋士人心中别具意象的城市。

李清照，两宋之交最伟大的词作家，中国文学史上最伟大的女词人，她正是南渡词人的代表之一。李清照生于公元1084年，号易安居士，山东济南人。其父李格非出自苏轼门下，是著名的散文家。其夫赵明诚为忠厚学者，尤擅金石考据之学，李清照与他志趣相投，感情融洽。

建炎元年（1127），赵明诚因母去世而至建康奔丧。此时金军南下，时局动荡，李清照为避难，携带她与赵明诚花费十余年收集的金石书画十五车，“至东海，连舻渡淮，又渡江”，辗转一年至建康。建炎三年（1129），赵明诚病逝于建康。至此，李清照过上了流落江南的动荡生活。流亡途中，一夕书画被盗，当年与丈夫收集的金石古卷全部散佚。

南渡的伤痕和生活的辗转，带给女词人难以平息的忧愤之情。以靖康之难为分水岭，李清照的词风从单纯澄净转为沉挚悲凉，饱含浓烈的家国情怀。在建康，她写下了脍炙人口的《乌江》：

生当作人杰，死亦为鬼雄。

至今思项羽，不肯过江东。

诗作字字悲愤，表达了对南宋政权的极度失望。在流亡的岁月里，李清照痛恨崩塌的国运，悲叹早逝的爱人，写下了《武陵春》《声声慢》《一剪梅》等诸多名篇。

与南宋艰危破落的国运一样，李清照的晚年颠沛流离，凄苦难言。靖康之乱是崩塌的开始，建炎南渡是一生的转折。建康三载，是她与赵明诚最后的时光，于是她在记忆中缅怀了一生。晚年居无定所的李清照，写下了这首怀念建康的《临江仙》：

庭院深深深几许？云窗雾阁常扃。柳梢梅萼渐分明。春归秣陵树，人老建康城。

感月吟风多少事，如今老去无成。谁怜憔悴更凋零。试灯无意思，踏雪没心情。

纵观李清照一生，少时欢愉短暂，其后遍历山河破碎、故土南归、家破人亡、典籍散失、晚年再嫁、百日离异、孑然一身。然而命运的坎坷造就了一个杰出的伟大词人，她的《漱玉集》流芳百世，传世之作不多，虽仅四五十首，却是字字珠玑。她开创了后世脍炙人口的“易安体”，被誉为“婉约正宗”。

在今天的南京市秦淮区水西门广场西侧，有一处亭台依山傍水，在落日的余晖下静静伫立。它，就是被复原的宋元金陵第一名胜——赏心亭。

新亭非旧亭。南宋的建康赏心亭，位于城西下水门城墙上，早已拆毁不复见。那里曾留下两位伟大的爱国诗人的足迹，历经岁月的打磨，却仍熠熠生辉。他们，就是辛弃疾和陆游。作为南宋中叶最伟大的文学家，陆以诗名，辛以词名，两人共同发出了时代的最强音。建康，则见证了两位诗人各自的一段人生旅程。

辛弃疾的《水龙吟·登建康赏心亭》，写在他献上凝聚毕生报国之志的《美芹十论》，却终不为朝廷采纳之时。

辛弃疾（1140—1207），字幼安，号稼轩，南宋豪放派词人。高宗绍兴三十年（1160）金主完颜亮准备南侵，北方掀起起义高潮。时年二十岁的辛弃疾在济南聚众二千人抗金，他作战勇猛，嫉恶如仇，人称“青兕”。次年，辛弃疾奉表归南宋。乾道四年（1168），辛弃疾任建康通判。在建康，他向朝廷献上了其军事战略思想的代表作《美芹十论》，陈述迁都建康、北上抗金救国的主张。然而此时朝中主和派当道，无人理会这篇心血之作，不过将词人视作文人小吏。那一年，郁郁不得志的辛弃疾徘徊于建康赏心亭，遥望天际楚云翻卷，他写下了这首流传千古的名篇：

楚天千里清秋，水随天去秋无际。遥岑远目，献愁供恨，玉簪螺髻。落日楼头，断鸿声里，江南游子。把吴钩看了，栏杆拍遍，无人会，登临意。

休说鲈鱼堪脍，尽西风，季鹰归未？求田问舍，怕应羞见，刘郎才气。可惜流年，忧愁风雨，树犹如此！倩何人唤取，红巾翠袖，揾英雄泪？

其后十余年，辛弃疾辗转两湖、江西、两浙任地方官吏，期间饱受政敌诬陷，终不得重用。《美芹十论》也如词人的报国之志沉沙入海，杳然无踪。辛弃疾离开建康十年后，另一位满怀爱国主义情怀的诗人陆游也来到这里，赏心亭，再次留下了千古不灭的足迹。

陆游（1125—1210），字务观，号放翁，南宋著名爱国主义诗人。乾道六年（1170），陆游被启用为夔州通判，他感于有用之身，履陈进取之策。数年间，他亲临南郑前线，亲历军旅生涯。他重游建康，认为建康城“大江天险，都城临之，金汤之势，比六朝为盛”，建议朝廷迁都据险，光复中原，与辛弃疾不谋而合。

然而腥膻的朝堂容不下单纯热忱的人，稼轩如此，放翁亦如此。因在朝堂屡受攻讦，孝宗淳熙五年（1178），陆游两遭物议而罢官，三年后，辛弃疾亦被政敌弹劾而去职。是年二月，陆游离开成都，沿长江东下，于秋天路过建康。在建康，他写下这首《登赏心亭》：

蜀栈秦关岁月遒，今年乘兴却东游。

全家稳下黄牛峡，半醉来寻白鹭洲。

黯黯江云瓜步雨，萧萧木叶石城秋。

孤臣老抱忧时意，欲请迁都涕已流。

绍熙五年（1194），南宋权相韩侂胄筹措北伐，辛弃疾被再诏出山。宁宗嘉泰三年（1203），辛弃疾被任命为绍兴知府兼浙东安抚使，在绍兴山阴，两位爱国诗人终于相逢。次年稼轩受召廷对，陆游赋诗相赠，一句“大材小用古所叹，管仲萧何实流亚。天山挂旆或少须，先挽银河洗嵩华”，所托之重、所寄之深令人唏嘘。

男儿到死心如铁，却终究不能“试手补天裂”。嘉泰五年，辛弃疾再次遭诬，重回铅山，北伐也于次年失败。开禧三年（1207），辛弃疾赍志以殁，临终时“大呼杀贼数声”。三年后，陆游也在忧愤中死去，弥留之际，他留下了千古感人的《示儿》：

死去元知万事空，但悲不见九州同。

王师北定中原日，家祭无忘告乃翁。

陆、辛之后，南宋文学的高峰期结束，南宋的国运也已如风中残烛。元至元十三年（1276），元军攻占临安，俘五岁的宋恭宗，将南宋全境纳入元朝版图。陆秀夫、文天祥和张世杰等人拥立幼帝，辗转流亡于南方。至元十六年（1279），崖山海战失败，陆秀夫负刚满八岁的小皇帝跳海而死，南宋彻底灭亡。自此，赵宋宗室319年的统治走向终结。

至元十六年（1279）的深秋，战败被俘的文天祥在被押解入大都（今北京）的途中，途径金陵驿。此时，南宋政权覆亡已半年有余，金陵也被元军攻占四年之久了。古道西风，残阳如血，在这深秋的黄昏，帝国的绝响在夕辉中不忍卒闻。文天祥远望天边的孤云，写下了这首《金陵驿》。

草合离宫转夕晖，孤云飘泊复何依。

山河风景元无异，城郭人民半已非。

满地芦花和我老，旧家燕子傍谁飞？

从今别却江南路，化作啼鹃带血归。

江山回首，英雄末路，万事空中雪。人生自古谁无死？故国梦碎，山河倾颓，饱经风霜的文天祥已心怀必死之志。他慨叹道：“镜里朱颜都变尽，只有丹心难灭”。

流转的时光中，金陵驿默默无语，无言见证。这不灭的铁血丹心，璀璨的爱国情怀，跨越上下五千年，终凝成中华民族不变的信仰。这种信仰，孤身穷途犹自强不息，饱经忧患却矢志不渝，正是这个多灾多难的民族一次次跨越绝境，在灰烬中涅槃重生、走向伟大复兴的永恒动力。

第八章

洪武京城

明洪武七年（1374），以一介草莽起家，今已贵为大明开国之君的朱元璋再登都城西北的卢龙山，忆起十四年前曾在此地以一当十、大破劲敌陈友谅四十万大军的旧事，一时壮怀逸兴，神思翩飞。满目所及，“蜿蜒如龙，连络如接翅飞鸿；一峰突兀，凌烟霞而侵汉表，远观近视，实体狻猊之状”，遂赐名卢龙山为狮子山，又命建楼于山上，以彰兵役之事。

“观此之山，岂泛然哉！乃于洪武七年甲寅春，命工因山为台，构楼以覆山首，名曰阅江楼”[①]。

元朝末年，阶级矛盾和民族矛盾逐步激化，中原大地各路红巾军起义勃发。元至正十五年（1355），因郭子兴病逝，终于成长为一支独立

① 以上两处均引自明代朱元璋《阅江楼记》

军事力量的朱元璋急于寻求一处根据地以壮大自身，他的目光，瞄准了集庆。

集庆路是元末对南京的称呼，元初称建康路，是为东南重镇，更是经济繁荣的繁华都会。朱元璋听从幕僚冯国用“金陵龙盘虎踞，帝王之都，先拔之以为根本”之计，渡江逼近集庆。元军以重兵抵抗，先后两次将之击退。

集庆山水结合，地势险要，易守难攻。城西有石头山，城东有钟山，两个制高点串联起马鞍山、四望山、卢龙山、幕府山、富贵山、覆舟山、鸡笼山系列山脉，群山起伏而据“虎踞”之势；城中秦淮河、青溪、运渎、燕雀湖（前湖）、玄武湖（后湖）、金川河、杨吴城濠（北门桥河）等河流交织缠绕，更有长江天险为凭，水系绵延而显“龙盘”之威。面对久攻不下的集庆，朱元璋不曾气馁，元至正十六年（1356），他亲率水陆两军三攻集庆。朱元璋声东击西，逐个击破，最终“于元至正丙申三月取集庆路，戊申混一海内，改路为应天府”[①]。集庆自此更名为应天府。

说到朱元璋夺取集庆，还有一则有趣的轶事，传说朱元璋三渡长江由燕子矶登城，一举占领集庆。望着眼前“万里长江第一矶”的燕子矶，面对终被囊入怀中的集庆，这位草莽皇帝难掩心中兴奋自得，竟也吟起诗来——

燕子矶兮一秤砣，长虹作杆又如何？

天边弯月是挂钩，称我江山有几多！

其人诗才几何不好评论，但夺取了应天府的朱元璋，确实获得了雄

① 引自明代陈沂《国朝都城图考》

踞一方的资本。不过，在占据应天的最初十年间，他却并未大兴土木，广筑城垣。元末群雄并起，朱元璋之外，尚有黄河流域的刘福通部，长江中游的陈友谅部以及江浙一带的张士诚部虎视眈眈。面对复杂的外部环境，朱元璋采纳谋士朱升"高筑墙，广积粮，缓称王"的策略，他凝神屏息、以静制动，充分利用山水地形优势，屯垦练兵，将应天打造成一座固若金汤的军事重镇。经过十年生聚，朱元璋灭陈友谅、取张士诚，将江南富饶之地尽纳麾下。元至正二十八年（1366），朱元璋即位于应天，"定有天下之号曰明"，以应天为"南京"，明都南京，至此得名。

南京城作为一座由明初统治者精心规划、设计的都城，其规模宏伟，布局明确，也留下了较为丰富的官方史料。《洪武京城图志》就是一组分类详细、记述详实的城市分类地图，其中记录了《京城山川图》《官署图》《街市桥梁图》等八幅地图，为今人复原当时南京的城市布局和山川地形提供了宝贵的史料，也为我们揭开了明都南京首创的"四重城垣"的独特结构。

据记载，明都南京的修建自元至正二十六年（1366）八月庚戌朔始，止于明永乐十二年（1414）正月乙亥，历时近五十年。城市总体布局上，明都南京大胆突破了《周礼·考工记》描述的传统帝都城垣方正、王城居中的结构，而是以山川地形之利首创"四重城"结构，将京城分为宫城、皇城、京城和外郭城四部分，其中宫城、皇城和京城为内城，外郭为外城，这一布局延续至今，奠定了今天南京主城区的基本格局。

据《明太祖实录》记载，扩建前的建康旧城沿袭南唐、北宋以来的

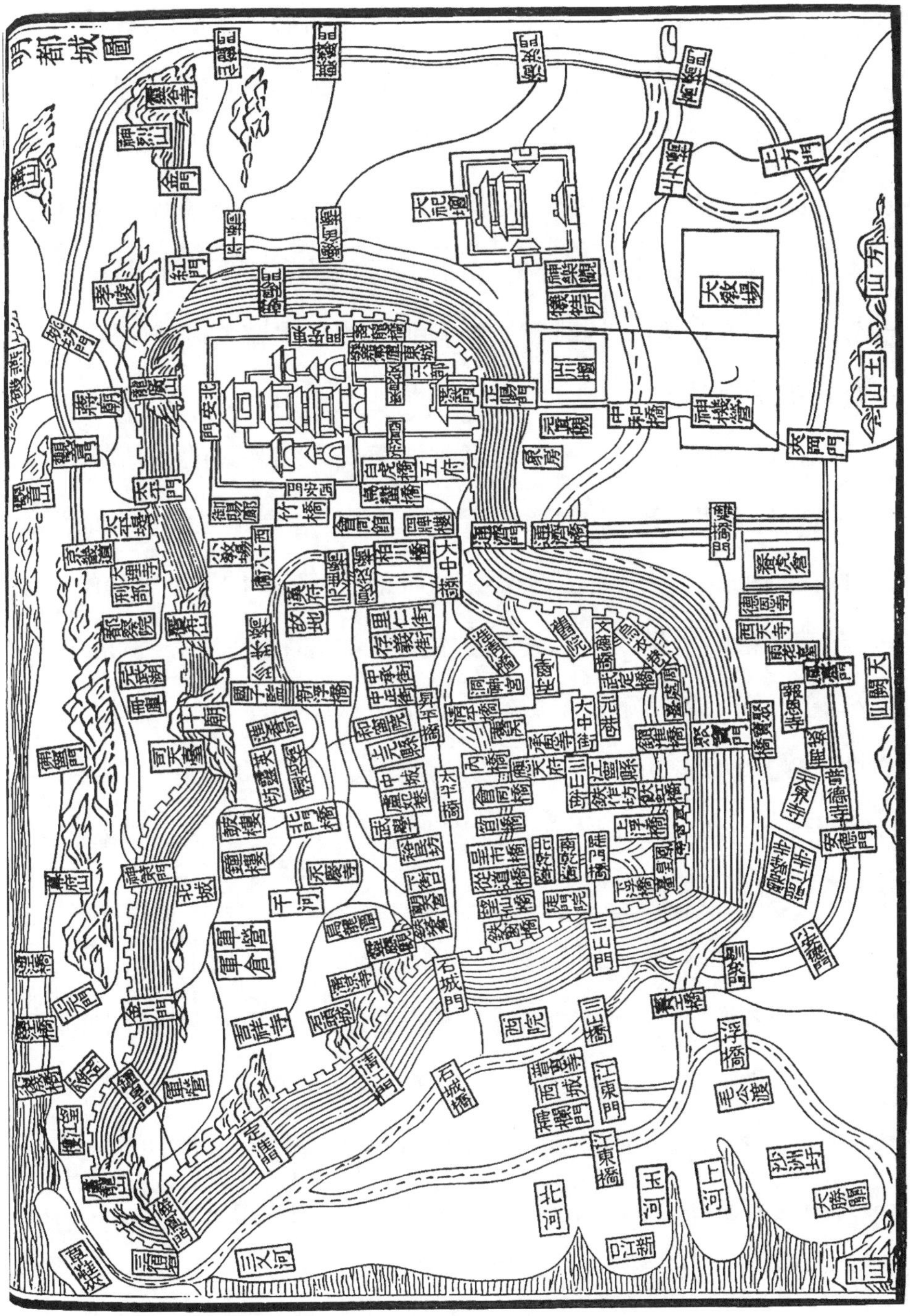

此图出自明代礼部纂修《洪武京城图志》

格局，“西北控大江，东尽白下门，外距钟山既阔远，而旧内在城中”[1]，见元南台[2]地界过于狭窄，不足以置皇宫之用，朱元璋遂命刘基卜地，在钟山之阳建新宫，并据此增筑新城。“（新城）东北尽东山之趾，绵亘周回凡五十余里，规制雄壮，尽据山川之胜也”，此新城即为明南京皇城。朱元璋又命人将旧城东、北两面城垣拆除，从而将新旧两城连为一体，加之后来修筑的外郭城，京城的面积被大幅增至约230平方公里，成为当时的世界第一大城。

与宫城、皇城、京城和外郭城“四重城”相呼应的，是明都南京的四重城垣。城垣，即城墙也。对于南京人而言，城墙是绕不开的话题，叶兆言在《南京人》中说：“所居住的城市，拥有着世界上最长的城墙，这是一道独特的风景线。”其实今人所说的“明城墙”，多指包含了宫城、皇城和京城的第三重城墙，即京城城墙（内城墙）。它包括南唐时所筑的旧城墙，加之明初新筑的新城墙，二者相连“东尽钟山之南冈，北据山控湖，西阻石头，南临聚宝，贯秦淮于内外，横缩屈曲，计周九十六里”。

明内城墙上设有城门十三座。西南因旧城南门、大西、水西三门旧，遂翻新后更名为聚宝门、石城门、三山门；东南自南唐旧城东门处截濠，沿秦淮河向北拓宽八里，增建通济、正阳二门；城东自正阳门以东向北，建朝阳门；城北自钟山之麓的龙广山向西，至覆舟山建太平门，又向西据覆舟山、鸡笼山，缘玄武湖向北至直渎山西八里，建神策门、金川门；

① 引自清代顾炎武《建康古今记》
② 即元朝御史台

自金川门以北，绕狮子山于内，在西北角建钟阜、仪凤二门；自仪凤门迤逦南下，建定淮、清凉二门，如此则正好循环一周。其中以正阳门（今光华门附近）为“国门”，聚宝门（中华门）、通济门、三山门（今水西门）为“京师三大瓮城”。

吴敬梓的《儒林外史》将这十三座内城门编成了顺口溜，应是由当时的南京民谣而来：“三山聚宝临通济，正阳朝阳定太平，神策金川近钟阜，仪凤定淮清石城”，其中聚宝门（今中华门）、石城门（今汉中门南）、清凉门（今清凉门）、神策门（今和平门）作为硕果仅存的“明四门”留存至今。

从城墙的位置可以清晰地看出，南京内城并不方正。从南北走向来看，西城区从聚宝门到金川门、神策门，较之城东的通济门、正阳门至太平门“倍之”；从东西走向来看，北城区从朝阳门至石城门、清凉门，较之城南的通济门、三山门亦“倍之”。这使得明代南京内城恰似一个倒立的“凸”字，而非《周礼·考工记》所描述的“匠人营国，方九里，旁三门，国中九经九纬，经涂九轨”的都城理想状态。民国时期德国旅行家赫达·哈默尔在《南京》中的描述也佐证了这一点：“这座霸气的防御城墙蜿蜒盘踞，南面建造在十世纪的城墙遗址上，东面贯穿古老的湖泊，在城市的西北面，它则依山越岭，不规则地延伸着，直到长江的近旁”。

明朝南京内城的功能分区清晰，城东为皇城区，城北为军事区，城南为里坊区。

城北军事区北邻长江，背靠幕府山，是当年朱元璋攻克集庆路后军垦屯田的区域，随着都城城建的破土动工，这一带也被纳入南京城内。明朝建国后，大量军队仍然停驻京师，驻军于北城墙钟阜门、金川门、神策门一代，此处遂成京城军营和粮仓之所在。而军事区向南以鼓楼为界，北靠鸡笼山（鸡鸣山）和玄武湖，北门桥、鼓楼以东，自成贤街向南至西华门，则是“太学生徒之所州处”的文教区。朱元璋在鸡笼山南麓建国子监，山上建观象台，围绕国子监又以十庙、英灵坊、进香河为中心祠庙相连，这一带，堪称大明王朝的礼制、文教中枢。

以大中桥、太平桥、石城门为界，向南的区域是南京“老城南”，涵盖商业区和居住区。据《明都城图考》所绘，以内桥至三山街向西至水西门“百货聚焉”，是坊市云集的商业区。当时南京附近水系发达、交通便利，是贸易兴盛的经济都会，据《洪武京城图志》中《街市桥梁图》所载，城南有市集十余所，多集中在城门附近，如大市、大中街市、三山街市等。在聚宝门内通济桥一带有作坊十余座，常以职业作坊为名，如鞍辔坊、弓匠坊、银作坊等，可谓百货云集，熙攘繁华。而在秦淮河对岸，一水之隔闹中取静，则是城南的另一个功能分区——居住区。据明人顾起元在《客座赘语》中所记述，三山街向南沿上浮、饮虹二桥，至镇淮、武定二桥，过乌衣巷又北上大中桥的沿河流域风景秀丽，是“世胄宦族之所居也”。明初第一功臣中山王徐达府，就位于今南京城东南隅夫子庙瞻园，清时这里是江南行省左布政使署，太平天国时又成为东王杨秀清的暂时居所。明武宗正德三年（1508），徐达后人又在今白鹭洲辟东花园，称徐太傅园。信国公汤和府也在武定桥南。正所谓“凡勋戚、乡绅、士夫、青衿及名流墨士胥居其中，盖文物渊薮，且良工巨商百货业集”，老城南，是明都南京最热闹繁华的地区。

城东是皇城区。此处可以比较直观地看出南京内城的“四重城”结构：第一重是宫城，为皇宫大内所在；环绕宫城平行等距而建的，是拱卫宫城的皇城，为第二重；皇城城墙之外，第三重是京城，涵盖整座内城；第四重则是城外北临钟山（玄武湖）、南越聚宝山（雨花台），东南囊括神机营、大教场一带的区域，即洪武二十三年（1390）开始修建的南京外郭城。

明代皇宫遵循旧制，“前朝后寝”“三朝五门”。五门为洪武门、承天门、端门、午门、奉天门，纵贯南北。而今日的明故宫遗址位于中山门内，与南京博物院相对，早已荒草没径，仅可见巨大的柱础散落，不复当年大明宫城的景貌。

宫城，即皇宫，是皇帝治事、居息及皇室成员居住之地。也是“四重城”中最内部的核心区域。元至正二十八年（1366），朱元璋“令刘基卜地，定作新宫于钟山之阳”[①]，皇宫“居极东偏”，在钟山“龙头”燕雀湖填湖而建。宫城坐北朝南，以古青溪及新开河道为御河，御河上有内五龙桥。宫墙南北长约 0.95 公里，东西宽约 0.75 公里，周长约 3.4 公里。宫城南面正门为午门，从午门向北，过内五龙桥为奉天门。奉天门内为朝宫，从南向北依次是奉天殿、华盖殿、谨身殿，此为“三朝”。三朝之后是“六寝”，以乾清宫、坤宁宫分别为帝、后正寝。

宫城之外，筑有专司拱卫皇宫的皇城。皇城南北长 2.5 公里，东西宽 2 公里，周长 9 公里。皇城在洪武年间初建时为正方形，永乐年间，

① 引自清代谷应泰《明史纪事本末》卷 2《平定东南》

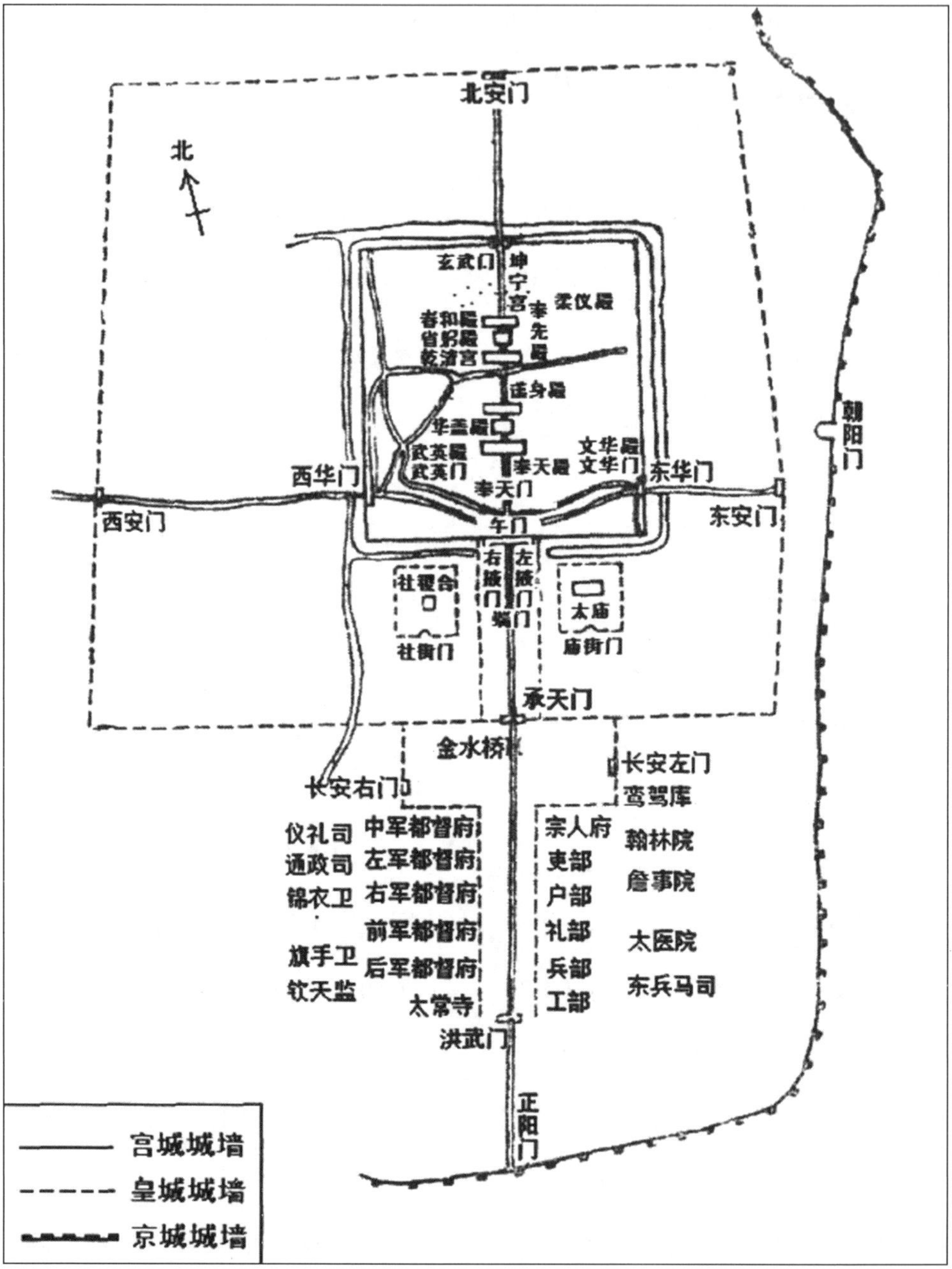

此图引自权伟《明初南京山水形势与城市建设互动关系研究》第 43 页“明南京宫城皇城布局示意图”

明成祖朱棣将洪武门向南拓展，过承天门外的金水桥至洪武门是一条笔直的御道，皇城城垣将御道涵盖在内，因而形成了“凸”字结构。

皇城外是京城。皇城正南是官署区所在，沿御道按照“文左武右”的格局，东侧分布着工、兵、礼、户、吏五部及宗人府，西侧则是中、左、右、前、后五军都督府和太常寺，正所谓“六卿居左，经纬以文；五府处西，镇静以武”。

据传，在内城墙修筑完工后，朱元璋曾率诸皇子和左右群臣登钟山以观都城之壮阔。这位白手起家的开国雄主不无自豪地与众人品评京城，左右皆奉上溢美之词，唯独时年不过十四的皇四子朱棣不以为然。少年皇子徐徐吟诗：“紫金山上架大炮，炮炮击中金陵城”，此言一出，左右皆惊。传说朱元璋正是受此启发，旋即启动了外郭城的修建。据史料记载，外郭城“西北据山带江，东南阻山控野，辟十有六门”，这使得外郭城墙共有城门十八座，也就是后世口传南京城墙“内十三外十八”的由来。

南京城独特的“四重城”结构，“简单说来，就是在南唐金陵城的基础上，东北面加了一个作为皇城用的较小的方块城池，再在北面加上一个更大的不规则方形城池”[①]，明都南京为何会形成如此独特的城市结构呢？这是由南京独特的山川地形构造所决定的。南京背靠钟山，虎踞龙盘，正所谓“天地定位，山川启奥区之秘；宅中考卜，河岳壮金汤之同”[②]，独特的山川地理结构造就了天然的城市屏障，而都城的修建

① 引自蒋赞初《南京史话》

② 引自明礼部纂修《洪武京城图志》序

更是充满了古人的智慧。它最大程度地凭借了山水地形优势，而使得明都城的最终形态随着自然地形而成曲折走向，不复传统都城所秉持的方正之貌。

山脉为南京城留下了不可磨灭的城市烙印。西北部的狮子山、四望山、马鞍山等山脉决定了西北端城墙的蜿蜒走向，而雨花台、钟山、幕府山作为城市周边制高点，基于城防军事考虑，直接决定了外郭城的基本形貌。山脉也对城市内部景观产生了一系列影响。基于中国传统的礼制文化与审美趋向，诸多文教、礼制、寺观和公共设施依山而建，如鸡笼山（鸡鸣山）是礼制建筑最重要的聚集地，国子监位于鸡笼山南麓，钦天监观象台位于山上，用于报时的钟楼、鼓楼等公共设施分布于城中的鼓楼岗。以灵谷寺、天界寺、天禧寺、能仁寺、鸡鸣寺为代表的五大佛寺先后建立，寺观被广泛分布于多个山体，尤以城南聚宝门至雨花台一带的居民区为最盛。被视为“王气”所在的钟山成为皇宫和明孝陵的选址地，后续徐达墓、常遇春墓、李文忠墓、胡大海墓、吴良吴桢墓等功臣墓的修建在一定程度上改变了钟山一脉的原有面貌，更出现了一系列与之有关的地名，孝陵卫、卫岗、卫桥、四方城、石象路……至今为人们所耳熟能详。

水系犹如城市的血管，涌动着奔腾不息的历史记忆。在京城城墙的修筑中，南段以及东西两面偏南的走向以南唐旧城为依据，沿外秦淮河的流向而修筑。东面则以燕雀湖未填埋的残存湖面为天然护城河依湖而建，此段北行后又汇入玄武湖西、南岸沿湖并行。可以说，秦淮河、燕雀湖、玄武湖三大水体的走向直接决定了明城墙的走向和形态。明初，都城附近如护城河、上中下新河等河流的开凿，太湖、固城湖、石臼湖与秦淮河水系的贯通，东西水关、武庙水闸、太平堤等水利工程的修建，进一步影响了城市周边水系的相互作用，对水资源的利用和控制达到了前所未有的高度。

仅以东、西水关的修建为例，古秦淮河流经通济门外九龙桥后分为两支，南下之“外秦淮”与向西注入城内的“内秦淮”。早在五代之时，南唐开国之主李昪就在内、外秦淮相交处设置内、外水门，用以节制秦淮河。明初筑城时，又在原内、外水门基础上开辟东、西水关，水关以青石垒砌，上下三层高约十六米，每层分置券洞十一，底层九孔可以通水，中上两层为藏兵洞，可以屯兵三千、储粮万担。其中东水关又名“通济水关”，世人常提及的“十里秦淮”，即是以此为源头的内秦淮河。时至今日，作为十里秦淮之首的通济门早已不在，但通济城楼前的九龙桥和东水关穿越了时光，仍默默记录着南京城的前世今生。

河流的广泛分布也影响了南京的城市景观。桥梁成为一大城市特色，初名“上坊桥”的七桥瓮流传至今，长江畔建有规模巨大的宝船厂，玄武湖因其特殊的地理位置，成为明代中央库房——黄册库的所在地。内秦淮河对于城市文化的深远影响在这个时期就已经注定。坊市因制造业的基本需求多沿内秦淮河分布，临河而建的文教设施也主要分布于河畔，以夫子庙、学宫、江南贡院为代表。同时，明初用于文化娱乐的“十五楼”多依内秦淮而建，“沿河西去，一路画舫凌波，桨声灯影，两岸朱楼画榭，金粉楼台，蜿蜒近十里，经贡院、夫子庙、文德桥、中华门、钓鱼台……直至西水关与外秦淮再次相汇”[①]。

十里秦淮，桨声灯影，自此终成为国人的声色记忆，也成为一代代江南士子的梦里情怀。

清顺治十七年（1660），已年逾六旬，云游四海为家的顾炎武第七次至南京钟山拜谒明孝陵。在寂寂的山林间，他辗转四顾，逡巡不去。终留下了这样的诗句：

旧识中官及老僧，相看多怪往来曾。

问君何事三千里，春谒长陵秋孝陵。

三百里关河崎岖，转瞬间如云消散。一生志在抗清终不复，至此天地间只余客游他乡的梦里人。一如张岱在《湖心亭看雪》中所言：莫说相公痴，更有痴似相公者！

梦里人难以忘却的南京，曾是那样璀璨光辉的一场绮梦。梦中有盛世风华的大明，有南都繁会的过往，有万邦来朝的强盛。只是百年后，帝王帝后早已长眠地下，英雄传说也成了戏文词话，只余孝陵云黯万壑松，在寂静中沉默回望，将那万千难言的兴衰更替都凝在这回望中，成为南京城无言的绝响。

① 摘自田飞、李果《寻城记·南京》

第九章

永乐大典

明永乐十三年（1415）的一个冬日，南京城罕见地下起了苍茫大雪。

乱云薄暮，朔风北回。位于皇城承天门西南角的镇府司诏狱外，萧萧风雪映照着枝头的寒月，更显肃杀。锦衣卫面如沉夜，将一个身着单薄囚衣的人丢弃在大雪之中，寒风很快吹去了他唇边仍带着醉意的最后一丝热气，翩飞的大雪覆盖了囚人的身躯。在这个风雪残夜里，呼啸的雪风抹去了一切，唯有山河静默无言地注视着。

解缙死了。这位明初才子、永乐首辅，《永乐大典》和《太祖实录》的编纂者，就在这个冬天，无声无息地冻毙于风雪之中。

洪武二年（1369）十一月，解缙出生于江西吉水的一个清贵之家。祖父解子元为元安福州判官，兵乱时守义而死。其父解开，明太祖朱元璋曾召之共论元事，欲用为官，解开辞而不受。

解缙自幼聪颖好学，十二岁通读四书五经，少时闻名乡里，谓之才子。曾为洪武二十年（1387）乡试解元，洪武二十一（1388）年授中书庶吉士，这是翰林院内的一个短期职位，为皇帝近臣，多委以文书之事，是明代内阁辅臣的重要来源之一。解缙为庶吉士时，史书记载其“甚见爱重，常侍帝前”，朱元璋曾于光禄寺大庖西谕缙“朕与尔义则君臣，恩犹父子，当知无不言”，解缙即上书《大庖西封事》洋洋万言，朱元璋看后“称其才”。

此时的政治局势，正是波谲云诡之时。时逢胡惟庸案发，朝堂腥风血雨，众臣缄口不言只求自保。年少才高的解缙心怀文人风骨，又深感皇帝爱重，他直言谏上，针砭时弊，为朱元璋献上描述自己政治理想的《太平十策》。其后解缙又不断发声，他屡次抨击政治制度，弹劾朝中官员，又为李善长案辩冤，久而久之，朝中政敌渐多。

洪武二十四年（1391），朱元璋召解父入京，谓之“大器晚成，若以尔子归，益令进，后十年来，大用未晚也。”解缙就此随父解职归田。这一年，他二十二岁。

归乡八年间，解缙研磨心性，闭门著书。他校改《元史》，补写《宋书》，删定《礼记》，八年如云烟过眼，太祖崩逝，建文帝朱允炆即位。建文四年（1402），解缙被启用为翰林待诏。

回归朝堂之际，时局的血雨腥风却再次袭来。在“黑衣宰相”姚广孝的辅佐下，朱棣发动靖难之役，永乐元年（1403）朱棣入南京，登基为帝，擢解缙为翰林侍读。看到这里，也许细心的读者已经发出了疑问：靖难之役中，解缙在做什么？为何成祖登基后，他作为建文旧臣又得到了拔擢呢？

《明史》中关于另一位明初才子——王艮的一则记录或许可以带我们穿越历史的迷雾，窥知沉默的真相。

王艮与解缙是同乡，也是江西吉水人。他是建文二年（1400）进士，对策第一，但因其“貌寝”，也就是其貌不扬，状元被改易给了另一位吉水同乡胡广，王艮被列为榜眼。当年的进士还有一位江西籍才子，名叫吴溥，位列二甲第一名。正因如此，建文年间王艮、胡广、吴溥和解缙皆任职于翰林院，预编修《太祖实录》及《类要》《时政记》诸书。同为建文内臣，又是江西同乡，他们顺理成章成了好友。

朱棣起兵“靖难”，城破前夜四人聚于吴溥家中，立誓效忠建文帝。解缙陈说大义，胡广奋激慷慨，唯有王艮流涕不言。三人去后，吴溥之子叹曰：“胡叔（胡广）愿意死节，也是一大佳事啊！”吴溥却道：“非也。此三人中，唯有王艮会死节。”

吴溥的预言很快就得以验证。不久后隔壁传来哭声，王艮饮鸩自尽，从容殉主了。而与之相对且形成绝妙讽刺的，是“缙驰谒，成祖甚喜”，第二日，胡广亦降。

当年让解缙“后十年来，大用未晚”的朱元璋或许猜中了开头，但大概猜不到这样的结局。我们有理由相信，这位猜忌多疑的统治者出乎意料地宽容一位直言进谏的年轻人，是不忍其锋芒在岁月中被打磨成令人厌恶的世故圆滑。在动荡的时局中暂时退避，这未尝不是一种保护——朱元璋用这样的方式，希望为子孙后代留下可用之人，但历史仿佛一个绝妙的黑色幽默。在名高跌落、隐于乡野的十年间，解缙变了，他不再是过去那个“任事直前，表里洞达”的年轻人了，或许是天家的喜怒无常磋磨了他，或许是乡间的碌碌无为冻结了他，或许是靖难的森森鲜血震撼了他，他已经完成了人格的蜕变。也许在目睹聚宝门外，那位宁死不降的史官方孝孺那悲惨的结局时，他庆幸自己的选择，感叹自己的聪明……后十年已过，过去的一切，包括他自己，早就烟消云散了。

面对解缙、胡广等主动示好的“文官典范”，成祖朱棣在“甚喜”之余，也给予了丰厚回报。当年朱元璋在皇城奉天门东建文渊阁，尽贮古今载籍。太祖高度集权，废除丞相制度，初创内阁制度，永乐元年（1403），朱棣派解缙、胡广、杨荣、黄淮等亲信臣僚并直文渊阁参预机务，阁臣的设置从此成为常制，内阁制度至此正式确立。顺利进入内阁的解缙平步青云，不久迁为翰林侍读学士，奉命总裁《太祖实录》《列女传》，书成，帝赐银两。一年后，又晋为翰林学士兼右春坊大学士，任内阁首辅。春风得意马蹄疾，这一年的解缙三十五岁，正是风华正茂之时。

解缙不知道的是，雄心勃勃的朱棣此时正在琢磨一件大事。他不甘于做一名乱臣贼子、篡位之君，他要名垂青史、千古流芳，要做一件后世文人有口皆碑之事，而这件大事就是修书。皇帝要修一本博大悠远、泽被后世的大书，以此来洗刷自己的污名，弘扬自己的丰功伟绩，佐证自己的千秋功业。而这部书的修撰重任，自然就落在了文渊阁大才子——解缙的头上。

永乐元年（1403），成祖命解缙主持修书，共召集百余人。皇帝对这部书的要求就是“大”，正所谓“凡书契以来经史子集百家之书，至于天文、地志、阴阳、医卜、僧道、技艺之言，备辑为一书，毋厌浩繁”。

按照传统分类，解缙奉命编修的是一部“类书”。什么是类书呢？古人将著作分为经、史、子、集四部，而类书则游离其外，“兼收四部，而非经非史非子非集，四部之内，乃无类可归”。通俗地说，就是分门别类地采摭摘抄群书，再按门类、字韵等加以编排，以便于寻检、征引的一种大型工具书。古人一般将类书归入子部，后世则专门开辟了“类书”这个类别，类书的价值主要在于，它有助于保存一些佚书的残卷，同时完整地呈现出征引书籍的各种版本，对于流传、保护和反映古代学术体系有着不可忽视的作用。

第一次修编很快就完成了。仅用了一年时间，永乐二年（1404），解缙向皇帝献上了大书的初稿，题名《文献大成》。然而朱棣对这部匆匆完成的书并不满意，评价为“所进书尚多未备”，并再次用行动证明了他对于这部大书的重视。

永乐三年（1405），朱棣复命重修大典。任命太子少师姚广孝、刑部侍郎刘季篪与解缙三人为监修，任命儒士陈济为都总裁，翰林学士王景、侍读学士王达、国子监祭酒胡俨、司经局洗马杨博为总裁，又另派邹辑、王褒、梁潜、吴溥、李贯等 20 名翰林院官员为副总裁，更是面向全国征召学者精英，汇聚典籍渊薮，“召至四方儒学老成充纂修及缮写之士，几三千人”用以重修大书。可以说，朱棣用超凡的决心和行动力开展了一场自上而下的文化总动员，汇聚了帝国全部的精英知识分子，网罗了天下最为齐备的图书资料，这不仅是华夏文脉的汇聚，更是帝国综合实力的体现——盛世修典的意义，正在于此。

值得注意的是，在参与大典修编的 2169 人中，有一个人的名字格外有分量。这个人，就是朱棣的军师，靖难之役的策划者，被称为“黑衣宰相”的姚广孝。

和解缙一样，姚广孝也是个有故事的人。有人说他超绝尘世，也有人说他一代妖僧，他的故事，比起解缙来还要精彩得多。

姚广孝，元统三年（1335）生于长洲（今江苏苏州），本医家子。年十四，度为僧，名道衍，字斯道。事道士席应真，得其阴阳术数之学。通儒、释、道。洪武年间，朱元璋诏精通儒学的僧人供职于礼部，广孝不受官，赐僧服还。途经北固山时，他赋诗怀古——

瞧橹年来战血干，烟花犹自半凋残。

五州山近朝云乱，万岁楼空夜月寒。

江水无潮通铁瓮，野田有路到金坛。

萧梁帝业今何在？北固青青客倦看。

彼时姚广孝无意于治世，却未掩其入世之心。难怪结伴而行的天界寺住持宗泐闻诗而惊：“此岂释子语耶？”广孝笑而不答。

洪武十五年（1382），经宗泐禅师举荐，姚广孝以“臣奉白帽著王”结识燕王朱棣，主持庆寿寺，开启了一代帝师生涯。这一年朱棣 22 岁，姚广孝 47 岁。

据史料记载，朱棣对于姚广孝极为推崇，广孝常入燕王府中，时有密语。这却也不奇怪，彼时“帝在藩邸，所接皆武人，独道衍定策起兵。及帝转战山东、河北，在军三年，或旋或否，战守机事皆决于道衍”。姚广孝长于画谋定策，制定战略，可谓运筹帷幄之中、决胜千里之外，是他拨开迷雾为年轻的帝王指明了方向，朱棣得道衍，犹如刘邦得张良。

靖难之役，是朱棣一生的转折。这一年，正是姚广孝谋定出兵，固守北平，数次危难中劝其重振士气。而“毋下城邑，疾趋京师”的战略，直接决定了战争的最终走向，无怪乎“道衍未尝临战阵，然帝用兵有天下，道衍力为多，论功以为第一”。

朱棣登基为帝后，以姚广孝为靖难首功。广孝辞官不受，居于寺庙之中，拒不还俗。上朝则穿朝服，退朝即着僧衣，这便是“黑衣宰相”的由来。永乐二年（1404）四月，朱棣拜姚广孝为资善大夫、太子少师，永乐五年（1407），皇长孙出阁就学，广孝侍说书。朱棣对其极是尊崇，“帝与语，呼少师而不名。帝往来两都、出塞北征，广孝皆留辅太子于南京。”

姚广孝无愧乎一代奇人。于武功，他靖难谋主，佐命嗣兴；于治世，他规划迁都，三代帝师；于文化，他主编大典，重修实录；于宗教，他护持佛法，著《道余录》。这位生于乱世，精通阴阳术数的僧人一手主导了明成祖朱棣的兴隆霸业，后人李贽亦评价“我国家二百余年以来，休养生息，遂至于今。士安于饱暖，人忘其战争，皆我成祖文皇帝与姚少师之力也。”

到此不难看出，派出这样一尊“大佛”重修大书，彰显着朱棣何等郑重的托付。其实姚广孝本就三教精通、长于诗文，朱棣曾数次重修《太祖实录》，也以姚广孝主持的版本为最终版，后人评其“叙事繁简得宜，言有条理，非以后数朝之录可比”，足显其人功力之深。而比起文采辞章、学识渊博，更在于姚广孝比解缙们能接近朱棣的内心，他是帝者的老师，他了解帝王的需求，明白这样一部大书对于朱棣、对于这得来不易的盛世意味着什么。

于是，在姚广孝这尊“大佛”的凝视下，永乐六年（1408），经过两千余帝国最精英的知识分子长达四年的夙兴夜寐、宵衣旰食，大书终于修成，这次终于做到了“网罗无遗，以备考索”，广孝献书，“帝褒美之”，赐名《永乐大典》，并亲自制序。清抄成书后，存于南京文渊阁。

“序百王之传，总历代之典”，《永乐大典》成书22937卷，11095册，总字数近3.7亿，是当之无愧的中国最大的类书，也是世界最大的百科全书。《大典》齐集各类传书八千余种，体例是“用韵以统字，用字以系事”，即以洪武正韵为纲，按韵分列单字。每一单字下详注音韵训释，录有篆隶楷草各种字体，字下将有关人物事件、制度名物、山川河流、天文地理、诗词歌赋、号令文章，随字所含之类收载。成书“包括宇宙之广大，统会古今之异同，巨细精粗，粲然明备”。

在传承中华文脉上，《永乐大典》具有极大的史料价值。其书成于明初，当时内府“宋本如林”，还保存有大量前人著述，《大典》不厌浩繁的辑录，对于这些珍贵的文献典籍起到了传承的作用，许多一度失传的典籍、秘籍、制度因《永乐大典》得以流传。清朝全祖望、徐乾学等人依据《大典》辑出《周官新义》《春秋鲁十二公年谱》《尚书讲义》等典籍十余种，清修《四库全书》时，设立“校勘《永乐大典》散篇办书处”，用以辑录《大典》中的稀见文献。据《四库总目》记载，四库馆臣共从《永乐大典》中辑录出佚书390余种，《春秋会义》《旧五代史》《宋会要辑编》等典籍都是依靠这次辑录，才得以流传下来。思之后来“宋本几无存一”的文化窘境，加之《大典》的百年沉浮，令人不由得感慨万千。

《永乐大典》修成之际，主编解缙也似乎站在了青云之巅。对于文人而言，还有什么比修成了这样一部旷世大书更有成就感的呢？但此时的解缙却开始感受到了政局的森冷，一种风雨欲来的危机感，渐渐侵袭了他的内心……

一切是从永乐二年（1404）的一场载入史册的谈话开始的。彼时帝初登基，立储未定，朱棣徘徊于长子朱高炽和汉王朱高煦之间，便密问于解缙。解缙回答："皇长子仁孝，天下归心。"帝不应。解缙又顿首曰："好圣孙。"帝颔首，自此太子遂定。

一次看似不经意的谈话，背后却是你死我活的立储之争。解缙的举荐不胫而走，成为汉王朱高煦的眼中钉。然而解缙仍不知收敛，依旧以皇帝心腹自居，时时点评皇帝家事，加之皇帝不喜太子，久而久之，解缙恩宠渐衰，又常为高煦所谮，处境越发危机四伏。永乐四年（1406），帝赐黄淮等五人二品纱罗衣，而不及缙。五年，解缙获罪贬谪为广西布政司参议。到此时，毋宁说《大典》反倒成了解缙的护身符，以朱棣之为人，之所以还一直留着解缙，或许只有一个原因——《永乐大典》还需要他。

永乐八年（1410），解缙奏事入京，时朱棣北征不在京中，解缙拜谒太子而还。朱棣归来之际，汉王朱高煦参"缙私觐太子，无人臣礼"，朱棣震怒，将解缙下诏狱。永乐十三年（1415），锦衣卫指挥使纪纲上囚籍名册，朱棣在册中见到了解缙，便问道："缙犹在耶？"纲遂醉缙酒，埋积雪中，立死。也就是本文开头的那一幕——一代才子，就此冻毙于风雪之中。

三年后，姚广孝病逝于北京庆寿寺，卒年八十四岁。闻讯“帝震悼，辍视朝二日，命有司治丧，以僧礼葬。帝亲制神道碑志其功”。仁宗时，广孝以文臣身份入明皇家祖庙。

在生命的最后十年，这位黑衣宰相奉命主持迁都燕京事宜，正是他，一手构建了北京城和紫禁城方正对称的格局。在他病逝后二年，即永乐十八年（1420），明成祖正式迁都北京。

迁都北京时，《永乐大典》也随之一同迁往北京。其后明代实行“两都并行”制，南京保存了皇都规制，称为“南都”。正统年间，时值明英宗朱祁镇在位，南京明皇宫发生火灾，文渊阁及所藏之书付之一炬，被运往北京城的《永乐大典》就此成为孤本。

嘉靖帝在位时，甚喜《永乐大典》，置于案头时时翻阅。嘉靖三十六年（1557）四月，明皇宫不慎失火，火势连绵，险些殃及存放《永乐大典》的文楼。大火扑灭后，嘉靖下令重抄《永乐大典》，“两处收藏，以备不虞”。重录工作完成于隆庆六年（1572），这套内容、格式、装帧完全一致的重录版本，被后人称为《永乐大典》副本。此后《永乐大典》正本下落不明，有人说它毁于明宫大火，有人说它被嘉靖带到了地下，还有人说它毁于明末农民起义……众说纷纭，莫衷一是。

康熙年间，内阁学士徐乾学、高士奇等人在皇史宬意外发现了《永乐大典》副本。皇史宬始建于明嘉靖十三年（1534），是明清两代的皇家档案馆，雍正年间，副本被运至文渊阁。乾隆朝修纂《四库全书》时，设立“校勘《永乐大典》散篇办书处”，从《永乐大典》中辑录出佚书

390余种，4946卷，其中包括经部66种，史部41种，子部103种，集部175种。《四库全书》修成后，馆臣们认为“精华已尽，糟粕可捐，原（书）可置不复道”，《永乐大典》副本遂被弃置翰林院。

光绪元年（1875），朝廷修缮翰林院时清查存书，发现馆藏《永乐大典》副本，已由原来的11095册变为不足5000册。据后世专家分析，副本遗失应该是由于管理不善，屡遭偷盗所致。然而令人痛心的还不止如此，许是第二次鸦片战争中遭到英法联军的抢劫，光绪二十年（1894），翁同龢入翰林院清查库存时，所存副本已经不足800册了。

国宝的沉沦与民族的沉沦一同袭来，文脉断裂，山河破碎，近代中国的苦难几无止境。庚子年中，在使馆卫队与义和拳民及清军的混战中，临近使馆区的翰林院几乎全部毁于战火，院中所藏典籍如《永乐大典》残本及《四库全书》底本等多被焚毁或洗劫一空。1912年清帝退位后，翰林院将所藏《永乐大典》副本移交京师图书馆时，仅存64册。

赓续和弘扬中华文脉是每个中国读书人的初心。清末、民国时期，华夏典籍多毁于劫掠战火，也是早在民国成立之初，一代代仁人志士就为抢救、保护古籍而奔波跋涉着。

《永乐大典》的回归始于鲁迅先生。清朝灭亡后，翰林院藏《永乐大典》64册被翰林院掌院学士陆润庠拿回家中收藏，时供职于民国教育部，主管图书馆工作的鲁迅闻知此事，数次致函陆润庠，劝说其将所藏孤本移交京师图书馆（今国家图书馆前身）。1912年7月，64册《永乐大典》入藏京师图书馆。在民国的烽火岁月中，商务印书馆的张元济也为收存《大典》付出了努力，他先后觅购、抢救大典真本二十余册。这批由商务印书馆收藏的21册《永乐大典》于1951年由张元济捐献给政府。同年，（原）苏联列宁格勒大学东方学系图书馆将所藏11册还赠中国，时任天津市副市长的藏书家周叔弢也将所藏1册捐给政府。

中华人民共和国成立后，知名爱国主义学者郑振铎出任第一任国家文物局局长。1951年，郑振铎在《人民日报》发表了《关于永乐大典》一文，向世人介绍了《大典》的沉浮兴衰史。同月，在郑振铎等人的主持下，北京图书馆举办了《永乐大典》展览，为期二十天的展览中，仅存百余本的《永乐大典》真迹，首次在新中国向世人重现真容。郑振铎的呼唤很快有了回声，仅1951年，《永乐大典》的馆藏册数就由109册跃至144册，一年内回归35册。

时至今日，目前全球已知《永乐大典》共有400多册及部分零册存世，与全本11095册相比，现存不到4%，这些零册收藏在8个国家和地区30多个公私藏家手中。中国国家图书馆是全球收藏《永乐大典》册数最多的图书馆，经过数代人的辗转奔波，现存馆藏224册，得来不易，弥足珍贵。

2021年5月，中国国家图书馆举办“珠还合浦，历劫重光——《永乐大典》的回归和再造”展览。6月，总台央视综合频道《典籍里的中国》第二季上映，第一期《永乐大典》讲述了这部“合古今而集大成”的旷世宏编历经六百余年的沉浮史，一代国宝漂泊海外、百遗其一的曲折命运再次牵动了万千国人的心。在等待更多的《永乐大典》真本回归祖国的同时，国家层面更是启动了《大典》的全球仿真影印工作，越来越多的仁人志士加入古籍传承的队伍中来，昔日的“帝王案头书”，渐渐走入“寻常百姓家”。

文脉系乎国运。《永乐大典》的沉浮起落，映照着国家的风雨兴亡和民族的兴衰命运，映照着中华传统文化的流传和复兴。典籍的传承，文明的赓续需要一代代国人的奔波、拯救和守护，从文渊阁到皇史宬，从翰林院到图书馆，也许，最鲜活和最广袤的文明火种，永远根植于最广大的人民群众之中。

第十章

海上丝路

明永乐五年（1407），古里。

这个位于南亚次大陆的神秘国度迎来了远方的客人。这一天，远渡重洋而来的使者带来了神秘的东方大国——明朝的礼物，明皇帝赠与古里国王的诰命银印，送给部落首领的品级冠带……人们奔走相告，啧啧称奇，不仅因为远道而来的客人截然迥异的样貌，和他们带来的琳琅满目的瓷器百货，更为使团背后那些停泊在海港高耸入云的宝船。此刻，它们正映照着初升的朝阳，如海中仙山般巍峨矗立。

在万千民众的共同见证下，来使起建碑庭，刻石云："其国去中国十万余里，民物咸若，熙皞同风，刻石于兹永示万世"。

这句碑文，被翻译家马欢在著作《瀛涯胜览》中忠实地记录下来。这是友谊的丰碑，是海上丝绸之路的见证。这场始于六百年前，被后人称为"大航海时代前奏"的伟大航行，用这样一座见证友谊的丰碑，到达了首次航程的终点。

这场航行，就是郑和下西洋。

郑和，出生于明洪武四年（1371），本姓马。祖辈于元朝初期移居云南，家族世代信奉伊斯兰教。其父辈曾不畏艰险，跋涉千里朝觐“圣城”麦加，因而被当地人尊称为“哈只”，这个由阿拉伯语翻译而来的词汇，本意为“朝圣者”。

伊斯兰教在明代得到礼遇，与明太祖朱元璋有关。元末明初之争，大批回族将士为高祖逐鹿立下不世之功。是故朱元璋称帝后亲笔御书《百字赞》，谕命“回回入户，与中夏之人抚养无异”，又下诏各地敕建清真寺。位于今南京升州路的净觉寺，即起源于太祖时敕建的清真大寺。

洪武十四年（1381），为了消灭盘踞于云南的元朝残余势力，朱元璋派将领傅友德、蓝玉发起了明平云南之战。年仅十一岁的马和[①]在这场战役中被俘，并且依据当时惯例，作为儿童战俘被处以阉割之刑送入皇宫。在南京，马和几经辗转进入燕王藩邸，他孔武有力、机敏好学，很快便受到燕王朱棣的器重，史料载“内侍中无出其右”。

马和究竟是何时变成了“郑和”呢？史料寥寥数语，只言其“从起兵有功”，无法带我们窥探历史的细节。但有一种推测，言马和是在靖难之役的首次大捷——郑村坝之战中立有大功，才依据建功之地被赐姓“郑”了。

明建文元年（1399），为反抗建文帝“削藩”之策，燕王朱棣挥师

① 亦有专家学者考证郑和的本名并不是“和”，故不能称为“马和”，亦为一说

南下发动“靖难之役”。大将军李景隆率军五十万攻北平，不克，退屯郑村坝。在这里，燕王朱棣以军士八万对阵李景隆五十万大军，借力天时，屡出奇兵，夺得了靖难以来第一次大规模作战胜利，这场战役被后世称为“郑村坝之战”。据传，在郑村坝战场上马和崭露头角，或许是他一骑轻骑大乱南军，或许是他奇谋献计助得朱棣连破七营……真实的历史已如烟云消散，但无论是传闻中燕郊的郑村坝抑或河北的郑州[①]，青年马和追随帝王南下之师策马中原、建功立业的脚步却是真实的。

永乐元年（1403），“黑衣宰相”道衍和尚收马和为菩萨戒弟子，法名“福吉祥”。永乐二年（1404），为表彰马和在靖难之役中的战功，明成祖朱棣在南京御书“郑”字，赐马和“郑”姓，又擢升其为内官监太监，相当于正四品官员。自此“三保太监”郑和的人生，如一颗熠星在大明冉冉升起了。

只是这时的郑和还不曾想到，历史给予他的机遇和使命，才刚刚开始。

朱棣在南京登基后，一抹阴云却始终萦绕在侧，这便是建文帝朱允炆的去向。得位不正的明成祖辗转反侧，始终怀疑自己的侄子流亡海外，伺机再起；同时，也如历史上任何一位雄才大略的君主一样，朱棣本身也怀有“耀兵海外，示中国富强”之意，于是，一件大事在他的心头渐渐成型——

出海！大明要通使西洋！

---

① 据李堰《新发现的〈郑和家谱首序〉》，郑和建功地或为河北郑州，故赐姓郑，此郑州位于今河北任丘北

自古强国重外交。秦有徐福渡海访蓬莱，汉有张骞出使西域，隋有西域万博会，唐有遣唐使来朝。六合之外广袤的未知，始终承载着从古到今中国人开拓的热望、探索的脚步、大同世界的梦想。但是，尽管西汉时国人已初次联通南海航线，六朝时已有法显等人涉海路归国，元时更有了较为发达的海上贸易，但对于当时的天朝上国——明而言，西洋（即今日的南洋），这条海上丝绸之路的主要航道仍是大段的空白，是神秘的未知。要探索茫茫大海的另一端，需要强盛的国力，需要先进的技术，更需要勇敢的领航人。

谁可以做这个领航人呢？朱棣把目光投向了身边仪表堂堂、学识渊博又能征善战的靖难功臣——“三保太监”郑和。

永乐三年（1405）六月，朱棣命郑和为正使、宦官王景弘为副使，率士兵 27800 余人出使西洋。这支浩荡的船队从南京出发，自苏州刘家河（今江苏太仓）泛海而至福建，复自福建五虎门，扬帆起航！

据史料记载，首航的船队共有航船五等，其中一等“宝船”六十三号，二等“马船”七百号，三等“粮船”二百四十号，四等“坐船”三百号，五等“战船”一百八十号。而郑和乘坐的中军帐帅船是宝船中的翘楚。明人顾起元在《客座赘语》中“宝船厂”一节记载，宝船“长四十四丈四尺阔一十八丈，中船长三十七丈，阔一十五丈”，换作现代计量单位就是长约 140 米，宽约 55 米，大逾一个标准足球场。宝船采用风力动能，配备硬帆与旋转橹，有 9 根桅杆，12 张船帆，排水量在 3000 吨以上。而这令人惊叹的规模，也在 20 世纪 50 年代南京宝船厂遗址发掘的现场得到了验证。当时出土的一根宝船舵杆长约 11 米，令得在场的诸位见多识广的专家学者，也不由得啧啧惊叹。而这种规模的宝船在郑和的船队中就有63艘，再辅以27000余名奔走于浩瀚船队中的各色辅助人等，郑和所率领的，是一支名副其实的巨型远洋舰队。正如英国历史学家李约瑟所言："在1420年前后，中国海军也许超过历史上任何时期的其他亚洲国家，甚至可能超过同时代的任何欧洲国家，乃至超过所有欧洲国家海军的总和。"

郑和的船队乘风南下，先抵达今越南境内的占城，又自占城一路向南，先后抵达爪哇（今印度尼西亚爪哇群岛）、三佛齐（今马来西亚）、苏门答腊（今印度尼西亚境内）、满剌加（今马六甲）、锡兰山（今印度境内）等地，最终到达航程的终点，古里（今印度卡利卡特）。在古里，郑和在当地人民的共同见证下，树立起了一座象征两国友谊的丰碑——

"其国去中国十万余里，民物咸若，熙皞同风，刻石于兹永示万世"。

这是伟大航程的纪念，更是和平友谊的纪念，是中华民族绵延数千年的大国风度，和建设大同世界理想的最好见证。

事实上，郑和的航程也并非总是一帆风顺。去程之中，在爪哇三宝垄，船队被卷入当地"东西王"内战，郑和凭借高超的外交智慧交涉矛盾，化解危机；回程路上，在三佛齐旧港，听闻海盗陈祖义蛮横劫掠，郑和凭借出色的军事才能保护侨民、生擒贼首。但无论所到何处，这都是一支不扩张、不称霸、不以武力冒犯他人的船队。六百年前，郑和率领这支技术领先、武力足可威震世界的船队走遍南亚诸国，却从未仗势欺人、野蛮抢掠，这是一支承载着和平和友谊的船队，所到之处，芝兰丛生，这种温良和友善之于中华民族，千百年来，始终如一。

郑和带来的友谊也受到了西洋诸国的热情回应，各国纷纷派遣使团跟随船队回到大明拜见皇帝。终于在永乐五年（1407）九月，郑和出色地完成了首次出海的使命，带领各国使臣和被俘之旧港贼首回到南京。朱棣龙颜大悦，面对风尘仆仆的郑和，帝国的统治者感到了无比的欣慰和无上的荣光。皇帝很快召见来使，依次赏赐爵位，又惩罚了剽掠商旅的海盗陈祖义，在西洋诸使面前彰显了天朝上国、君临万邦的风度。

郑和下西洋尽管不曾寻获建文帝朱允炆的下落，却收获了大概连朱棣也不曾料到的丰厚成果。这是中华民族一次崭新的“开眼看世界”，更何况当时的大明，还怀有一种亲仁善邻、协和万邦的“天朝上国”的底气。

在朱棣的鼎力支持下，在永乐六年（1408）九月，郑和开始了他的二下西洋之旅，到达锡兰山。随后郑和又四下西洋，时间横跨永乐七年（1409）至永乐十九年（1421），远航至西太平洋和印度洋地区，最远到达东非和红海，那些年，中国人的脚步跟随着郑和，到达了前所未知的远方。随着船队出行的还有明朝丰饶的物产、和平的理念、强悍的军事、璀璨的文化……一言以蔽之，是强大而鼎盛的综合国力。而随船队带回的，有西洋各国的惊叹拜服，有帝师道衍亲随请回的佛牙舍利，有难得一见的异兽“麒麟”（长颈鹿），有各国纷然不绝的来使，更有苦心孤诣历时数十载留存的珍贵的“航海档案”……堪称政治、军事、科技、外交、宗教、文化的全面勃兴。

郑和下西洋，“使南洋诸国均染华风”。自汉唐以来一直绵延传承的以中国为核心的国际秩序被再次确立，万邦来朝、富饶开放的朝贡贸易体系被再次构建。据统计，朱棣时期共接见进京朝见的外国使团 318 次，是明太祖时期的两倍，其中还有一些海外国家的国王不远万里亲自到来，带来文明的碰撞和友谊的流传。现在南京雨花台区的浡泥（今文莱）国王墓就是明证，这位国王正是在明成祖时期亲自来朝见的，不幸病逝，朱棣依照礼制将之安葬在南京。

朱棣是一位雄才大略的君主。在位期间，他厉兵秣马、南征北战，先后推进迁都北京、修筑紫禁城、联通大运河、修编永乐大典、郑和六下西洋、营造南京大报恩寺、营造武当山等系列大型工程，尽管利在千秋，毕竟国库损耗甚巨，百姓负担沉重。永乐二十二年（1424）明成祖朱棣病逝，八月，仁宗朱高炽继位后，即以“经济空虚”叫停了郑和的航海运动。

仁宗为人仁厚，在位时为政清明，发展生产，与民休息。尽管在位时间较短，却为“仁宣之治”打下了根基。洪熙元年（1425）五月，朱高炽病逝，传位于长子朱瞻基。

宣德五年（1430）六月，皇帝朱瞻基突然召见了郑和。其时帝国历经仁宣之治，一定程度上恢复了国力。皇帝以“践阼岁久，而诸番国远者犹未朝贡”为由，间隔八年命郑和、王景弘再次为使，率船队第七次下西洋。

其时郑和已是年逾六十的白头老翁，而距离他第一次出海，也已经过去了二十五载年岁。时光如白驹过隙，一晃人生如梦，韶华白首，不过转瞬。在南都龙江关天妃宫，郑和又一次祭祀了天妃娘娘，在下关港，郑和最后一次回望晨曦中的祖国，踏上了今生最后一次远航之路。

第七次下西洋，郑和等人先后访问了十七国，最远到达忽鲁谟斯（今伊朗境内）。特别值得一提的是，第七次远航的郑和到达了“圣城”麦加，这个少年时曾耳闻父辈们到达过的穆斯林的心中圣地，踏上父辈曾经走过的土地，今日的郑和却早已不是当年的马和。对于历经世事、生命也即将走到尽头的郑和而言，这一生从年少时的一幕幕，像褪色的记忆渐渐浮上心头，这位伟大的开拓者，伟大的领航者，秉承着父辈乘风破浪的意志，先后历经三朝，七次出海远航，足迹遍布三十多个国家，开辟海上丝绸之路，将中华民族的视野拓展向了蔚蓝的海域。他这传奇的一生赤诚而灿烂，千载之下依旧令人钦佩、令人折服。

郑和将自己的生命作为燃料，奉献给了多年的航海生涯。从麦加返航时，这位伟大的探险家终于病倒了。冥冥中仿佛天注定，宣德八年（1433），当船队到达当年郑和初下西洋的终点——古里时，郑和的生命之火也终于燃尽了。

宣德八年（1433）七月，郑和船队返回明朝，副使王景弘将郑和的遗体带回了祖国，宣宗赐葬于南京牛首山南麓。其后，明朝渐渐陷入了自身的危机中，“土木堡”之变后，经略北方、抵御少数民族的入侵成为帝国的头等要务，耗资甚巨的航海事业因不合时宜被断然搁置，直至全然销声匿迹。而郑和留下的珍贵的航海图册、航线记录等档案资料，也早已遗失在历史的缝隙中，杳然难寻，去向成谜，再也无从窥见。所幸还有当时的随船翻译马欢、费信、巩珍等人著有《瀛涯胜览》《星槎胜览》《西洋番国志》等记载西洋旧事，成为后人研究郑和下西洋那段历史不可或缺的文献史料。

郑和最后一次离去后，古里人民再也没有见过明朝的海船。又过了大约六十年，一个船队来到了古里，这是个仅有4条航船，170余船员的船队，后来我们知道，这支船队的领航者叫达·伽马，新航路的开辟者。

“郑和以后，再无第二之郑和。”①

倏忽光阴二百年，时间来到了公元1599年，明神宗万历二十七年，意大利传教士利玛窦乘船从长江进入三汊河，过江东门而至南京。

眼前的风景深深震撼了远道而来的传教士。在给友人斯柯塔的信中，利玛窦不无感情地记述道：“到处都是殿、庙、塔、桥……欧洲简直没有能超过它们的类似建筑。中国人认为南京是全世界最美的城市，我要承认的是，这是东方最美的城市。我敢说，就建筑物的高贵和美观、城墙的坚固和雄伟，在丰衣足食以及和平和战争时期人民的聪明和勇敢而言，她仅次于世界上几个城市。”②

在南京，利玛窦购买了一栋房产作为耶稣会士的住所。这座位于石鼓路的会堂被后人认为是南京第一座天主教堂，在这里，诞生了南京第一批基督教徒。

在留居南京的15个月内，基于学者的身份，利玛窦广泛往来于当地文人之间，集中精力分享西方数学与天文学知识。在南京，他完成了科学教育的两大著作——二版《世界地图》和《四元行论》，并在此结识了挚友徐光启，一同着手翻译欧几里得《几何原本》。但在谈及中国

① 出自梁启超《祖国大航海家郑和传》
② 出自利玛窦《利玛窦信函》

见闻时，他如此评述道："中国人根本不懂天文学……"明代文人"仅致力于道德哲学以及谈吐和写作的艺术。"

利玛窦的感慨不无道理却又未必尽然。事实上，在哈雷于1682年观测到彗星之前，中国人早在公元前87年就首次观测到了哈雷彗星，更不必说即便利玛窦本人，也曾为南京鸡鸣山顶，那些矗立于皇家天文台上，元代天文学家郭守敬的精密仪器而惊叹。但他所不能理解的，是这些科学发现在古代中国，并未演化为人文精神和自然科学的火种。正如当年明太祖朱元璋颁布了海禁令，朱棣作为官方下西洋的首倡者，面对民间时，却也坚决贯彻着太祖的海禁政策，自此开启了中国东南沿海绵延明、清两朝近五百年的"片板不许入海"①。在高高在上的帝国统治者眼里，海外的珍玩、无尽的财富、崭新的航路……正如后来被束之高阁、付之一炬的郑和海图一般，都是帝王一人的私藏，从来不曾属于人民。即便毁弃，也与大多数人无关。

然而历史唯物主义告诉我们，唯有根植于广大人民群众的实践才是孕育自然科学的土壤。于是一代代没有得到传承积累的科学闪光，得不到群众实践的滋养，终化作遗落在历史深处的一团团灰烬，封建帝制的极端自私和愚昧，正在于此。

而世界已经悄悄改变。在郑和下西洋约五十年后，欧洲的船队开始出现在世界各地的海洋上，这些来自西方的商船四处寻找着新的贸易伙伴，探索着新的航线，发掘着无尽的珍宝。资本主义的全面勃兴，引领

① 清代是开放少数通商口岸的，此处为表述方便如此描述，望读者诸君见谅

着世界进入“新旧两陆，东西两洋，交通大开，全球比邻”[①]的大航海时代。而这个时代的第一个标志性事件，便是达·伽马的船队首次绕过好望角，到达古里。

在那个巨浪滔天的时代，只有古老的中国面对世界静悄悄地关上了大门，带着“天朝上国”的迷梦，陷入了沉睡。人们所不知道的是，伴随着“地理大发现”，西方各国沿新航路送去的，并不是郑和那象征友谊的丰碑。五百年弹指一挥间，很快，利玛窦口中高贵和美观的建筑物，坚固和雄伟的城墙，聪明和勇敢的人民……在世界翻天覆地的变化面前，都再不足以保护南京这个“东方最美的城市”了。

人们不会忘记，在宣德五年（1430）八月的南京下关港，郑和最后一次回望祖国，踏上了今生最后一次远航之路。这位以一己之力，全面贯通陆海丝绸之路的领航人当时并不知道，在他转过身之前，最后一次映入眼帘的，是帝国的落日。

一个时代，落幕了。

---

① 出自梁启超《祖国大航海家郑和传》

第十一章

南都繁会

又是一年秋风桂子之时。放榜之日，秦淮北岸的应天贡院外试者云集，人头攒动。一时欣喜若狂，直呼高中者有之；凄凄惨惨，天昏地暗者有之，正所谓几家欢乐几家愁。

他神色凝重地退出人群，面色惨白。三载寒窗，今又铩羽而归，盘缠也已用尽，何来面目见家中老母？他心绪烦乱，失魂落魄，竟不知今夕何夕。

几个应天府生脚步轻快地从面前掠过，想来已经登科及第。眼前的南都大市熙攘繁华依旧，却似乎已经与他无关。

半刻后行至东园外金陵栅，恍惚间撞入一间茶舍。入内只见布局清雅，几上博山香篆一线，幽袅升腾。说来茶坊也算新鲜事物，万历年间突如其来，一夕遍布大街小巷。他念及囊中羞涩，一时萌生退意，怎奈店家殷勤几请，只得在窗前胡乱坐了，要上一壶六安先春，望着窗外怔怔出神。

这东园本是开国功臣中山王徐达的花园。当年太祖高皇帝拓土开疆，建立大明，以南都为京城，遂在秦淮河南岸辟出宝地，安置开国功臣。念及当年事，哪个男儿不是满怀热血，激起一腔报国之心？而今的河岸长堤，一川烟柳仍如旧时所栽，但此间之人，早不知何处去矣。

眸光一转，忽见两岸拂柳映入水中，置笼轩楹，垂条可爱。恍然后觉原来这茶坊，竟是南都名肆——五柳居[①]。惠泉松茗，焚香艺文，历来为文人所好，初来南都时，他曾访摄山，山下有栖霞寺僧设茶棚，道旁架帐煮水，白气冲天。那茶便是采于摄山，然炒法不如吴中，形似椒汤，味多辛辣。又闻牛首宏觉寺也有僧人茶，却不曾去过。想当年，南都雅客多热衷茶事，朱权、李贽、杨慎、袁宏道、文徵明、徐渭、唐寅、董其昌……他们呼朋引伴，结社广交，多是寄情山水、隐逸超脱的名士，怎似自己空怀一身抱负，却屡试不第，惶惶如丧家之犬，可叹！可叹！

忽而身后一阵声高，蓦然钻入耳中。“正是那明远楼坏了我应天贡院的风水，我等此番才不得及第！……”他回过头去，只见下首四个书生围桌而坐，正喋喋不休，大有愤愤不平之气。桌上散着几碟，似是带骨鲍螺、酥蒸火腿、不落夹、搽穰卷儿等茶食。他笑一笑，回过头去。

几人说的，十有八九是嘉靖皇帝在位时应天贡院扩建一事。这应天贡院本是太祖高皇帝时所建，初以北城演武场地为之。太祖定三年一举，以八月初九为第一场，试《四书》三道，每道二百字以上，经义四道，

① 整理于明代吴应箕《留都见闻录》

每道三百字以上；十二日第二场，试论一道，三百字以上；十五日第三场，试经、史、时务策五道，每道俱三百字以上[①]。中试者为举人，由官府出给公据，以乡试次年二月赴礼部会试，通过会试，即为进士，可以报效朝廷。

自永乐迁都后，应天贡院为南直隶乡试考点。设科以来，贡院用地多有改易，景泰年间迁至秦淮之阳，建致公堂，勒石立碑，可容纳考生三千席。贡院完工后，恰逢景泰四年（1453）大比，那一年应天贡院应试学子达3000人，得中者200人，中有应天府生29人，可谓极盛，至今为人所津津乐道。

嘉靖年间，皇帝大兴土木，再次增修贡院。建成一座三层塔楼——明远楼，又在致公堂北增建“衡鉴堂”，堂北有池，池上建“飞虹桥”。在致公堂南辟大门，门外有坊，坊南为街，街南有池。增修号舍至3700余间。贡院遂成今日一楼（明远楼）、一桥（飞虹桥）、二门（内门、外门）、“三堂”（致公堂、衡鉴堂、憩息堂）之格局。他不由回想起初年大比之日，入内见制宏而丽，森然域广，只觉凡身微渺如芥。然而说来也奇，此番贡院扩建后，南都乡试中试者便年年递减，而这传言便是从应天府生处最早散出。说是贡院扩建之时，原上元、江宁县学并入应天府学，而县学所在地修成了声势浩荡的夫子庙。原应天府学明德堂后高阜遭到夷平，正是此举破了南都科举风水，才得如此。

他摇头苦笑，子不语怪力乱神，怎料今日诸生落榜，竟要归咎于鬼神。其实之于一般州、县生而言，南京及江宁、上元二县受教于应天府

① 出自明代赵用贤等纂、申时行等修《大明会典》

学的诸生已是天之骄子了。成为应天府生，不仅可受教于南都名师，更可择优者参加翰林院试，若通过则可入南雍进学。那些国子监生，可都是未来的国之栋梁啊！

于是又想起在故乡就读于儒学的往事。每日鸡鸣即起，清晨升堂，习经、史、律、书、乐、射、算，诸生多言苦，他却乐此不疲。本朝太祖有训：生员需熟读经、史、律、诰、礼，以备科贡考试；每年朔望日习射于圃；需临名家帖书，日习百字以上；务必精通九章算术。他无不一一谨遵，十载寒窗，只为效命天子门下。也曾羡慕京畿之地讲学之风盛，各大书院学子如织，可为名家门生，只求报效于朝廷。想来世间学子如他一般者，古往今来千千万万，不可尽数。

再次回到街市上时，带着木樨冷香的风扑面而来，神思霎时清明数分。南都街道极宽广，九轨可容[①]，无怪乎丘文庄公曾言："天下财赋，出于东南，而金陵为其会；戎马盛于西北，而金台为其枢。并建两京，所以宅中图治，足食足兵，据形势之要，而为四方之极者也。"要说并建两京，还要从当年成祖文皇帝迁都北京说起。

成祖文皇帝是太祖第四子，生于元至正二十年（1360），洪武三年（1370）受封为燕王，洪武十三年（1380）就藩北平。当年太祖皇帝为抵御外患，在位期间先后两次分封诸子为藩王，藩王各拥重兵，坐镇一方，尤以秦、晋、燕、宁诸王势力最强，北方军事多仰仗于诸王，其中燕王多次出征，武德充沛，威名大震。太祖晚年，开国大臣多受胡惟庸、

① 语出明代谢肇淛《五杂俎》

蓝玉案牵连，大批功臣宿将被诛杀殆尽，而秦王、晋王先后死去，燕王遂成为诸藩王中实力最强的一位。

洪武二十五年（1392），太子标病故，皇太孙对诸王势大难制渐感忧虑。洪武三十一年（1398），太祖高皇帝病逝于南京，建文帝即位，即以燕王势大难图为由，启动削藩之策。只是燕王何许人也，自不肯坐以待毙，他占据北平，以“尊祖训、诛奸臣，为国靖难”为名，发动靖难之役。经过三年多的战争，燕王攻入南京夺取皇位，改年号为永乐。

永乐大帝登基后，天朝北部边境的形势也再次发生了变化。随着奴儿干都司[①]女真各部的归服，东北全境纳入明朝版图，最北达到外兴安岭地区，退居蒙古草原的蒙元势力仍在西北伺机而动，关西七卫被设立用于维护西北边疆的统一。而南京处于长江中下游的地理位置，使之在对帝国北部地区的控制上渐感力不从心，成祖遂以其“龙兴之地”——北京为新都选址，大致用了十年时间营建北京城，用以迁都。明永乐十九年（1421），大明正式迁都北京。

迁都后两京并行，北京所在的顺天府和南京所在的应天府，合称“二京府”。尽管南都在形式上保留了原有的五府、六部等中央机构，且南都还有少许京师无有的要职，如管理后湖黄册的户科给事中等，但这些机构多为虚设，已无实际职权。“故谓南吏部不予铨选，礼部不知贡举，户部无敛散之实，兵部无调遣之行”[②]，南都官员虽享俸禄，空有清望而无实职，是故游山玩水、烹茶雅事、隐逸结社者众。前人有云：“金

① 今黑龙江下游地区

② 出自明代顾起元《客座赘语》

陵六代旧都，人文渊薮也。以故寰寓推为奥区，士林重其清议”[①]，又云“晋以下之六朝，席卷人才，天下来爰。盖至明高皇帝开天之后，而后人文及宇内之大观，郁郁乎莫可尚已。”

当年太祖以南北富民、工匠充实京师，分门别类置于城南各市井行口，形成了“明十八坊”。迁都后南京虽失其政治地位和军事实力，却因其南北交会之地理位置，坐拥四省交会之通达水系，遂成“北跨中原，瓜连数省，五方辐辏，万国灌输，南北商贾争赴”[②]之地。要说南都船港，一是江东门外的上新河，又名上关；一是仪凤门外的龙江关，又名下关。是故八方之人，乘水路自京师、自中原、自上江、自下江而至，水网绵密，绾毂两畿，辐辏四海。

南都市集者众，然大市不过数处，尽在三山街西至斗门桥，名曰“果子行”[③]。其中大功坊东抵秦淮，西通古御街，裕民防在太平桥北，善和坊在武定桥东。其余百工货物，则沿袭“明十八坊”各有区肆，大中桥、北门桥、三牌楼市集较大，主售鱼肉蔬菜；沙湾镇淮桥一代多有织锦工坊，金沙井近旁多锻造铜铁器物；而门东内秦淮沿岸则以日常百货为主：如北门桥外“估衣廊”、升州路北“皮市街”、轿夫营“履鞋市”，武定桥西“帘箔巷”……南都各市，商品如绒线丝绸、铜锡制造、书坊印刷、粮油食品；金银易货如银铺、当铺、钱庄；日杂百货如服装鞋帽、花鼓香蜡、瓷器木炭、脂粉香皂、药材海味、东西洋货；休闲娱乐如茶

① 出自明代顾起元《客座赘语》
② 出自明代张瀚《松窗梦语》
③ 引自刘明杉《试论明后期科举对南京文人生活的影响——以〈南都繁会图〉为例》

舍酒肆、汤池瓮堂[1]、戏曲杂耍；另有测字、占卜、相宅等术数问卜之业，琳琅满目，不一而足。

他租住之地也在城南，位于聚宝门外雨花台西的天界寺中。启程前母亲便好生交代，入城需借一僻静下处，安心备考，切不可耽于声色犬马无益之事。几番求问，寓居于天界寺公塾，较之秦淮两岸的河房，居于寺中清净无扰，租金亦实在。考前潜心读书，至多不过去往上江考棚一会安徽诸生，不必赘述。

回去天界寺的路上，他一时犯了难。此番落第当去往何处？是否该尽早回乡，以备三年再战？他颇有些犹豫。一是需得筹措盘缠，二是有些未竟之事，一夕间竟难心头清明。

他曾想去往鸡鸣山之阳、六朝宫苑故地的南雍，谒孔子庙大成殿，旁听祭酒讲学。太学前亦多书肆，更有流动书集，万卷牙签求售，诸多刻本售价低廉；也曾想访学清凉山，在崇正书院倾听阳明心学后人、“泰州学派”焦竑讲书；或是走访新泉精舍，求取“甘泉学派”湛若水后人的传习；亦可去往秦淮河畔听一曲昆山调，当年汤显祖为应天府尹时，曾为南都作一曲《紫钗》；还有北市东街的藏宝楼天籁阁，那是嘉靖名家项元汴的古董行……

项元汴，仇英。是啊，怎么忘了仇英？

“明四家”的仇英，青绿山水，清明上河图。

以画录史，丹青筑城——那是曾几何时不可企及的梦。他也曾习画，却并不精通，平生只爱北宋张择端《清明上河图》。但在今天，那些往

① 瓮堂，即浴室

事一夕之间全部浮出水面，它们在叫嚣让他留下，留在南都，唯有如此，才能不留遗憾。

恍惚间他来到了三山街上，抬头一看“古今字画”，他心头忽而鼓起勇气，走了进去。

过程并无想象的艰难。不仕文人出入书坊画寓者众，那店家倒是司空见惯，这家古今字画兼营书画，可收传奇小说，也收墨宝书画，开价公道。见他面露耻意，倒是店家笑着安慰道，君不见沈周、唐寅、文徵明乎？文徵明之事他自然是知道的，不同于好友唐伯虎一试高中，却因贿考泄题案跌落谷底，文徵明二十七年间赴南京应试十次，十次均落第，后以专心作画为生。却因此在南京结识了“金陵三俊”顾麟、陈沂、王韦，成就一段文坛佳话。那店家见他也知晓旧事，更是起劲，说起金陵街市诸店的招幌多出自名家之手，如牛市口肥皂香粉店“古子敬家”系刘青田（刘基）所书，距此地数十步外的毡货铺“伍少西家”乃顾遁翁（顾起元）所写；还说当年吴承恩在国子监读书时，因一贫如洗，就是常年为他这书坊写传奇为生，那小说名叫《西游释厄传》，早在秦淮河岸被说书人讲得家喻户晓。

他最终就此应了下来。

于是在秦淮南岸沽酒斩鸭，在国子监外遍淘旧书，在大中桥下饮壶热茶，就如前人吴承恩、文徵明、唐寅那般，他流连于南都平淡的市井，踯躅于老城南的桥路，时而至三山街交些字画，店家抱怨他总交些小品，他却每每笑说不急，不过先换些碎银零花。

终于城北国子监去了，学正见他心诚便网开一面，祭酒讲学竟也悄悄听了；太学外流动书摊的《文太史先生全集》《叶相国选定百子类函》买了；梁帝的鸡鸣寺去过，牛首山下的茶也喝了；凤凰台外的西纱铺，给母亲和妻子的冬衣也备下了；北市东街的天籁阁中，仇英摹绘的《清明上河图》也终于能被他细细观摩。只可惜清凉山与钟山里的书院多已关闭，今上不喜文人结社，斥之朋党，如今学派凋零，天下书院十不存一。虽偶遇少许士人讽议朝政，然仍不成气候，终为一憾。

如此半载倏忽而逝。当朔风带去寺中枝头最后一片寒叶的时候，南都飘起了零星的雪。很快，又是一年的上元夜。

在人群的裹挟中，他再一次来到老城南。新春佳节，秦淮两岸灯火如昼，火树银花，才子佳人，每个人脸上都洋溢着热切的笑意。有世家公子秦淮上泊十二楼船，呼酒洗徒，征歌选妓，见他士子装扮即盛情相邀。平日他素来聆听圣训，耻于与之为伍，今日却欣然前往。入内见灯火笙歌，灯彩花案，欣然落座，饮下主家敬客的金华酒，又细听船上梨园南曲，是郑若庸的《玉玦记》。

“嵯峨莲宇，灿烂银妆。还璧惭无计，宵閒玉堂。学不得李塑功成，倒做袁安卧僵。远望。思归心易伤，百感空悲壮，令人断肠。何况山川非故乡。”

轻柔婉折的昆山调中，半岁以来南都的一幕幕在他心头纤毫毕现：高耸入云的国子监牌楼，秦淮两岸的高门大院，三山街上的书坊画寓，北市东街的邻里乡亲，钟山脚下的九重宫阙……忽闻岸上涌动欢呼起来，人群中远远走来的，是上元灯会高耸入云的鳌山。

刹那间一种冲动溢于胸腔，笔下的灵魂生生不息，他忽而想做些什么，尽管他自知此身是如此微小平凡，但他此刻确实想做些什么，为这大明盛世，为这南都繁会，为这一草一木，也为这芸芸众生。

恍惚兮时光交互，千载已逝。

在21世纪的中国国家博物馆，藏有一幅长约3.5米、宽约半米的明代绘画长卷。绘卷绢本设色，建构宏大，以丰富细腻的笔触，勾勒出当时的世界第一都会——南京的城市风貌和市井生活，这就是被称为南京版“清明上河图”的《南都繁会景物图卷》。

尽管画卷尾部署有“实父仇英制”落款，但后世专家从画作技法和画家生平考证，推断此画并非“明四家”之一的仇英之作，《南都繁会景物图卷》的真实作者已不可考。尽管如此，图卷却依然穿越历史的迷雾，熠熠闪光。

摊开古卷，我们可以一眼看到街巷纵横交错，建筑鳞次栉比，车马行人摩肩接踵，河中运粮船只、龙舟、渔船、画舫往来穿梭。河岸金店、茶庄、药房、浴室，各类鸡鸭行、羊行、猪行、粮油谷行，琳琅满目。整幅长卷以河流4条，桥梁5座，道路9条，船舶19座，建筑30余栋，店牌招幌109余种，各色人物千余种入画，林林总总包罗万象，可谓以画录史，令人称奇。千载之下，不由得令人动容。也许唯有身居其中，心怀热爱，将一草一木砖瓦青石镌刻于记忆的有心人，才能描摹出这样繁琐细微却又生趣盎然的图卷。

或许这位不知名画家的技巧远非最高超，笔下的青绿也非最绚烂，但古卷跨越时光呈现给后人的，却是涌动于画面深处的、生生不息的对生活的热爱，这是对市井百态的歌颂，是对平凡生活的致敬，是对南京这座古城最高的礼赞。

2005年，南京中华门外东长干巷旁的秦淮河防洪墙上竖立起一道2.4米高，80米长的青白大理石影壁，影壁上刻有浮雕作品《南都繁会景物图卷》。长卷被分隔成40余个场景，连续排开，蔚为壮观。石刻所处的位置长干巷，正是明都南京“老城南”的城内外分界点，它被赋予了一个正式名字——“南都繁会石刻”，新秦淮八景之一。

2007年，上海古籍出版社出版了《中国国家博物馆馆藏文物研究丛书：绘画卷》，跨越近五百年，《南都繁会景物图卷》的全貌被首次清晰刊出，渐渐广为人知。2010年8月，江苏省人大批准《南京市历史文化名城保护条例》，提出南京古城保护应以“整体保护”为准绳，同年12月，《南京老城南历史城区保护规划与城市设计》正式发布，南京古城的记忆被再次唤醒。2013年9月，南京秦淮区“老门东”[①]箍桶巷示范街区“开街”，《南都繁会景物图卷》成为开街仪式上最显著的文化符号，出现在入口牌楼的大门上，街区内部的手帕、伞面等纪念物品上，“南都繁会”的意象跨越时间的记忆，赋予了南京古城焕然一新的一抹青绿。

相较于流传至今的南京相关图卷如《上元灯彩图》《康熙南巡图》《乾隆南巡图》，《南都繁会景物图卷》公认并非名家巨构，笔法也非

① 南京老门东、老门西的“门”即聚宝门，即今中华门。老门东，是南京老城南的一个古地名，它位于老城的最南端，北起长乐路，南抵明城墙，西临内秦淮河，正是《南都繁会图》最着重描绘的部分

最为精到，却因其独特的对于日常生活的体察，对于场所精神的弘扬，对于“沉默的大多数”的人文关怀，格外受到现实世界的青睐，甚至成为南京弘扬老城历史文化的一个标志性符号。

“一座城市若是没有了旧的痕迹，就好比一个人失去了记忆”[①]。通过《南都繁会景物图卷》的重现，我们欣喜地发现，这些鲜活的记忆，正植根于最广袤的人群和最熙攘的街巷之中。相较于屹立于时间长河中璀璨瞩目的英雄，芸芸众生不过是沧海中的一朵朵细浪，来不及留下曾经存在的痕迹，但却并未放弃捕捉思想的闪光。正是这些不知名却不妥协的灵魂，凝结成创造和改写历史的基本力量，这种力量跨越时间的长河，化作南京城的一砖一石、一草一木，化作这座城市最初和最后的人文记忆。

① 语出美籍华人建筑师，美国艺术与科学院院士贝聿铭

第十二章

一梦红楼

清乾隆二十七年（1762），除夕。

一夜北风呼啸，裹挟着漫天的雪花，这一年，京师的冬天奇冷。

风雪将西郊草庐前的那条荒草小径染成了纯然的白。柴门旁的瘦犬呜咽了两声，且被来人挥杖喝退了。风声杂着雪卷入草帘，一眼见那人睡在芦席炕上，一袭衾褥单薄。

平素放歌狂饮、诗酒唱和的人，此刻闭眼住口，世事不知。外间隐约传来新妇的哭声。四十年华付杳冥，除了枕畔七零八落的书稿，曹雪芹的身边什么也不剩，只余白茫茫一片大地真干净。

满纸荒唐言，一把辛酸泪。都云作者痴，谁解其中味？

“能解者方有辛酸之泪，哭成此书。壬午除夕，书未成，芹为泪尽而逝。[①]”

① 出自早期抄本《脂砚斋评石头记》

明万历末年，朝政腐败，政治黑暗。举国农民起义、民族暴动、边境危机频发，朝堂人心涣散。万历四十四年（1616），建州女真首领努尔哈赤建立后金。公元1627年，不问朝政、放纵阉党的天启帝驾崩，崇祯帝朱由检即位，虽有心匡扶朝政，然而随着王自用、高迎祥、李自成、张献忠等相继起事，明末民变的序幕已然拉开，帝国已至分崩离析之境。

崇祯九年（1636）四月，后金大汗爱新觉罗·皇太极称帝，改元崇德，改国号为“大清”，定都盛京（沈阳），清朝至此建立。崇祯十七年（1644）三月，李自成率农民军攻克北京，崇祯帝在景山殉国，最后一个汉人统治封建王朝的明朝结束了前后276年的统治[①]。四月，驻守山海关的明将吴三桂降清，联合清军击溃李自成，多尔衮率清兵入关进入北京，同年顺治帝迁都北京。迁都后近二十年间，清渐渐平定大顺、大西、南明等政权，又平三藩之乱、收复台湾，完成了全国的统一。

清朝建立后，对于南京未延续明时“两京并行”的政策，而是削弱了南京的政治地位，将其“去京之名”。但鉴于南京“江南根本之地，绾毂十省”的区域中心地位，清政府把南京地区改为江南省，设“江南总督”[②]，把应天府改为江宁府，改府尹为知州，其它卫所改为州县。洪承畴是首任江南总督，南京的“去京改省”正是他主持实施的。在清朝治下，江南省的省城、府城都在江宁（南京），省辖区包括今天的江

① 此处未将南明纳入计算。南明亦与南京城颇有渊源，但此处篇幅所限，不再赘述

② 顺治四年首设江南江西河南总督，顺治六年改为江南江西总督，驻江宁（南京）。顺治、康熙年间数次合并、分置，康熙二十一年合并江南、江西总督，称“两江总督”，遂成定制

苏省、上海市和安徽省，省区“雄视邻藩，遥控京国”，南京城也因此成为清政府控制东南地区的重心。

康熙年间，南明、三藩之乱先后平定，国家大政渐由文治取代武功，在这个历史阶段，国家出现了“康乾盛世”的序章。但盛世之下，清代统治者较之明代集权意识更强，思想统治更为严酷。顺治、康熙、雍正、乾隆四代，文字大狱屡见不鲜。顺治治下有“科场案”，康熙治下有庄廷鑨“明史案”、戴名世《南山集》案，雍正治下有汪景祺案、查嗣庭案、曾静案……如朱熹言“国家盛，文章却衰”，清初统治者通过大兴文网、钳制广大人民的反抗意识，实行文化专制的极权统治。到了乾隆年间，不仅大兴文字狱，还好大喜功，南征北伐，先后六次南巡，晚年更是倦于为政，宠信奸臣和珅，导致财政日渐亏空，王朝升平之下的潜藏危机已是渐渐浮现，“极盛之时，亦是衰落之始”。

在这样的历史背景下，两部与南京颇有渊源的小说巨著诞生了。一部是作者自称“秦淮寓客”而长居南京，对士风世情写出了前所未有的辛辣讽刺之作——吴敬梓的《儒林外史》；但若论及中国小说史上不可逾越的高峰，被称为“封建社会的缩影”的一代巨著，毫无疑问，唯有曹雪芹的《红楼梦》。

在南京，有一个人们耳熟能详的地名——大行宫。在大行宫附近，有一个著名的博物馆“江宁织造博物馆”。大行宫之所以得名，是因为这里曾是康熙皇帝南巡时驻跸的行宫，清朝时“大行宫”这片区域属于“江宁织造署”。大行宫和江宁织造署，都是与《红楼梦》的作者曹雪芹极有渊源的地方。

江宁织造署是干什么的呢？南京曾有旧时民谣，谓之南京有四宝："大脚仙，咸板鸭，玄色缎子琉璃塔"，"咸板鸭"流传至今不必多说，"大脚仙"是说不缠足的姑娘，"琉璃塔"指南京大报恩寺琉璃塔，而"玄色缎子"指的就是云锦。

云锦，是南京特有的一种华美贵重的织锦，以形似天上彩云闻名，历朝历代唯尊者可用。早在刘宋时，朝廷便成立了南京官方织锦的官署"锦署"。明、清两朝，云锦广泛用于文武百官的朝服补衣，就是朝服正面那块缝制瑞兽的方形区域，需求量日益见长。明代中华门西的沙湾一代，因地势高耸，织品不易霉烂，遂形成了织造业聚居地，也是在此萌生了"机户出织，机工出力"的资产阶级萌芽。到了清代，朝廷设置了织造锦帛的官方衙门，这就是江宁织造署的由来。

论及曹雪芹的身世，还要从首任江宁织造——曹雪芹的曾祖曹玺说起。据胡适《红楼梦考证》，曹玺出身于八旗世家，于康熙二年（1663）始做了二十一年的江宁织造，曹玺去世后，其子曹寅先后任苏州织造（四年）、江宁织造（二十一年），又兼做了四次两淮巡盐御史。曹寅被重用与康熙皇帝有密切的关系，曹玺之妻（曹寅之母）曾为康熙皇帝的乳母，曹寅少时曾为康熙伴读。这份特殊的关系使得康熙对待曹寅有着超越一般君臣的信任，曹寅名为江宁织造，却时常"有闻地方细小之事，必具密折来奏"，康熙给他的回信中，也时时充满了"凡奏折不可令人写，但有风声，关系匪浅，小心、小心、小心、小心"[①] 的殷切嘱托。

① 引自郭预衡《中国古代文学史》第四卷，见于《关于江宁织造曹家档案史料》

曹寅能诗擅画，于扬州时曾统领《全唐诗》刻印，又曾耗巨资刻印一些精刻善本，以此在江南广泛笼络士族文人，以巩固清廷统治。康熙对其极是厚爱，一生六次南巡四次驻跸于曹寅的江宁织造署，也就是现在南京的“大行宫”。皇帝的亲临无疑是极大的殊荣，使得曹家的声势在曹寅时达到了鼎盛。曹寅去世后，其子曹颙续做了三年的江宁织造，曹颙病故后，康熙又命曹寅继子曹頫做了十三年的江宁制造。曹家祖孙三代四人做了五十八年的江宁织造，无怪乎胡适说“这个织造真成了他家的‘世职’了”！

然而，盛极必衰是万物常理。显赫至极的“四次接驾”为曹家带来了烈火烹油、鲜花着锦的繁盛，却也预先埋下了危机四伏、“树倒猢狲散”的种子。曹寅时，因四次迎驾、盐商欠帑、刻印善本、交游士人等花费，已为江宁织造留下了大幅亏空，其后继任的曹颙、曹頫，更无法填补这样巨大的财政赤字。康熙六十一年（1722）皇帝晏驾后，曹家彻底失去了依靠，雍正即位后，出于织造署亏空、家族内部矛盾、皇族内部纷争等众多原因，终于对这个“织造世家”进行了清算，曹頫被革职，家产被抄没，曹家就这样败落了。举家迁回北京旧居后，曹家潦倒沦落，日益衰败至难以维持。

对于曹雪芹本人的确凿史料极少。杨仲羲在《雪桥诗话》中提及他名霑，是曹寅之孙。其父是曹颙抑或曹頫已不可考。胡适考证其人生于康熙末年（约 1715—1720 之间），死时“约五十岁左右”。从他和友人的往来诗句中，我们得知他字芹圃，号雪芹、梦阮、芹溪。而他的祖籍更是难以探寻，一说是奉天辽阳（今辽宁辽阳）[1]，一说是河北丰润（今河北唐山）[2]，难以定论。

但他传奇的一生，我们却不难从当年的历史轨迹中得以窥见。少时雪芹居于江宁，家在小仓山下的织造园[3]，父辈历任江宁织造，曾四次接待圣驾亲临，家族一时极盛。他也曾锦衣纨绔，家中宾客盈门，牙签玉轴；钟鸣鼎食，诗礼簪缨；烟海缥缈，挥霍无度，便是曹家的一味雪花饼，也是"粉量云母细，糁和雪糕匀"，被当时文人引为美谈。

但少时繁华如一梦，区区十载，他受家族牵连，沦为贫民，流于市井。晚年居于北京西郊草庐，"满径蓬蒿老不华，举家食粥酒常赊"，生活境遇穷困潦倒，沦落至以卖画为生。人到暮年，又遇殇子之痛。于是他嗜酒狂歌，沉酣度日，正如友人敦敏所赠——

碧水青山曲径遐，薜萝门巷足烟霞。寻诗人去留僧壁，卖画钱来付酒家。

燕市狂歌悲遇合，秦淮残梦忆繁华。新愁旧恨知多少，都付酕醄醉眼斜。

秦淮繁华如旧梦，他经历了封建社会政治风云的激荡，目睹了家族由盛转衰的剧变，生于荣华，陡遭剧变，生涯潦倒，看尽了世间悲欢，尝尽了人间冷暖。在凄凉困苦的晚年，他将一生"痴情"融入如椽巨笔，借"假语村言"，将"真事隐去"，"于悼红轩中批阅十载，增删五次"，

---

① 出自胡适《红楼梦考证》和冯其庸《曹雪芹家世新考》

② 出自李玄伯《曹雪芹家世新考》和周汝昌《红楼梦新证》

③ 即随园。《上元江宁志》："小仓山，在上元清江门内。有随园（旧为随织造园），袁简斋先生侨寓处也"；袁枚在《随园诗话》中也提到，《红楼梦》大观园即随园

最终用血泪凝成了这未完的八十回《红楼梦》。

《红楼梦》初期以抄本流传，从“脂评”可以得知，在曹雪芹开始写作的同时，朋友们就开始迫不及待地传抄了，也是因此产生了甲戌本、乙卯本、庚辰本、戚序本为代表的多种抄本。这些抄本都是八十回本，也都有以脂砚斋为代表的早期书评人的评语，因此亦通称“脂本”，书名多为（脂砚斋重评）《石头记》。根据“脂评”及现存的抄本，得知《红楼梦》未完，仅存前八十回。但在早期的抄本评语中又曾多次提及八十回后的内容，甚至提及具体细节如“花袭人有始有终”“狱神庙慰宝玉”等，可知曹公在世时，也曾具体构思、亦有可能实际写作过后文的内容，但遗憾的是，即便是在脂砚斋的时代，这些后文书稿也未得以流传，这实在是一大憾事，无怪乎张爱玲曾在《红楼梦魇》中谈及三大恨：“一恨海棠无香，二恨鲥鱼多刺，三恨《红楼梦》未完。”

乾隆五十六年（1791），《红楼梦》最早的印本出现，抄本渐渐湮没失传，直至1927年胡适发现甲戌本，抄本才重新回到人们的视野，此为后话。《红楼梦》的第一个印本为程伟元、高鹗印行的一百二十回《红楼梦》，世称“程甲本”，次年修订再印，为“程乙本”。程本删去了抄本上的评语，书名以《红楼梦》取代《石头记》，后世出版的一百二十回《红楼梦》多以程本为底本。尽管程伟元和高鹗说，印本的后四十回是他们“竭力搜罗，无不留心”“按其前后关照者，使其有应接而无矛盾”，提出后四十回也是曹雪芹原作，但自19世纪20年代“新红学”渐起，以胡适、俞平伯为首的学者们经过反复考据，得出后四十回非曹雪芹原作，而是高鹗续作的结论。关于续作的优劣，百年来红学家们多有评判，但无论如何，续作在保持作品完整性、方便传播等层面，也有其贡献。

《红楼梦》究竟写了什么？以“红学”之庞大，喜爱红楼梦人之多，怕也极少有人能三言两语说清这个问题。笔者学识浅薄，更无力解答这个问题，便直接援引郭预衡《中国古代文学史》中的评述：“从总的倾向来看，《红楼梦》所揭示者，主要在于两个方面，一是写出了贾府这个具体而微的封建社会无可挽救的衰败；二是写出了在这个衰败的贾府中所产生的叛逆人物，寄予了作者的理想”。曹雪芹以一位天才文学家独特的时代敏感，借以自身起伏跌宕的所见所闻所感，写出了封建社会这栋“高楼大厦”即将倾颓的尘埃中绽放的希望之花。

《红楼梦》全书以五十五回为标志，可分为上、下二部。前半部分三节：一至五回为第一节，借顽石补天之说，提纲挈领，拉开序幕；六至十八回为第二节，始于刘姥姥一进大观园，继而写出秦可卿之死和元妃省亲两大盛举，一个“烈火烹油、鲜花着锦”的鼎盛家族跃然纸上；十九至五十四回为第三节，以细腻家常的笔触，写出了诗情画意的社会生活长卷，写出了宝黛的青梅竹马之情，写出了叛逆者和旧势力的冲突。“不肖种种大承笞挞”是全书的第一个高潮，点出了贾府表象升平下隐藏的危机四伏，至此上半部结束。下半部再分两节：五十五至七十八回为全书第四节，承接上文，一步步写出贾府危机的深化，“抄检大观园”是全书的第二个高潮，与“宝玉挨打”遥相对峙，以“自杀自灭”的内因，预演了贾府未来的崩溃；七十九至后四十回续书为第五节，写出了人物命运的结局，完结全篇。全书既有搏龙缚虎之跌宕，也有静日玉生烟之雅趣，通过细微而平凡的生活描写，真实而全面地反映了中国封建社会后期的面貌，草蛇灰线，千里烟波，跌宕起伏。《红楼梦》就是一面“风月宝鉴”，以贾府这个“缩影”的衰败，映照出封建社会无可挽救地走向崩溃的历史趋势。

在曹雪芹笔下，在即将倾颓的尘埃中，也有“依稀可见的光明”。《红楼梦》所塑造的贾宝玉、林黛玉，大观园中众多“如水的女儿们”，乃至刘姥姥、小红等小人物，无论高低贵贱，都寄寓着作者的理想和人生的真善美。尤其是贯穿全书的“木石姻缘”，《红楼梦》“废墟中的呐喊”，对封建腐朽的价值观的反抗，正是通过书中的两个灵魂人物——贾宝玉和林黛玉来体现的。

贾宝玉是作者对于自由的追求，是对封建时代君权、父权的终极反思。他的人物特点是“痴”。贾宝玉是以王夫人口中“混世魔王”的形象登场的，他离经叛道，藐视礼教，同情女性，不向往“仕途经济”，他的痴，正是对封建社会从君权到父权再到一系列礼教传统等等“世俗”的终极反抗，借他之口，寄托了作者对于社会的理想，对于人生的理想，对于婚姻的理想。贾宝玉是作者的代言人，没有贾宝玉，《红楼梦》就没有那样深刻的思想内涵；林黛玉是作者对于诗意的追求，是对封建社会女性悲剧的深刻体察。她的人物特点是“灵”。林黛玉是在“不肯多说一句话，不肯多走一步路”的自尊与脆弱中登场的，年少失怙，寄人篱下在贾府这个“名利场”，在“尖刻小性”的表象之下，黛玉有着纯洁、脱俗而真实的灵魂，她至诚至善、自尊自爱、坚贞执着，又聪明洞察。她是贾宝玉的知己，他们同样拥有叛逆者的灵魂，他们的爱情更是灵魂的共鸣，但面对“广厦将倾”的时局，林黛玉却比贾宝玉洞见得多。林黛玉寄托了作者的理想，没有林黛玉，《红楼梦》就没有那样闪耀千古的曙光与希望。

除了思想深刻，结构精巧，人物塑造，红楼梦的情节、叙述、语言、心理、环境……无不博大精深，浑然天成。正如鲁迅说：“全书所写，虽不外悲喜之情，聚散之迹，而人物事故，则摆脱旧套，与在先之人情小说不同”。无怪乎诞生二百余年，诸多名家趋之若鹜，对于《红楼梦》诸多问题的研究亦成为一门相对独立的学术领域，即“红学”。自脂砚斋为首，清代便出现了“评点派”的红学研究。其后以五四运动为分野，“红学”又出现了“新旧”之争。“旧红学”中，王国维的《红楼梦评论》是第一部运用西方哲学理论构筑完整体系的红学著作，产生了极其深远的影响；索隐派是旧红学中影响最大的流派，以王梦阮、沈瓶庵《红楼梦索隐》和蔡元培《石头记索隐》最为著名，王氏索隐出《红楼梦》伏顺治帝董鄂妃，蔡氏索隐出《红楼梦》伏反清复明，虽然争议较大，是为一家之言。

五四运动后，红学发展到了新的阶段，诞生了以胡适、俞平伯为首的“新红学”，以胡适《红楼梦考证》和俞平伯《红楼梦辨》最有影响力。他们批判索隐派的研究手法“走错了道路”，是“无稽的附会”，改为运用考据的手法，对曹雪芹的家世及生平进行还原，对《红楼梦》的版本流变进行了比较研究，对《红楼梦》的发展做出了有价值的贡献。

时至今日，红学发展又经历了种种曲折，取得了新的成绩，越来越多的人喜爱《红楼梦》，加入研究《红楼梦》的行列中来。斯人已逝百余年，然而或许在曹公生前也不曾想到，在两个世纪之后，他的名字会家喻户晓，尽人皆知，他的《红楼梦》，会成为中国古代小说史上一座不可逾越的巅峰。

都云作者痴，谁解其中味？

愿解其味之人，代有才人，继往开来。望曹公泉下有知，能聊以慰藉罢。

清乾隆十三年（1748），袁枚购得雍正时江宁织造隋赫德私产“隋织造园”。织造园位于五台山余脉小仓山一带，其历史最早可追溯至明末的吴应箕焦园。清康熙年间，这里是江宁织造曹寅家族园林的一部分，曹頫被革职抄家后，织造园归于继任江宁织造隋赫德所有，人称“隋织造园”或是“隋园”。

袁枚购得“隋织造园”后，将其更名为“随园”。他自号随园老人，迁入园中居住。随园风景秀丽，楼台竹树，秋水长天，袁枚甚爱之，谓之“诗世界”，花费巨资数次修葺，并在此成就了著名的《随园诗话》《随园食单》。在《随园诗话》中，袁枚不无自豪地写道：“雪芹撰《红楼梦》一部，备记风月繁华之盛，中有所谓大观园者，即余之随园也。”[①] 袁枚死后葬于随园，其子孙复又经营三十载，随园渐渐颓败。咸丰三年（1853），随园毁于太平天国的战火之中。至此不复存矣。

经历了半个世纪的风风雨雨，1919 年，33 岁的美国人明妮·魏特

① 此为一说，也有学者认为雪芹卒时四十，袁枚之说不足采信。《红楼梦》考证历来争议频出，此处仅作引论，不做定论

琳来到南京，成为一名教师。而她工作的金陵女子大学，作为中国近代史上第一座真正的女子大学，其校址正在随园旧址之上。正如大观园曾经是《红楼梦》中女儿家最后的净土，在血腥的南京大屠杀中，在魏特琳的奔波斡旋之下，金陵女子大学成了“战时难民收容所”，在那个烽火连天的岁月里，前后收容和保护了万余名妇女儿童。中华人民共和国成立后，随园赓续旧志，又被赋予了新的使命，它成为南京师范大学（原金陵女子大学）的校址所在。

世事沧桑变迁总是令人唏嘘感慨。《红楼梦》见证了封建社会的广厦将倾，孕育了灰烬中的希冀，随园则亲历了中国近代史的百年沧桑，见证了百年以来中国女性渐渐破除封建旧制，走向新时代的飒爽英姿。

这是一个女子可以接受教育的新时代，是一个破除礼教、男女平等的新时代。在曾经的悼红轩中，曹公遍寻知己而难遇，动笔写下这不忍卒读的“千红一哭，万艳同悲”，纵以他超出时代的智慧或许也不能想到，终有一天，女子终将走出闺阁，成为时代风云的一部分，成为见证时代广袤变迁的最鲜艳的一抹红色。

第十三章

太平天京

清咸丰三年（1853）三月，拂晓，南京。

聚宝门外，雨花台下，大报恩寺的七宝琉璃塔在初升朝阳的映照下，熠熠闪光。短衣窄袖、赤足红巾的太平军在高塔上左右排开，在一片赤红的簇拥下，漆黑的炮口缓缓抬高，如同森然的利剑一般，对准了不远处聚宝门内的古城。

“轰——！！！”

陡然乍响的炮声似惊雷震动了整座南京城。一时喊杀震天，炮弹如雨，直射城中！

与聚宝门外李开芳部的炮声呼应，静海寺内林凤祥部挖通地道，轰塌仪凤门段城墙。一时水西门、江东门、聚宝门、仪凤门接连响起巨声，外城、内城守军四散奔逃。城外石达开部自水路逼临江上，罗大纲部、秦日纲部战船遮天蔽日、踏浪而来，四下合围的太平军如水流般涌入城中，一时南京城内“直望无际，皆红头人也”。

蓄发扎巾、花巾绕颈的太平军将士们二十五人一队进入内城，经成贤街至小营处，有人发现了两江总督的绿呢官轿。轿中之人，正是自鄂东一路奔逃，至南京又在总督府终日焚香祷告、瑟瑟发抖的清廷钦差大臣、两江总督陆建瀛。众人将之拖出，连砍六刀，霎时一命呜呼[①]。

3月20日，太平军占领南京。29日，洪秀全的龙船自安庆至芜湖顺江而下，终于抵达南京。

为了迎接领袖的到来，由两列骑兵开道，以东王杨秀清为首，北王、翼王皆身着红袍头戴冠帽，率文武百官、黎民百姓数千人至江畔亲迎。灿灿烈日下，天王洪秀全率众妃嫔、子女浩浩荡荡下了船，旋即被众人簇拥着坐进那顶为天王特别准备的十六抬黄呢大轿之中。

天京！天京！众人欢声雷动。

历时两载，自金田起义、永安建制，北上直击长沙、攻克岳州、夺取武昌，一路渡巢湖，下九江，破安庆，占池州，这支自广西桂平走出的农民军辗转千里，终于在“城高池深、帝王之家”的南京城，到达了革命生涯的巅峰。

中国近代史上崭新的一页，就此展开了。

随着明代中国错过了“大航海时代”，至清中叶，延续百年的“闭关锁国”政策渐渐积弊难返。中国这艘“巨轮”已经远远落后于时代，但因中国的特色货物如茶叶、丝绸和瓷器在海外大受欢迎，清政府对外

① 引自盛巽昌《实说太平天国》，一说陆建瀛死于十庙处

贸易持续在顺差水平。为了扭转贸易逆差，英国商人不惜违禁向清政府贩售鸦片以追逐高额利润。道光十九年（1839），林则徐主持虎门销烟，触动了英帝国主义的利益。为了捍卫其“在华鸦片贸易”的“权利”，英国向中国发动了第一次鸦片战争。道光二十二年（1842）七月，清代表耆英、伊里布在停泊于江宁江面上的英舰“汗华丽”号上，与英国代表璞鼎查签署了中英《江宁条约》（即《南京条约》），而中国近代史的大幕，也随之拉开。

华夷抗礼静海寺，俨然白犬丹鸡盟。

城中歌舞庆太平，城外遭贼仍纵横。①

鸦片战争结束后，香港岛被割让给英国，上海开港通商，列强进一步在华扩张。清政府为了支付巨额赔款，更加疯狂的盘剥欺压底层百姓，土地的兼并、沉重的赋税加之连年的天灾，百姓的生活无以为继。西方资本主义进一步侵蚀中国，传教士在中国频繁活动，这些传教士“一手拿着圣经，一手拿着洋枪”，成为时代背景下的一大特色。

太平天国正是在这样的历史背景下产生的，生来就注定了它的特殊和不平凡。

洪秀全是广东花县人，早年曾通过传教册《劝世良言》接触基督教义。在广州应试落榜四次后，道光二十三年（1843），他在花县与冯云山、洪仁玕等人创立了“拜上帝会”，并分别在两广地区发展教众。期间洪秀全结合部分基督教设定，创作《原道救世歌》《原道醒世训》《原

① 语出赵函《哀金陵》，讽《江宁条约》签订而作。“静海寺”位于南京仪凤门外狮子山南麓，本是朱棣为纪念郑和下西洋而建，《江宁条约》签订前，以此处为谈判地

道觉世训》等五篇原始教义，形成了“拜上帝会”的宗教理论基础。当时，连年的天灾加之清政府敲骨吸髓的盘剥，地方民众早就几无活路、怨声沸腾，在拜上帝会“大道之行，天下为公”“人神皆同，男女平等”的教旨面前，许多无家可归的农民受其感召，加入了洪秀全的队伍。

道光三十年（1849）夏，洪秀全发布团营令，召集教众万余人至广西桂平县金田村团营编伍，揭竿而起。咸丰元年（1851），洪秀全在金田村宣告起义，初以“太平”为号，后建国号“太平天国”。起义军称太平军，封五军主将，颁布简明军律。由此，太平天国开始了与清廷长达十四年的武装对立。而这段被后人称为“金田起义”[①]的历史，至今仍被镌刻在北京天安门广场前的人民英雄纪念碑上。

咸丰元年（1851）二月，洪秀全在武宣东乡正式称王。同年九月太平军攻克永安，洪秀全酬功，下诏封杨秀清为东王、萧朝贵为西王，冯云山为南王，韦昌辉为北王，石达开为翼王，以东王为尊。月余又颁布“天历”，并建立了太平天国初期的官制、礼制、军制，史称“永安建制”。咸丰二年（1852）太平军自永安突围，相继转战于广西、湖南、湖北，于全州（蓑衣渡）、长沙先后折损冯云山、萧朝贵两员大将，终于在一年后（1853 年 1 月）攻克武昌。沿途太平军“四方响应，万民乐从”，先后招募军民五十万余，更有军械精全，战船数千。值得一提的是，来投者不仅有地方民兵，还有一些女性将领。太平军离开武昌后，以破竹之势蔽江而下直逼南京，终于在两江总督陆建瀛“众神天助”的哀乞声

① 后人将 1851 年 1 月 11 日（道光三十年十二月十日）洪秀全生日这一天视为金田起义纪念日

和清兵的望风遁逃中，于攻城 12 日之后拿下了南京城。

进入南京城的太平军声势达到了极盛，也给了清廷无与伦比的震慑和惊骇。在众人的欢呼与簇拥下，天王洪秀全分军南京、北上河南的想法，很快就在东王“天父显灵”的告诫中烟消云散了。在强势的杨秀清面前，“天王”与“天父”关于定都的分歧似乎只是一个微不足道的插曲，天王很快赞同了东王定都南京的提议，并充满热情地将南京比作“新耶路撒冷”。于是，在太平军占领南京 9 日后，洪秀全移驾入南京，改南京为“天京”，以之为首都。天王进驻修缮后的两江总督府，改作“天王府”，自此，中国近代史上波澜壮阔的太平天国大幕，彻底拉开。

定都南京后，洪秀全深居在门庭森严、富丽堂皇的天王府中，纵情声色，极为奢侈。天国实际事务落入了在军民中极具威望的杨秀清手中，比起东王，“深居宫中”的天王洪秀全实际上更像一个精神领袖。此时，天京实际上的中央行政机构是东王、北王、翼王三府，其中更以东王府为尊。

1853 年，太平天国颁布了《天朝田亩制度》。这份纲领性文件以土地制度为中心，全面制定了产品分配、社会组织、官员铨选、司法和文化教育等制度，号召建立一个“有田同耕，有钱同使，无处不均匀，无人不保暖”的理想社会。他们没收一切私产归“圣库”，废除各行手工业私有制，废除商品流通贸易，组织城乡居民从事集体生产，以此消灭私有制、建立公有制；他们发布禁酒、禁鸦片、禁不正当男女关系等一系列禁令；他们开科取士，一年四次，网罗人才；他们采取积极开放的外交政策，英船“赫尔墨斯”号停靠天京下关港口，北王韦昌辉、翼王石达开先后会见英法公使，英、法也公开表明了对待清政府和太平天国保持中立的态度。虽然一些制度现在看来不够完善、自相矛盾，比如号称“男女平等”，实际上妇女地位极其低下等，但在当时的历史背景下，总体而言无疑是进步的。

军事上，太平天国的表现也可圈可点。为了固守南京，天国需要夺取镇江、扬州等东部屏障，在杨秀清的部署下，3 月 28 日，即杨秀清进入天京的当天，丞相林凤祥、李开芳即率两万大军东征，并在两个月内相继占领镇江、扬州。在西线，胡以晃、赖汉英等奉命溯江而上，先后攻下安庆、九江、武昌等地。曾国藩在湖南组建湘军，反扑太平军，翼王石达开于武昌大破湘军，湘军惨败于九江，统帅曾国藩几欲自杀。随后，石达开又先后攻破清军江南、江北两大营，解天京之围，清军统帅向荣兵败自杀。

比起西线石达开的纵横捭阖，北伐战场的失利为天国蒙上了一层不祥的阴云。东征军占领扬州后，杨秀清调兵遣将，命林凤祥、李开芳率领两万余精锐挥师北伐。这支作战勇猛、坚忍不拔的队伍曾一度行进至天津，但终究孤军深入，面对清军的围困，林凤祥、李开芳相继被俘英勇就义，北伐军也全军覆没。北伐军多来自西王萧朝贵留下的前军，军中将士多是广西籍，乃太平军的根系精锐。在太平天国晚期，李秀成总结“天朝之失误有十”中涉及北伐失败者就有三条，可见北伐失利对于太平天国的沉重打击。

但所有人都始料未及的是，较之北伐失利，一场更大的风暴正在逼近天京。正如当时所有人都认同，天京是太平天国凯歌高奏的巅峰，却没有人知晓，天京，也是太平天国坠落崩塌的起点。

位于今南京汉中路虎贲仓以南，堂子街以北，黄鹂巷、侯家桥以西，罗廊巷以东的这片遗址，曾是山东盐运使何其兴的住宅，而在公元1856年9月1日的深夜，这里曾作为东王府，见证过太平天国历史上的至暗时刻。

咸丰六年八月初三（1856年9月1日），北王韦昌辉、燕王秦日纲等奉天王洪秀全密诏，率骁骑三千星夜兼驰，终在夜色深浓之际进入天京南门。北王手持天王令牌叩开东王府大门，随即率军持刀而入，在杨秀清睡眼惺忪、始料未及之际，韦昌辉一刀斩去杨秀清首级。其后半月，韦昌辉等人又陆续杀尽东王及其部属家眷、亲属共计二万余人。

被一夜之间屠戮殆尽的东王杨秀清是什么人呢？

如果说洪秀全是太平天国的“精神领袖”，杨秀清就是太平天国的“实际领袖”。他在道光二十六年（1846）加入拜上帝会，以“天父”身份进入太平天国领导中枢。从金田到东乡，从永安到武昌，他一步步运筹帷幄，数次面对危机力挽狂澜，而他的声誉也随着“东王九千岁”的呼声达到了人臣巅峰。在天京，他成为集政治、军事、经济为一体的太平天国实际领袖，颁布施政纲领，策划北伐西征，大破清军江南江北大营，将天国经营至鼎盛之局。

然而极盛之下，危机也在一步步酝酿。随着声威日盛，自称“天父”的杨秀清也日渐跋扈。一旦政见与天王有所矛盾，他便动辄抬出“降僮”即天父附体的方式来掌控局面，据统计，“自1848年到1856年，八年之中，杨秀清假借天父下凡，共代天传言近三十次”[1]，其中最著名的就是定都天京之争。然而杨秀清屡次搬出“天父”，天王也只能无奈妥协，默默聆听“教训”而尴尬赔笑。由来共患难易，同富贵难，眼看东王文治武功威势日盛，大有不将自己放入眼中之势，深居天王府的洪秀全作何感想，我们不得而知。然而面对天京的内乱，天王态度模糊却是有史料可查的。

9 月中旬，督师湖北的石达开闻有内乱，赶回天京。回京之后，即对大开杀戒的韦昌辉展开规劝。韦不仅不听，反欲杀石达开。石达开闻有杀身之祸，匆匆逃离天京，韦昌辉见状，竟至翼王府将石达开亲眷满门抄斩。石达开回到安庆，即上书天王请杀北王以平民愤，又从洪山前线抽调四万余将士举兵靖难，内讧中重镇武昌失守，复被湘军拿下。完全陷入疯狂的韦昌辉已无退路，他惧怕石达开借助大报恩寺塔攻破天京，竟命人将炸药填入塔中，将这座欧洲人口中“世界七大奇迹之一”的建筑物完全摧毁。见朝野杀韦呼声日高，洪秀全遂下诏诛韦，又为杨秀清平反。韦昌辉终被抓获，落得个五马分尸的下场。

11 月，石达开奉诏回京，被尊为“义王”提理政务。他不计私怨，赦免北王部属，渐渐稳住时局。在他的提携下，陈玉成、李秀成、杨辅清、石镇吉等后起之秀开始走上一线，太平天国的元气渐渐恢复，石达开在朝野中的威信也与日俱增。然而，刚扫除了“东王九千岁”的洪秀全怎能容得下又出现一个“义王九千岁”？洪秀全随即以天王府取代东王府成为政务中枢，又接连提拔洪氏两人为王，这洪仁发、洪仁达两兄

① 引自梅毅（赫连勃勃大王）《帝国殃咎：太平天国真史》

弟“贪劣、恣横和无能兼而有之”，石达开处处被掣肘，“焦劳困苦，竭蹶时形”。

1857年5月，石达开率直辖人马离京出走，走时发布文告，剖视心迹，就此踏上了西行的不归路。二王遭戮，一王出走，当年的首义六人不存其一，持续七年之久的“天京事变”被公认是太平天国由盛而衰的转折。

对于天京事变，历来史家众说纷纭，经过各方专家学者近半个世纪的考证，引用盛巽昌《实说太平天国》的描述，“天京事变”这场悲剧的本质，乃是“由天王洪秀全主导的大洗牌”，其目的是为了“建立天王独裁的洪家王朝，即天父天兄天王太平天国”。

洪秀全的目的看似达成了。9月，迫于形势的恶化，洪秀全又遣使请石达开回京，石达开调派陈玉成、李秀成等将领回援天京，却自陈不会回京。他仍以“太平天国圣神电通军主将翼王”为旗号，在西线为天国作战。洪秀全诏准。

其后五年，石达开先后转战于天京外围的闽、浙、赣等省，牵制大量清军，支援天京、安徽战场。石达开与此生再难回返的天京一同历经了苦战、相持与血火的洗礼。他越走越远，最终在天京即将沦亡的前夜，迷失在1863年春的大渡河口。

“大丈夫既不能开疆报国，奚爱一生；死若可以安境全军，何唯一死！”

1863年6月25日，石达开被凌迟处死于成都东校场，被俘后，始终“词气不亢不卑，不作摇尾乞怜之语。自言今天亡我，我复何惜一死”。

1935 年夏，也有一支残破的队伍面对着敌军的围堵，遭遇过前后五次的围剿，最终拖着疲惫伤重的身躯，来到了大渡河边。

历史有惊人相似，历史又全然不同。

七十载弹指一挥间，这一次，这支同由农民构成队伍主力的军队最终渡过了大渡河。蒋介石“此次誓要朱、毛变成第二个石达开”的狂言并未成真，强渡大渡河，飞夺泸定桥，大渡河开启的，是中央红军两万五千里的奇迹长征。

“金沙水拍云崖暖，大渡桥横铁索寒”。朱、毛没有做第二个石达开，但历史和人民却从未忘记过，在那浓墨般黑暗的历史深处，那些撕毁旧世界、建立新世界的觉醒呐喊。不过数十年后，孙中山、黄兴用它点亮了辛亥革命之路，邹容用它谱写了《革命军》，这些黎明前的呐喊声汇聚成灯塔，共同照亮了中国革命的前进之路。

第十四章

资政新篇

公元1859年4月，一个身着洋服、举动灵活的大胖子历经千辛万苦，终于来到太平天国首都，天京。

他自香港一路北上，由广东南雄过梅岭，取道江西饶州，再到湖北黄梅、罗田，前后乔装成民夫、商贾，怀揣世界地图、中国地图和基督教义，步行北上数千里，于“天京事变”后，内忧外困之际来投奔太平天国。

他，就是洪秀全的族弟，太平天国后期的总理大臣，《资政新篇》的作者，“干王”洪仁玕。

洪仁玕，小名谦益，是洪秀全同高祖的族弟。他是“拜上帝会”最早的会员之一，也是洪秀全革命事业的坚定追随者之一。1851年，在清远教书的洪仁玕未能赶上金田起义，遂率教众50余人两度追踪太平军下落，皆失落走散。咸丰二年（1852）四月，受起义牵连的洪仁玕为躲避搜捕，独自来到鸦片战争后受英国殖民统治的香港，并在此结识了巴塞尔布道会的瑞典传教士韩山文，受洗入教。

在布道会学习、传教的生涯为洪仁玕的思想带来了质变。在香港的七年间，他一边学习天文、地理、医学等西方文化知识，一边密切关注着正席卷半个中国的太平天国革命。他将洪秀全等人的革命事迹向韩山文口述，后者则将之记录并译为英文，这就是《太平天国起义记》。太平天国的革命历程、宗教思想和革命纲领经由传教士的传播，率先进入了西方的视野。

在韩山文及香港伦敦布道会的支持下，1854 年，洪仁玕携带世界地图、中国地图、《旧约》《新约》译本以及巴特《基督教圣经史》等书籍北上上海，欲至南京而未成，遂于 1855 年返回香港，受雇于伦敦布道会。也是这一年，石达开在西征战场上大破湘军，逼得曾国藩惭愧无地，几欲自杀。

很快，历史来到了 1856 年，这是一个之于太平天国和清政府都不平凡的年份。这一年发生了堪称太平天国转折的“天京事变”，也是在这一年，爆发了中英第二次鸦片战争。

1857 年 4 月，英国政府任命额尔金勋爵为对华全权代表，12 月，英法联军炮轰并占领广州。次年 5 月，洪仁玕二度从香港启程前往天京，绕中国东南诸省千里走单骑；同一时刻英法舰队占领天津，并于 6 月 27 日中英签署《天津条约》；11 月，英国接手东印度公司一切事宜，东印度公司宣布解散，额尔金的舰队溯长江而上，经天京而抵汉口。

1859年4月，洪仁玕到达天京。

天京事变后，天国几至“朝中无人，军中无将”的窘境。洪秀全见族弟来投，又知他在外多年，博闻广识，不由喜出望外。他立刻封洪仁玕为“干天福”，一个月不到又加封“干王”，另封陈玉成、李秀成为英王、忠王，诏令“京内不决之事，问于干王”。

无寸功而被洪秀全接连拔擢的洪仁玕，在朝野的侧目中，很快向天王呈送了他改革内政和建设国家的施政纲领——《资政新篇》。

《资政新篇》从立政、社会、经济、刑法四个方面阐述了洪仁玕的治国理想。洪仁玕根据当时的世界形势和国内革命局势，横向对比了英、法、德、美等十几个当世强国的政体和地理，提出了一揽子施政建议。政治上，他赞同神权统治，又提倡“依法治国”，选举任用官员，体现出初步的民主政治思想；经济上，他提倡保护私有财产、建设交通、发展资本主义工商业；社会文化上，他主张反对封建迷信、移风易俗、提倡新式教育；外交上，他反对封建社会的“朝贡外交”，主张学习西方，自由往来，平等互利。

《资政新篇》具有鲜明的资产阶级特色和近代民主观念，堪称中国第一个近代化纲领，被西方评价为“中国历史上第一份真正从全球视野提出的改革建议”[1]。但可惜生不逢时，彼时天国正是多事之秋，“几无一日不战”的恶劣生存环境，注定了《资政新篇》虽然进步，却缺少生存和实践的土壤。

“天京事变”杨秀清被杀后，石达开还都平乱，即自金坛前线将陈

① 引自裴士锋（Stephen R.Platt）《天国之秋》

玉成、李秀成调防安徽。李秀成先后在桐城、庐州招抚兵众，又联络淮北捻军以壮大抗清阵营。天京事变后，清军趁机重建江南、江北大营，武昌又在内讧之际落入湘军之手，两万余守军城中战死。湘军逼近安庆、天京两大重镇。此时李秀成挺身而出，联络捻军二解天京之围。然而，随着九江陷落，又一重镇失守。

洪仁玕正是在这个节骨眼来投天京的，这体现了他身为革命者的勇气和决心，他和他的《资政新篇》为天国注入了新气象。在天京，他密切会见罗孝全、杨格非、艾约瑟等各国传教士，接受他们"为了弄清楚太平天国的特质，他们是否够格成立新政府取代清朝"的观察，以争取西方对于太平天国的支持。军事上，洪秀全恢复了"五军主将"制，任命了蒙得恩、陈玉成、李秀成、李世贤、韦志俊五员将领，在石达开部湖南、桂南、成都等地西线作战的呼应下，陈玉成、李秀成二破江南大营、东征苏常、直逼上海等一系列军事动作，使得太平天国在1860年前后进入了短暂的"中兴期"。

与之相对的，却是清政府在1860年到达了耻辱和卖国的谷底。随着第二次鸦片战争的白热化，1860年8月22日，英法联军攻陷华北大沽要塞，咸丰帝仓促出逃，北京官员和守军弃城于不顾，英法联军在占领北京后烧毁了圆明园，作为一年前英国舰队在大沽要塞遭遇重创的报复行动。10月24日，清政府签署中英《北京条约》。

吊诡的是，就在英法联军占领北京前一个月，忠王李秀成的军队在上海也受到了英法联军的袭击。而不久前忠王曾修书一封，称不愿与英军交战。"同时袭击了敌人和敌人的敌人"，使得这次袭击更像一场闹剧。而同一时期忠王部与华尔洋枪队在上海的一些冲突，也使得天国与西方的关系显得有些微妙。但大体的局势似乎是好的，干王的外交、忠王的隐忍有其成果，《伦敦季评》《纽约时报》先后对冲突行为表达了谴责，称“对这股日益壮大之势力任何不友好的举动，都是大不幸之事”。这场攻击太平军的举动，“比过去发生的任何事更能激起国外对太平天国奋斗大业的支持，因为此事让他们登上了头版”，英国人呤唎（A.F.Lind ley）也是在此时投效李秀成的，他追随李秀成三年余，留下了大量文稿手绘，他的《太平天国亲历记》成为后人考证太平天国历史的重要史料。

英法联军在北京的所作所为在欧洲也引起了一片哗然。“不管对这场战争或对结束战争的条约有何看法，真正令各种政治立场的人都感到惊骇的是烧毁圆明园”①，对此，正因反对拿破仑三世威权而流亡孤岛的法国作家雨果评价道：“英国和法国是一对土匪，在中国一路劫掠，焚烧”。然而，同情的言论改变不了欧洲人骨子里的傲慢，他们“遗憾的不是毁掉圆明园对中国的影响，而是遗憾于毁掉一件美的东西。他们高喊可耻，不是为了中国的损失，而是为了艺术的损失。”② 对于中国，额尔金们始终认为：“中国是个需要英国介入的国家，中国的文明已是明日黄花。”

对于正因安庆久攻不下而烦闷不堪的曾国藩而言，这场浩劫是“伤痛之至，无可与语”的打击。耶鲁大学中国史博士裴士锋在他的著作《天

① 引自裴士锋（Stephen R.Platt）《天国之秋》

② 同上

国之秋》中这样描述曾国藩的处境："八旗溃散于北部，绿营大败于东部。清朝的传统军力，在两个战线，面对不同的敌人，都落败了。曾国藩面临惨淡的未来，整个帝国只有他还掌控一支完整的军队。他在安徽的战役是唯一还未分出胜负的战役。"而此时，二破江南大营、拿下苏南地区的太平军乘胜追击，以陈玉成、李秀成为江南江北两支主力，以进攻清军后方以驰援安庆为目的，部署二次西征。

然而《北京条约》的签订，使得天平开始悄然倾斜。《北京条约》约定开放广州等通商口岸，英国船只可在长江自由航行，而长江沿线绕不开太平天国的辖区。同时《北京条约》产生的战争赔款由《天津条约》的400万两翻倍至800万两，也就是清政府需向英法支付共计1600万两白银的赔款。而自咸丰登基以来，腐朽的制度，各地的叛乱，已经使得任何力量也无法阻止清政府走向崩溃。对于当时的清政府而言，支付英法联军赔款的能力，取决于清政府与英、法等国的对外贸易关税。

1861年春，美国南北战争爆发。英国最大的两个对外市场同时陷入内战，这加剧了英国对于原料供应断绝、贸易环境恶化的担忧。在这样的背景下，英法自太平天国运动以来一直遵守的"中立"天平开始游移，进而加速了对中国内政的干预，希望尽快结束战争，并派出代表与太平天国谈判。在英国代表与太平天国接触的过程中，洪秀全以"异梦"为回复，拒绝承认《北京条约》的条款。虽然在英国代表的反复沟通下，天王后来同意了开放长江口岸等部分条款，但很显然，双方的谈判称不上顺利。正如后来天京危困之际洪秀全"我争中国，意欲全图；事成平分，天下失笑；不成之后，引鬼入邦"之说，天王与洋人合作的意愿并非没有底线；与之相应的是北京成立了总理各国事务衙门，全面负责外交、租界和洋务事宜，其后，李鸿章和左宗棠等人开始推行被后世称为“洋务运动”的改革，力图振衰起敝。

1861 年，西征的陈玉成、李秀成先后在英国参赞巴夏礼的劝阻下放弃武昌，失去收复武昌的良机。李秀成一念之差，弃皖去浙，改走浙江并拿下宁波、杭州等地。陈玉成在西线独木难支，1861 年 9 月，安庆失守。湘军攻陷安庆后，屠杀城中幸存者一万六千人。在北方，逃离京城后未能再回京的咸丰帝在羞辱和愤懑中壮年早逝，11 月，慈禧太后发动“辛酉政变”，咸丰帝临终托付的肃顺、载垣等“八大臣”被处死，政权由慈禧太后实际掌握。12 月，曾国藩被清政府授予苏、皖、赣、浙四省兵权。

转变的临界点发生在 1862 年。一直在干王身边，满口溢美之词的原美南浸信会传教士，洪仁玕的香港旧识罗孝全逃离天京，投书谴责太平天国。“一如他曾鼓起如簧之舌夸张地颂扬叛军，如今他亦以同样的手法痛批叛军”。虽然他的指控在日后被证明是虚构的，但在当时的英国人中产生了巨大反响。一直对太平天国持有偏见的英国大使布鲁斯及舰队司令何伯则加深了此种看法。1862 年的天京，干王的身边已经不再有传教士和各国公使，他的努力彻底失败了，亲近西方的外交和资产阶级改良救不了中国。巴夏礼公开表明“太平天国是一群怪物”，而在《泰晤士报》《新闻报》等欧洲媒体的头版上，太平天国的形象似乎一夜之间，就由“进步的力量”变成了“由流氓、游民和坏人组成的嗜爱暴力和砍头的群体”。2 月 10 日，何伯提交肃清上海区叛军计划，4 月，李鸿章淮军由汽轮运抵上海，随后李鸿章代理江苏巡抚。自此，英法联军、华尔洋枪队以及清政府，开始了对太平天国的联合绞杀。

5 月，英法联军以太平军的庆祝礼炮为借口，在太平军宁波守军来函致歉、并表示接受的情况下出尔反尔，炮轰宁波城，从太平军手中夺回宁波，随后又在上海与华尔洋枪队一同拿下青浦。如同轻信洋人的李秀成在江浙一带的连续受挫，英王陈玉成在安徽也遭遇了情势的急转直下。5 月，多隆阿从英王手中拿下庐州，在反复无常的小人苗沛霖的出卖下，陈玉成在寿州被俘，于河南延津英勇就义。

陈玉成已死，天京上游屏障尽失。闻讯仍在安庆督师的两江总督曾国藩迅速集结湘军主力，及其弟江苏布政使曾国荃的十五营陆师，以及兵部侍郎彭玉麟的水师顺江东下，与东部的李鸿章淮军东西夹攻，夺取天京。

公元 1862 年 5 月 30 日，曾国荃在雨花台山脚扎营，围困天京。轰轰烈烈的天京保卫战开始了。

面对天京之围，洪秀全急调正在上海松江前线的李秀成回京驰援。10 月 13 日，李秀成率部三十余万攻打雨花台曾国荃部，湘军仅有三万人马，见太平军汹汹来袭，深沟高垒，坚壁清野。曾国藩闻之“心已用烂，胆已惊破”，经过四十余日鏖战，太平军以优势兵力久攻不下，势竭而还。

以三十万对阵三万，辅以李秀成在上海配备的洋枪洋炮等先进武器，历时四十余日而久攻不破，较之起义初期的锐不可当，可知经历十余年的磋磨，如今的太平军在斗志、胆识等方面已是今非昔比，“寇将骄佚，自重其死，比于初起时衰矣！[①]”

1863年2月，在清政府的要求下，英中联合舰队自英格兰启程往华，这支舰队在“中国人支持下”引进中国，由清廷支付其开销，“必然促成全帝国行政治理上的全面改革”。清廷在背负巨额赔款的前提下如此大手笔，引用《天国之秋》的描述，“在当时的上海，这支舰队的唯一目的明显在于消灭太平天国。该地洋人震惊于英国改弦更张愿意为受人唾弃的中国清廷打仗。在上海，它有别的名字：吸血鬼舰队”。

在英法联军的紧密配合下，1863年，李鸿章攻苏南，左宗棠攻浙江，苏州、无锡等重镇相继失守，太平天国进入腹背受敌的绝境。而出走后苦战五年、远征西南诸省的石达开也在此时走入穷途。12月，天京城内粮绝，李秀成劝洪秀全“让城别走”，洪秀全不准。

1864年上半年，湘军先后攻下位于紫金山第三峰，紫金山麓龙脖子路的“天堡城”“地堡城”。如果我们今天走到南京紫金山龙脖子路段的明城墙，仍能看到当年炮轰留下的痕迹。湘军在太平门外筑垒，相继拿下北固山、红山，登高临低，锁死天京。6月1日，洪秀全病逝于天京天王府，众人推选其子幼天王洪天贵福登基，时年16岁。

7月19日，湘军炸开天京城墙，天京，这座被太平军占领了十一年的城市最终失守。湘军入城后，曾国荃尽管张贴了“禁杀良民，掳掠妇女”布告，但无人能阻止湘军官兵入城后烧杀抢掠，疯狂掠夺。洪秀全被掘墓戮尸，锉骨扬灰，天王府、忠王府及所有王府都被凿地三尺，洗劫一空，不过这样的洗劫也遭遇了顽强抵抗，“人在屋在，存土相争”，

① 引自王闿《湘军水陆战记》

太平将士们高喊：“不留半片烂布与妖享用”，也放火烧城。城中火灾湘军放十之其七，太平军放十之其三，终于天京成为一片狼藉。曾国荃幕僚赵烈文在日记中留下了当时的真实场景，举目老人遭到恣意杀害，所有人都在抢掠，无法替湘军搬运战利品和宝物的病人和弱者惨遭屠戮，他记下了这些杀戮者的名字，愤怒地质问：“不知何以对中丞（曾国荃）？何以对皇上？何以对天地？何以对自己？”

其实他大可不必如此担心，当湘军的胜利传到北京，“皇上的代言人”慈禧太后“喜极而泣”。

天京城破之日，洪仁玕、李秀成掩护幼主突围。李秀成将好马让与幼主，自己骑劣马至天京南部方山被俘。被捕后，面对曾国藩的威逼利诱，他写下了洋洋洒洒五六万字的《李秀成供词》，详细记录了太平天国自金田起义、定都天京以来的革命历程，内有“天朝十误”“招降十要”等评述性文字，但由于其供词性质，言不由衷者甚多。李秀成自言“太平天国史已被焚，此供可为国史”，梁启超评价“被俘之供状，为考证洪杨内部情状之第一等史料”，这是“中华两千年封建社会里最长，最详的一份出自农民将帅的文字，自有很高的历史和文化价值。”

面对即将到来的死亡，李秀成很是平静。他唯一的挂念，是曾在其麾下的太平军将士。他在临刑前留下的诗中说——

新老兄弟听我歌，我歌就义活不多；

心有十条亲天父，不容天堂容妖魔。

8 月 7 日，李秀成在天京从容就义，他的供词遭到了曾国藩的删改，用以夸大湘军的功绩和规避政治风险。而他得到的许诺也很快遭到背弃，他留下的太平军很快被屠戮殆尽。

洪仁玕最后一次出现在洋人面前是在1864年7月的湖州，彼时天京已是危如累卵。他在与这位名为内利斯（Pattick Nellis）的英格兰雇佣兵交谈时，因为已经很久不再接触“洋人朋友”，他的英语已经不再流利，他对内利斯说：“我碰到过的洋人没一个是好的”。10月，洪仁玕和幼天王相继在江西被俘，11月，洪仁玕、洪天贵福相继被凌迟处死。作为一介书生，洪仁玕和此前所有被俘的天国将领一同，显示了面对死亡超凡的勇气和从容。临死前他用英文作诗明志——

“我国祚虽斩，他日必复生。”

Though our kingdom’s passed away

It will live again another day

“1864年11月，这是一个黑色的月份，它以幼天王和洪仁玕等被杀害，结束了太平天国十四年的风风雨雨。”在太平天国终被帝国主义和封建势力绞杀殆尽之时，中西都在欢呼“华洋合作的可喜成果”，唯有极少数亲历者留下了异议，曾游历太平天国领地、长住南京的英国驻华领事富礼赐是其中之一，他在文章中指出，消灭太平天国并未使“中华帝国”走向正轨，也未如愿增长英国的对华贸易，但他很清楚自己的异议不受欢迎：“我在太平天国统治区的经验，尽管来自在该国京城的常驻，只要与既有的看法背道而驰，就永远得不到正面看待”。而1863年自上海回苏州受阻而被迫离华的英国人呤唎，到死仍自称“太平天国上校”，在他的墓碑上刻着“中国的朋友，压迫的敌人”。

在遥远的大洋彼端，也是在这个年份，就在林肯发表《解放奴隶宣言》

后的一年间，格兰特接掌北军（联邦军）总司令，又过了一年后，1865年，南方邦联李将军宣布投降，美国南北战争宣告结束。对于西方世界，一个崭新的时代来临了。

五十年后，另一群革命者将清朝送上了覆亡之路。他们剪掉辫子，蓄起长发，倡导“驱除鞑虏，恢复中华，建立民国，平均地权”。在革命的过程中，他们曾数次向五十年前的先辈们致敬，甚至出台了《禁止诬蔑太平天国案》。这些革命者的领袖也来自广东，从小听人讲述太平天国英雄的故事，朋友还送了他一个绰号——洪秀全。而这位未来也与南京有着不解之缘的领袖，就是孙中山。

诚然，生于一百七十余年前的他们，是一群“挖煤开矿人、沿江纤夫、船户、码头挑脚、轿夫、铁木匠作”，[①] 拿着断章取义、半古不洋、后人看来甚至有点可笑的“基督教义”，带着与生俱来所谓“农民阶级的局限性”，面对黑暗、腐朽的旧势力，飞蛾扑火，一往无前。

但我们不能忘记，是他们第一次在浓重的黑暗中反抗那个吃人的旧社会，为自己争取活下去的权利；是他们第一次幻想有田同耕有衣同穿的太平，为百姓求一个公道；是他们第一次开眼看世界，尝试用西方的新思想、新技术和新制度解救中国；是他们第一次代表被侮辱与损害的人民给了清廷走狗和卖国政府以迎头痛击；也是他们，第一次撕开了帝国主义和封建主义伪善恶毒的面具，用鲜血和生命告诉后来的革命者——中国人必须自己救自己！

① 出自清代张德坚《贼情汇纂》

“他日必复生。”

这是近代中国革命的第一颗火种，历史见证了这点点星火，经过时代洪流的改造，又逢觉醒时代的真理，最终复生为焚毁一切旧势力的煌煌巨火，经由另一支起于草莽、忠于人民、追求真理的工农军队之手，终于“四海翻腾云水怒，五洲震荡风雷激”——

历史必将铭记，人民不会忘记！

第十五章

走向共和

在南京，有这样一座建筑。它以自身串联起中国古代与近代的数百年沧桑，又几乎亲历了中国近代史上的所有时代风云。它见证了洋务运动的改革自救，经历了太平天国的风雨洗礼，横渡戊戌变法、庚子拳乱、辛亥革命的“历史三峡”[①]，见证了近代中国跨越满目疮痍，走向共和的历史进程。

它的历史，最早可以追溯到六朝时期。根据考古发现，它正处于六朝宫城的中心位置。

它的成文历史，最早可追溯到明洪武时期。朱元璋定都南京后，以明皇宫西侧地段为汉王府，永乐时期的朱棣次子、汉王朱高煦就曾居于此。

清朝时，清政府以它为治理南方数省的行政机构——江南总督署和

① “历史三峡”的说法是唐德刚先生的学术观点，此处做引用

两江总督署的衙署，先后有郎廷佐、林则徐、李鸿章、曾国藩、左宗棠、张之洞、沈葆桢等名臣任职于此。

太平天国时，它成为洪秀全的“天王府”。天国覆灭后，在曾国藩的奏请下，清廷在天王府遗址上重修两江总督署，复建大堂、二堂及东、西花园，又新建西花厅，这座西花厅，成为1912年中华民国临时大总统——孙中山的办公室。而这座见证了“中国近代史始于南京，终于南京”的建筑，也被赋予了一个沿用至今的、崭新的名字——

总统府。

第二次鸦片战争期间，仓皇出奔热河的清朝统治者在经历前后两次的惨败后，不得不收起“天朝上国”的威风，正视西方列强的存在。咸丰十年十二月（1861年1月），清政府设立总理各国事务衙门，总理洋务及外交事务。“辛酉政变”后，慈禧太后倚重曾国藩、李鸿章、左宗棠等参与剿灭太平天国的功臣，而这些大臣在参与对太平天国的“华洋会剿”中，亲眼见证了西方侵略者坚船利炮的威力，面对“数千年未有之变局”，他们几乎毫无例外地，继承了冯桂芬、魏源等人“师夷长技以制夷”的思想，以“自强”“求富”为诉求，以引进西方先进技术为手段，“中体西用”，谋求中兴，发起了改革自救的洋务运动。

作为东南第一都会的江宁（南京）成为洋务运动极为活跃的地区。而曾国藩、李鸿章、左宗棠、张之洞等人曾经就职的两江总督署，即今总统府，自然也成为洋务运动的历史见证者。

在总统府的东苑，如今人们还能看到纪念清代名臣陶澍和林则徐的

“陶林二公祠”。这座祠堂，是后来的两江总督继任者——左宗棠主持修建的，用以纪念同在此地任职的先贤。人们大多知道林则徐“虎门销烟”的壮举，正是这位民族英雄一手点燃了中国近代史的导火索，却鲜有人知，洋务运动也与林则徐大有渊源。第一次鸦片战争期间，林则徐向美商斥资购买了1080吨的大洋船“剑桥”号，用以抵御外敌。林则徐提出的“船炮政策”，正是早期洋务派思想的体现。

魏源也是洋务运动的先驱。1832年，受三湘名士、时任两江总督的陶澍之邀，魏源来到南京，于陶澍之惜阴书院[①]讲书，居于乌龙潭畔小卷阿[②]，在南京他留下了那部开国人风气之先的《海国图志》。

然而，剑桥号没能拯救破落的清政府，《海国图志》也未能叩开紧闭的国门。南京城外《江宁条约》的签订，拉开了近代史的大幕。第二次鸦片战争时期，面对太平天国的殊死抵抗，两江总督曾国藩和闽浙总督左宗棠分别在上海、马尾（福州）、江宁三地招募洋匠，购买洋机，自制洋军火，用于剿灭太平军。而这便是后来江南机器制造总局、马尾船政局和金陵机器制造局的起源。1865年，任两江总督的李鸿章将原苏州洋炮局迁至江宁，创办金陵机器制造局，制造局设机器厂、翻砂厂、熟铁厂和木作厂，制造开花炮弹、抬枪和铜帽等产品。金陵制造局的创办，是南京近代工业的开端。1874年，李鸿章在南京创办南洋水师学堂，开南京培养近代海军人才之先河。1895年，张之洞在南京修筑江宁马路，这条自下关码头过仪凤门，经鼓楼而至大行宫的“大马路”，是南京第

① 其址今尚存，位于鼓楼区龙蟠里9号，是南京众多书院中唯一留存至今的书院

② 魏源书斋名，又名“湖干草堂”。卷阿一词出自诗经，魏源书斋借栖霞名胜“白下卷阿”而来

一条现代化道路，也是南京近代道路事业的开端。

光绪十四年（1888）十二月，李鸿章在山东威海卫的刘公岛兴办北洋水师，这是清朝末年建立的四支近代海军中实力最强、规模最大的一支，也是洋务运动在军事层面的最高成果。北洋水师有主要军舰25艘，辅助军舰50艘，运输船30艘，官兵4000余人，清政府每年拨款400万两白银用于海军建设，曾一度是亚洲最强大的海军。然而，清末以翁同龢为代表的清流派，与李鸿章为代表的洋务派之间党争日甚，身为翁同龢门生的光绪帝多从其师之言，对李鸿章不假辞色，对北洋海军亦采取削减经费的政策。党争之弊，腐败之害，经费萎缩……北洋水师的实力渐渐不及日本。

光绪二十年（1894），朝鲜爆发“东学党”农民起义，朝鲜政府请求清政府出兵镇压。蓄谋已久的日本侵略者趁机占领朝鲜，向清军宣战。8月，清政府被迫向日本宣战。因此年干支为甲午，史称中日“甲午战争”。

甲午战争历时一年，最终以清军在山东半岛和辽东战场全线溃败为结果。日本占领军攻陷位于辽东半岛的旅顺时，对城内进行了四天三夜的屠杀，犯下了滔天罪行。而此战日军攻破威海卫，北洋水师全军覆没，也标志着洋务运动的彻底失败。战败后，清政府与日本签订了《马关条约》，不仅将台湾岛割让给了日本侵略者，更带来了二百兆两白银的战争赔款。

洋务运动失败了，封建贵族变法救不了中国。

“罄南山之竹，难书此大错。”正如恭亲王奕䜣所言。此战“不可战而战，一战而败，八强之一的纸老虎被拆穿，列强就开始在中国划分‘势力范围’”。甲午战争正是因此，最终成为“大清帝国最后崩溃的关键所在”。[①]

而洋务运动仍存余响。1902年，就在洋务运动已经宣告失败近七年后，曾为洋务名臣、时任两江总督的张之洞在南京创办了第一座新式学堂——三江师范学堂。这座学堂，在后世成为南京大学、东南大学、河海大学、南京师范大学、南京林业大学、南京工业大学、南京农业大学、江苏大学和江南大学等九所高校的起源。

光绪二十二年（1896），时年32岁的谭嗣同在南京候补知府。过去的一年中，中国海陆军一溃千里，清政府屈辱求和，国土沦丧等种种不堪刺痛着仁人志士的爱国之心。在南京，谭嗣同奋笔疾书，他满怀悲愤，写下了激进反对封建主义、“为台湾人著书”的《仁学》。

在著书期间，谭嗣同听闻康有为在北京创办强学会，兴奋之余立即北上。强学会是在帝党首领翁同龢的支持下，由康有为发起、清末资产阶级创立的第一个维新派团体。中日甲午战争的失败，不仅戳穿了大清帝国色厉内荏的本质，更是对举朝麻木的清廷上下的一记闷棍。早在甲午战争前六年就曾上书改制的康有为，在这个时期与其弟子梁启超风云际会，当即决定一马当先，推进变法。

这次北京之行谭嗣同错过了康有为，却结识了梁启超，梁启超向谭嗣同介绍了维新派的变法思想。“专为中国自强而立”的强学会宗旨打

① 语出唐德刚《从晚清到民国》

动了谭嗣同，也打动了时任两江总督的张之洞。曾为洋务名臣的张之洞不仅加入了强学会，更是在他的支持下，康有为赴上海创办了上海强学会，壮大了维新派的力量。

谭嗣同回到南京后，在维新思想的启发下遍览西学著作，奋笔著书。正是因此背景，《仁学》一书贯通儒、释、基督三教，学问博杂通贯中西，以谋求内忧外患之际救国图存之路。《仁学》以其对黑暗腐朽封建统治的透彻批判，成为维新派中最激进的反封建著作。戊戌变法之后，梁启超在《清议报》上刊发部分内文时评道："其思想为吾人所不能达，其言论为吾人所不敢言。"

中日甲午战争的失败，更激起列强瓜分中国的野心。1896 年，欧洲列强向清政府提出了进一步的无理要求，包括修建铁路和采矿等。1897 年冬，德国出兵强占胶州湾和胶澳（今青岛），接下来的一个月，俄军进驻了旅顺，英国和法国分别派兵占领威海卫和广州湾（今广东湛江）。

面对严重的民族危机，一直活在慈禧太后阴影之下，却不乏赤忱爱国之心的光绪皇帝接见康有为，表示不愿做"亡国之君"，支持变法。1898 年 1 月，康有为向皇帝上《应诏统筹全局折》，以日本明治维新之法陈述变法之策；4 月，康有为、梁启超在北京成立保国会；6 月 11 日，光绪帝颁布"明定国是"诏书，戊戌变法正式开始。变法期间，光绪帝先后颁发诏令上百道，志在革故鼎新。

"戊戌年的夏天，那座'天晴似香炉，天雨似酱缸'的北京城，是炎热难当的。可是这个季节却正是那位年轻皇上为国疲于奔命的时候。

为着推动他的变法改制，他三天两头从紫禁城赶往颐和园，向太后请示。（而可怜的光绪爷是没有空调汽车的。）”①

戊戌变法是由清末开明君主主导的资产阶级改良运动。政治方面改革政府机构，裁撤冗官，任用维新人士；经济方面鼓励私人兴办工矿企业；文教方面废除八股文，开办新式学堂，创办新式报刊；军事方面训练新式陆军、海军。这是近代史上一次重要的自上而下的政治改革，也是一场思想启蒙，对后续的辛亥革命、新文化运动、五四运动都有着或多或少的影响。

但戊戌变法最终是维不了新，也变不了法的。在以西太后为首的强大的保守派势力阻拦下，变法举步维艰、步步孤立。新党见势不妙，遂联络洋务派大臣袁世凯，欲宫廷政变，拥帝独裁，本就与新党不甚熟络的袁氏闻之，一时“魂飞天外”。在袁世凯的告发下，光绪二十四年（1898）九月，慈禧太后发动戊戌政变，光绪帝被囚瀛台，康有为、梁启超分别逃往法国、日本，谭嗣同等戊戌六君子被杀，历时103天的变法失败，所有新政措施，除去7月开办的京师大学堂（即今北京大学）外，全部遭到废止。

若论戊戌变法失败的原因，维新派势力单薄也好，守旧派过于强大也好，资产阶级的自限也罢，事实上是到了晚清，这个国家绵延两千年的政治制度已经病入膏肓，药石罔医。“我民族的历史走进那清末戊戌时代，已积重难返”。不破不立，病死断根，可惜年轻的光绪帝不能明白，也不可能明白。

① 语出唐德刚《从晚清到民国》

戊戌变法失败了，资产阶级改良救不了中国。

“我自横刀向天笑，去留肝胆两昆仑”。在最后的时刻，本可以逃走的谭嗣同没有离去，捐躯赴国难，视死忽如归，他用鲜血践行了“变法是会流血的，而流血自吾辈始”。慨然就义的谭嗣同一定相信，在不久后的未来，革命的火种终将薪火相传。

庚子拳乱，又称“义和团运动”。究其内中极为复杂，一言以蔽之，即在清末民族危机的大背景下，“义和团”拳民与西方传教士、教民的矛盾激化，而清统治者误信传闻、为求自保，欲利用拳民对抗列强，反引火烧身导致严重恶果，更加速自身灭亡的事件。

自1895年《马关条约》签订后，举国上下本寄望于康、梁的变法维新。光绪二十四年（1898）戊戌变法彻底失败，同年，英强租九龙、威海卫，德占胶州湾，法占广州湾，瓜分之祸迫在眉睫。面对山河沦陷，原以“反清复明”为旗帜的农民运动团体“义和团”，因不满外国教会在中国领土作威作福，他们奋起抵抗，转而支持软弱的清政府抗击侵略者。他们以“支清灭洋”为主张，以华北地区为中心开展了轰轰烈烈的“义和团运动”，放火焚烧教堂和宗教房屋，对西方列强进行民间武装反抗。出于对西方各国反对其罢黜光绪帝的不满，在慈禧太后的授意下，清臣毓贤等反对李鸿章、袁世凯等对义和团的围剿政策，转用“民可用，团应抚，匪必剿”，教唆义和团除教灭洋，义和团在华北迅速崛起。

玩火必定自焚，慈禧太后仿佛打开了潘多拉的盒子。6月21日，清政府以光绪的名义，向英、美、法、德、意、日、俄、西、比、荷、奥十一国同时宣战。7月14日，由日本、美国、奥匈帝国、英国、法国、德国、意大利及俄国军队组成的八国远征军占领天津，发动了八国联军侵华战争。面对步步逼近的八国联军和遍地开花的“义和拳民”，清政府内部争论愈烈，对待列强“假宣战，真投降”，对待拳民“太后阳剿阴抚，总督（袁世凯）后抚先剿”，仿佛闹剧。1900年，慈禧太后误信传闻，以为洋人要“勒令太后归政”，大恐权柄不保，遂许义和团进京，拳民与清军一同围攻东交民巷各国使馆。使馆告急，驻守天津的八国联军急组先遣队，由英国海军司令西摩统一指挥，于6月11日搭火车前往北京。8月16日，八国联军占领北京并进入紫禁城，慈禧太后及清皇室仓皇出奔西安。其后义和团运动在清“主剿派”和八国联军的联合绞杀下，宣告失败。

“在中国近代史上最可恨的惨剧，莫过于一百年中我们的首都竟三度为帝国所占领。在占领期间，敌军的奸掳焚杀之残酷，也是世界文明史上所少见的”[①]。

义和团运动失败了，仅靠农民阶级单纯奋起抗争，救不了中国。

但义和团为代表的民族自救运动，从根本上打散了清政府的“国运”，如摧枯拉朽一般，加速了腐朽黑暗的清朝封建统治的灭亡。

光绪二十七年（1901，即庚子年）七月二十五日，清政府代表奕劻、李鸿章在北京与英国、美国、俄罗斯、法国、德国、意大利、日本、奥匈帝国、比利时、西班牙、荷兰十一国外交代表签订议定书，因这一年是辛丑年，议定书又称《辛丑条约》。之于清政府而言，在

① 语出唐德刚《从晚清到民国》

这十二条不平等条约中，以“庚子赔款”一条最为难解。按照议定书要陪四万万五千万两，等于平均每个国人各赔美元七毛四。不过统治者显然不觉得这有什么损失，毕竟慈禧太后接到李鸿章奏报后凤颜大悦——“江山无恙，归政免谈”，区区赔款和拆去炮台，又算得了什么呢？

辛丑年冬，面对侵略国代表中最穷凶极恶、志在吞并东北的沙俄的连番催逼，七十九岁的李鸿章累月发烧吐血，坚拒画押，直至油尽灯枯。临终除了举荐袁世凯代直隶总督、北洋大臣外，仍大骂“毓贤误国”。

《辛丑条约》被认为是中国近代史上最丧权辱国的不平等条约，用中学历史课本上的话说，各国列强因《辛丑条约》加强了在华的全面控制和掠夺，清政府已经完全成为帝国主义统治中国的工具，标志着中国完全沦为半殖民地半封建社会。

而此时，资产阶级已经摸索着走上了共和之路。

近代中国最早的革命团体，一般认为是光绪二十年（1894）孙中山在檀香山成立的兴中会。但其实还有爱国华侨杨衢云于1890年在香港组织的辅仁文社要更早。说到辅仁文社，那幅因中学历史课本而家喻户晓的《时局图》，其作者谢瓒泰便是辅仁文社社员。因志向相似，1895年兴中会、辅仁文社二社合一，并称香港“兴中会”了。

1895年，孙中山、杨衢云发动广州起义，不久后起义失败，孙、杨不得不流亡海外。流亡期间因外媒报道，孙中山声望日增，甚至在海外成为中国革命的代表人物。在周游世界的旅行、观察和阅读之中，孙中山广泛吸纳、融会贯通，特别是得益于美“国民运动”的经验教训，初步形成了“三民主义”的理论内核。

甲午战争后，中国成“门户大开”之势，帝国主义列强瓜分中国、“利益均沾”的野心显露无遗，日俄又为抢夺中国土地，悍然在中国领土上掀起战争。基于对清政府的彻底失望，面对日益尖锐的民族危机，1903年黄兴建立华兴会，其后上海成立了以蔡元培为会长的光复会，江苏、湖北、四川、福建、安徽等省相继建立革命团体，明确提出反清主张。1905年7月，孙中山、黄兴、陈天华等70余人在东京成立中国同盟会，确定了“驱除鞑虏，恢复中华，创立民国，平均地权”的16字纲领，至1911年4月孙中山、黄兴发动黄花岗起义（即第二次广州起义），同盟会先后发动了十次武装起义。

1905年俄在东北溃败后，立宪运动在全国各地一泻而下。慈禧太后终被袁世凯说服，批准十二年立宪。1908年，慈禧太后与光绪帝相继于一周内去世，年仅三岁的宣统帝溥仪即位，满族亲贵把持朝政，立宪自治落空。在对时局的极度失望下，革命派、立宪派合流，大清帝国已至墙倒众人推之境。

1911年10月10日，在湖北革命团体文学社和同盟会外围团体共进会的推动下，蒋翊武、孙武、刘公等革命党人发动了武昌起义，起义军掌控武汉三镇后，湖北军政府成立，黎元洪被推举为都督，改国号为中华民国，并号召各省民众起义响应辛亥革命。

武昌起义胜利后的短短两个月内，各省谘议局群起响应，湖南、广东等十五个省纷纷宣布脱离清政府宣布独立。共和之路势如破竹固然可喜，然而这种“革命拼盘”的格局，也注定了同盟会内部派系林立，难以掌控各省，全国革命力量缺乏统一、有力的领导核心，而这，也是共和被最终撕碎的根源，此为后话。

由于南京特殊的政治、经济、地理位置，各省相继独立后，在上海同盟会的号召下，光复各省组成江浙联军，直取南京。11 月 24 日，革命联军攻破紫金山天堡城，占据高地将南京全城置于炮口之下。12 月 1 日，联军相继攻破聚宝门、洪武门、仪凤门、朝阳门，各省光复军、敢死队、炸弹队相继涌入南京城。清两江总督张人俊自汉西门出逃上海，12 月 2 日，南京光复。

南京光复后，组建临时政府已是迫在眉睫。12 月 4 日，各省代表举行会议，决定将南京作为中华民国中央政府所在地，并推动进行南北和谈。12 月 25 日，奔走国外、为革命筹措经费的孙中山结束了 16 年的海外流亡生涯，回国暂居上海；12 月 29 日，17 省代表在南京召开“中华民国临时大总统选举会”，孙中山以 16 票的绝对优势当选中华民国第一任临时大总统。

1912 年元旦，中华民国临时大总统孙文在南京总统府宣誓就职。改元、易服，使用阳历，以总统制为政府组织形式，以青天白日旗为民国军旗，以红蓝白三色旗为民国国旗。以 1912 年为民国元年。2 月 12 日，清帝溥仪退位，三千多年的封建帝制和 268 年的清朝统治就此结束。

“尽扫专制之流毒，确立共和”，辛亥革命是君权的终结，是民主的开端。从太平天国到洋务运动，从戊戌变法、庚子拳乱再到辛亥革命，前后五十年的风雨历程，在万千仁人志士的努力下，古老的中国终于在跌撞中走向共和。

只可惜“鞑虏易驱，民国难建”。建立民国，就是要“把君权换成民权”，但在浓墨般黑暗的旧世界中奋起反抗的人们并不知道，要从旧中国延续几千年的政治体制，演进为现代的民主的政治体制，将要付出怎样的代价。建立民国远非终结，而仅仅是走向共和的开端。

第十六章

首都计划

1912 年 3 月 31 日，南京。

这一天孙中山起身很早。用过早餐后，他在胡汉民等人的陪同下，纵马向东郊孝陵而去。路行近半，却见山间林木葱郁的掩映下，隐约看到的建筑，却是当年王安石变法失败，解职隐居的半山寺（即报宁寺，在王安石旧居）[①]。

突然逸兴大发的中山先生下马拾级而上，一路攀登。在一处山坡上远望，绵延远峰的页岩在阳光下如紫气东来，山下秦淮如带逶迤环绕，孙中山沉默凝视，久而不语。忽然，他对胡汉民说："等我他日辞世后，愿向国人乞此一抔土，以安置躯壳尔。"。

左右闻之，皆觉不解，先生因何生此不祥之语？念及民国前路，又

① 杉江房造《金陵胜观》（1910）记载"半山寺，宋元丰十年王安石请以所居宅为寺，赐额报宁寺"

觉阴云当空，迷茫难猜。莫衷一是之际，唯有随行一侧的孙科掏出笔记本，默默地记下了父亲的话。

1912 年 4 月 1 日，孙中山依约卸任民国大总统。在解职典礼上，他深情地说："俾吾艰难缔造之民国，与天壤共立于不败"[①]。

武昌起义爆发后，在帝国主义势力的介入下，清政府任命袁世凯为内阁总理大臣，指挥北洋军炮击武昌抵抗革命，同时致电革命军副元帅黎元洪，试探"和谈"。早在 12 月 25 日孙中山回国之前，国内已经进行了两次南北和谈，达成了湖北、陕西、山西、安徽、江苏和奉天的停战协定。南方代表伍廷芳表示和谈必须以共和为前提，但又暗示"虚临时总统之席，以待袁君世凯反正归来"。

南北和谈，显示了辛亥革命的不彻底性。要说清这"不彻底"的根源，还要从同盟会的性质说起。

同盟会，顾名思义，是一个无统一的科学理论作为指导，而由"许多小革命团体（加上许多革命单干户）所联合组织的一个革命大同盟或革命大拼盘"[②]。论构成，它早期就包括兴中会、华兴会、光复会、军国民教育会等社团组织，更不必说武昌起义后群起响应的各省势力，在加入同盟会后，这些派系仍然存在。论政见，革命派、立宪派、革命党、保皇党不一而足；论思潮，激进民主主义。三民主义、无政府主义、改良主义诸多流派纷呈，正所谓"党外无党，帝王思想；党内有派，千奇

① 相关记载和引用出自刘晓宁《总统府史话》

② 语出唐德刚《从晚清到民国》

百怪”，这样一个内部各自为政的党派，无怪乎革命取得了阶段性胜利后，软弱和妥协却占了上风。

而伟大的革命先行者也有自身困境。中山先生十六载飘零异国，为革命筹措经费，向列强争取中立，成为广大革命党人的精神支柱。但当时的革命党人还有自身的时代局限性，手中无钱、无权的同时，更重要的是缺乏先进的思想武装和有力的领导核心，更是很难看到“枪杆子里出政权”的本质，缺乏“听党指挥”的革命军队。这也注定了临时政府日后的步履维艰。

反观袁世凯，这位“时代的弄潮儿”起家于洋务运动，袁氏受李鸿章之托赴朝鲜练兵，进而拥有了一支独立的新式武装“武卫右军”。后又借“小站练兵”之机，一举成为“北洋系”代表。正因如此，袁氏才具备了以一身之力跨越戊戌变法、庚子拳乱、辛亥革命的清末三大危机，并一次次壮大自身的历史机遇。比起“无钱无粮”的革命军，此时得到列强支持、又手握清军政大权的袁世凯，俨然已经成为决定革命走向的“执剑人”。

为了逼迫袁世凯废帝，1912 年 1 月 1 日，孙中山就任中华民国临时大总统，宣布建立民国。中山先生深明大义，宣誓时就曾表示“专制政府即倒，文即解总统之职”。袁氏见孙中山任临时大总统，大为恼怒，即刻通电段祺瑞、冯国璋等北洋将领联名反对共和，拒绝承认临时政府的合法地位，并以此向清政府索取三百万两库银以作军费。随即袁世凯又派出张勋“辫子军”向南京进发，南京临时政府也不示弱，前后两次击退“辫子军”，孙中山组建南方革命军，准备对清廷发动北伐。

用兵之际，临时政府的困境进一步凸显。其中最大的困境就是财政危机，尽管临时政府将南京的清朝江南造币厂收归国有，但面对以袁氏为“新一届代言人”的帝国主义的刻意打压，被列强把持的盐务方面的全部现金进款均无法收回，作为财政收入重要来源的地丁正税、厘课杂捐等常税也无法正常收取，临时政府面临无有正常收入的窘境。但另一方面，临时政府却要面对浩繁的军费开支，据说到最紧张的时候，政府的账面上竟只余 4 元钱。面对内外交困，革命军中的妥协派渐占上风，不仅临时政府的部长们不支持北伐，就连孙中山最亲密的僚属如胡汉民、汪精卫等人也不希望再战。

1912 年 1 月 8 日，伍廷芳致电袁世凯，提出休战。随即孙中山向袁世凯发电“暂时承乏，以待贤者”，望其“早定大计，以慰四万万人之渴望。”

对于袁世凯，最好的时机已经到来。1912 年 2 月 5 日，以段祺瑞为首的 47 名北洋将领联名通电清廷，力促共和。2 月 12 日，在袁世凯的斡旋下，清帝溥仪宣布退位。同日袁世凯通电全国，表示拥护共和，“永不使君主政体再行于中国”。

2 月 13 日，孙中山履行其诺言，向临时参议院递交辞呈，辞去临时大总统职务。从孙中山就职大总统到辞去职务，前后共 45 天。2 月 15 日，南京临时参议院举行总统选举会，袁世凯以全票当选第二任临时大总统，黎元洪为副总统。

为了遏制袁世凯破坏共和，孙中山在去职之前也留下了三个“杀手锏”。即袁氏要就职总统，需满足三个条件：一是国民政府必须定都南京；二是袁世凯必须到南京就职；三是袁世凯必须遵守“中华民国临时约法”。孙中山深知，腐朽的清政府如百足之虫死而不僵，当时袁世凯的根据地在北京，若封建帝制复辟死灰复燃，其土壤也必然始于北京。定都南京，即是弱化保守势力、防止复辟的唯一可能之路。谁知议定定都南京时，临时政府又显现了其“党内有派，千奇百怪”的特点，在革命党人占据多数的前提下，尽管有孙中山再三申明利害，仍有不少人支持定都北京。所幸在孙中山、黄兴等人的奔波倡导下，2 月 15 日参议院通过决议，仍议定以南京为首都所在。

定都后，为了确保袁世凯南下就职，2 月 27 日，孙中山派出蔡元培、宋教仁等八人组成专使团，赴北京“迎接”袁世凯就职。孰料袁氏老谋深算，阳奉阴违，白天隆重亲迎代表团，夜间北京街头却枪声大作，火光冲天，号称发生了“兵变”，随即报称通州、天津、沧州等地发生十数起兵变。专使团吓得胆战心惊，连忙南下向孙中山报告北京“兵变”，为了确保能有人安定北方局势，临时政府反倒开始劝孙中山勿再坚持让袁氏南下。3 月 6 日，被迫让步的孙中山黯然妥协，临时参议院议决允许袁世凯北京任职。1921 年 3 月 10 日，袁世凯在北京就任中华民国第二届临时大总统。

《中华民国临时约法》是孙中山扼制袁世凯的最后一招。《约法》由宋教仁起草，是中国历史上第一部共和制国家法律。《约法》将“中华民国之主权属于国民全体”等条文写入法律，比起临时政府成立时规定的总统制，《约法》规定了立法、行政、司法三权分立及责任内阁的国家制度，为保证共和提供了法律依据。

1912 年 4 月 1 日，孙中山解去临时大总统的职务，4 月 2 日，南京临时参议院决议临时政府迁往北京，4 月 3 日，孙中山辞别总统府，离开了他为之殚精竭虑、鞠躬尽瘁的民国，也离开了南京。同年孙中山又有两次途经南京，但每次停留均不超过一天。

孙中山再未回到过他寄予厚望的南京。而《临时约法》也未能如愿约束袁世凯，南京临时政府的存在，前后仅三个月。待南京再次登上历史舞台，已是十五年后，国民革命军于 1927 年攻占南京、建立南京国民政府之时。十五年弹指一挥间，先有宋教仁遇刺、“二次革命（讨袁运动）”失败，再有袁世凯、张勋先后复辟，其间，是长达十余年之久的北洋军阀混战。

黑暗中孕育着革命的星火。袁世凯死后，北洋政府分崩离析，时局动荡。二次革命失败后，孙中山流亡日本，不顾自身颠沛流离，改组同盟会为中华革命党（1919 年改为国民党），继续捍卫共和。1917 年 7 月，为了护卫《中华民国临时约法》、推翻北洋军阀专制统治而发动“三次革命”的孙中山，尽管前路漫漫、泥泞爪牙，仍在为共和而战，义无反顾，一往无前。但在黑暗中跋涉的中山先生或许也会感到迷茫——

中国革命的出路究竟在哪里?

谁也不会料到的是，四个月后，俄国工人阶级在布尔什维克党的领导下向圣彼得堡冬宫发起总攻，推翻了资产阶级临时政府，建立苏维埃政权。这场著名的战争被后人称为“十月革命”。“十月革命”向世界宣告了无产阶级的革命真理，为中国带来了马克思列宁主义。于是，1919 年北大红楼的一场觉醒，1921 年嘉兴红船的一点星火，尽管它们在初生时那样微小，那样孱弱，却因其科学性和真理性，在不久的将来，为中国革命照亮了前进的道路。

1921 年 7 月，中国共产党成立。12 月，孙中山在桂林会见共产国际代表马林。1923 年，孙中山与共产国际代表越飞发表《孙文越飞宣言》，奠定了联俄、联共基础。1924 年 1 月，国民党第一次全国代表大会在广州召开，孙中山改组国民党，确定联俄、联共、扶助农工三大政策，国共第一次合作于焉达成。随即国共联手创办黄埔军校，组成国民革命军，进行国民革命，以推翻北洋军阀统治。

1924 年 12 月，孙中山应军阀冯玉祥、段祺瑞、张作霖之邀抱病北上和谈。1925 年 3 月 12 日，孙中山因癌症在北京逝世，在国事遗嘱中，他说：

“必须唤起民众，及联合世界上以平等待我之民族，共同奋斗。……革命尚未成功，同志仍需努力。”

在致苏联的遗书中，他说：

“希望不久即将破晓，斯时苏联以良友及盟国而欣迎强盛独立之中国，两国在争世界被压迫民族自由之大战中，携手并进，以取得胜利。”

1926 年 7 月 9 日，国民革命军北伐誓师大会在广州召开，北伐开始。在国共两党的密切合作下，大革命的风暴迅速席卷全国。1927 年 3 月 23 日，国民革命军一路北上攻克南京。4 月，蒋介石悍然撕毁合作，在南京、上海等多地发动“清党”，公然背叛革命。在苏联代表鲍罗廷的支持下，汪精卫至武汉国民政府出任主席，宣布开除蒋介石国民党党籍。为了证明自己的“正统”，蒋介石决定在南京成立中华民国国民政府，以南京为民国首都，与武汉遥相对峙。1927年4月18日，南京国民政府的成立典礼在南京丁家桥原江苏省议会举行。至此中国出现了南京政府（蒋介石政府）、北京政府（北洋政府）、武汉政府（汪精卫政府）"一个国家，三个政府"的分裂局面。7月15日，汪精卫宣布"和平分共"，也背叛了革命，国共第一次合作宣告失败。8月蒋介石宣布下野，汪精卫正式迁都南京，至此"宁汉合流"。

1928年1月，蒋介石在南京宣布复职。4月发动第二次北伐，6月6日，北伐军攻克北京，北洋政府倒台。1928年12月29日，张学良宣布"改易旗帜"，南京国民政府就此成为中华民国唯一的"合法政府"。

先行者溘然长眠，破晓虽终究会来，但破晓之前，还有很长的革命之路要走。时代的风雨仍在行进，在此之前，先让我们做一个小小的停顿，回到本章的主题，先来看一看作为民国首都的南京。

1927年4月国民政府定都南京后，即着手谋划首都未来的发展。1928年，国民政府定南京为特别市，1月，由孙科负责，首都建设委员会成立，下设"国都设计技术专员办事处"，以林逸民为主任，聘请美国建筑师茂菲和工程师古力治为顾问，清华留美归国建筑学子吕彦直为助手，用以规划设计南京城市建设。

哈佛大学教授柯伟林在《中国工程科技发展：建国主义政府（1927—1937）》中指出："南京是中国第一个按照国际标准，采用综合分区规划的城市。"1927—1937年，是近代南京城市规划和建设的黄金十年，国民政府历次颁布南京城市规划书，其中最令人耳熟能详的，莫过于国民政府于1929年颁布的《首都计划》。

《首都计划》是一个城市总体规划，以“欧美科学之原创”为设计思想，以“吾国美术之优点”为指导方针，涉及史地概略、人口预测、区域划定、建筑形式、道路交通、学校计划、工业设施及港口与飞机场站等城市建设的方方面面，“全部计划皆为百年而设，非供一时之用”，开创了中国现代城市规划实践的先河。

《首都计划》提出的“国都界限”南起牛首山，西跨长江至顶山，北至八卦洲北部，东达青龙山。在江北则专门分设“浦口计划”。城市区域划分上，有中央政治区、市行政区、公园区、住宅区、商业区和工业区等，以“同心圆式四面平均开展，渐成圆形之势”。在中央政治区的选择上，以“紫金山南麓最为适用”，市政府等行政区用地，则以大钟亭、五台山两处为选。

道路交通规划值得称道。按照规划，城内道路分为干道、次干道、环城大道和林荫大道，并开始着手进行道路建设和拓宽。至抗战爆发前夕，南京市内竣工道路119.3公里，形成了以中山东路、汉中路、中正路（今中山南路）、中山路、中央路为中轴线，向四方放射状延伸的现代化城市道路系统，多选用法国梧桐作为街道两旁的行道树，南京城以中山大道为代表的林荫大道即最早成型于此时。

民国建筑形式的选择上，以“发扬光大本国之固有文化”为根本原则，其中尤以中央政治区、行政区公署及博物馆、图书馆、演讲堂等公共建筑物“尤当尽量采用”。但设计思路中又提及“并非尽将旧法一概移用，应采用其中最优之点，而一一加以改良”。而商业等建筑则“不妨采用外国形式，唯其外部仍须具有中国之点缀”[1]。南京城中绵延至今的用材于外、中西合璧的近代建筑风格，在此可初见端倪。

科教文化大放异彩。1928年，国民政府在南京成立国立中央研究院，历任民国教育总长、北京大学校长的蔡元培出任院长。中央研究院下设天文所、物理所、地质所、气象所、动物所、植物所、史语所、社研所、数学所九个研究所，南京遂成为全国科学研究的中心之一。而南京本身也高校云集，有国立中央大学、私立金陵大学、私立金陵女子文理学院、南京高等师范学院、河海工科大学、国立东南大学等诸多知名高校，涌现出著名教育家如陶行知、吴贻芳、陈鹤琴等人。其中吴贻芳还是中国第一届女大学生以及第一位大学女校长，先后曾主持母校金陵女子大学校务长达23年，蜚声海外。在1945年的联合国成立大会上，她成为在《联合国宪章》上签字的第一位女性。

博物馆事业方面，1933年，在时任国立中央研究院院长蔡元培的倡议下，国立中央博物院筹备处落成，以蔡元培为首任院长。博物院建筑为民国建筑大师徐敬直设计，历时十五年至1948年第一期工程完工，期间博物院通过收购、拨交、发掘，集中全国第一流珍贵文物约二三十万件。抗战时期，为了拯救文物免遭炮火，中央博物院筹备处连同所属文物迁离南京，将文物分三路转移到西南各处，最终于1940年底驻扎于宜宾李庄，与同在一地的中央研究院历史语言研究所、同济大学、中国营造学社、金陵女子大学、北大文科研究所等著名科研教育机构一起成就了李庄“抗战文化中心”之名。

① 以上引用均出自民国《首都计划》

“这是一座摆脱不了历史气息的城市，走到哪里，都是走在历史的阴影里”。[①] 时至今日，南京博物院的仿辽代宫殿建筑，中山陵的音乐台，颐和路的民国公馆，中山路的梧桐树……《首都计划》的规划思想，仍可以在人们游览南京、寻访南京近代建筑的“一线八片”上得到验证。

“一线”，即中山北路——中山路——中山东路——中山陵一线。这正是《首都计划》中提及的“中央政治区”和市“行政区”（大钟亭段）所在。从中央政治区和行政区的功能出发，我们可以看到这一道路轴线两侧保存有大量的民国行政建筑和公共建筑，其风格正验证了“发扬光大本国之固有文化”的南京近代特色精华。无怪乎有人说“从中山码头到中山陵的中山路，正是最完整的民国文脉”。

“八片”，即北极阁——鸡鸣寺片；颐和路——宁海路片；鼓楼——汉口路片；新街口——汉中路片；傅厚岗——高楼门片；长江路片；东郊片；太平南路片。在这“八片”之中，我们可以感受到几种民国最典型的建筑。

一种是中国传统宫殿式建筑。民国时期，许多建筑大师海外学成归来，设计风格呈现东西合璧的特点，如吕彦直、赵琛、童寯即是个中翘楚。在民国建筑中，此种风格集中于学校和公共设施。学校如金陵大学（校址在今南京大学）礼拜堂、金陵大学北大楼和西大楼、金陵女子大学（今南京师范大学）等，公共设施如中山陵、中央博物院和国立中央研究院等。

一种是新式民族建筑。这是一种吸纳了现代建筑结构，辅以中国传

---

① 摘自叶兆言《南京人·续》

统构建装饰和花纹图案的“新中式”风格建筑，主要以行政、公共建筑为主。如国民政府外交部大楼、国民大会堂、国立美术馆等。

一种是西式风格建筑。其中一类以西方古典主义风格为主要特点，以教堂和商行为主，这一类的代表是石鼓路天主教堂、马林医院（今鼓楼医院）、国立中央大学（校址在今东南大学）孟芳图书馆和大礼堂；另一类是类似欧式建筑的“小洋楼”，这一类建筑则以花园洋房和使馆为主，如颐和路民国建筑、最高法院大楼、英国驻华使馆小白楼（今双门楼宾馆）等。

许多来到南京的人，会被南京城的大街小巷之中，那些散落在时光中的记忆所触动，正如朱自清在《南京》一文中所写“逛南京像逛古董铺子，到处都有些时代侵蚀的遗痕。你可以摩挲，可以凭吊，可以悠然遐想；想到六朝的兴废，王谢的风流，秦淮的艳迹。这些也许只是老调子，不过经过自家一番体贴，便不同了。”或许正是这份“历史的重载”[①]，成就了南京这座古城的独特魅力。

1925年3月12日，中国民主革命的先行者、国民党总理孙中山病逝于北京铁狮子胡同行辕。临终前，他交代左右，将他埋骨于紫金山麓，“因南京为临时政府成立之地，所以不可忘辛亥革命也。”

今天的南京中山陵，由民国建筑大师吕彦直设计，形似警世之钟，告知世人不可须臾忘却先人遗志，需记民主共和，乃是无数仁人志士抛头颅、洒热血换来的。

① 语出朱自清《桨声灯影里的秦淮河》

正如《觉醒年代》所言：“他们可以掐死我们的民国，但他们掐不死民众心目中的共和；他们可以挡住天上的太阳，但他们挡不住民主的光芒！”

先人以血肉之躯为炬，照亮人们觉醒的路。他们是迷雾中的灯，他们是旷野中的蜿蜒小径。而我们是后来人，生在一百年后的时代，一个他们不能想象，也来不及看到的世界。但我们只需记得，一百年后，辛亥革命不曾被遗忘，先驱们受到后人的尊敬和纪念，民主和共和之路，成为无数人为之奋斗和实践的真理。

第十七章

红色火种

1919 年 6 月 6 日清晨，南京街头一片寂静。

本该车水马龙的早市空无一人，今早的南京罕见地缺了几分烟火气。平素在此时早该遍布大街小巷的、琳琅满目热气腾腾的早点摊，今日却仿佛约好了一般不见人影，街市两旁的商铺统统大门紧闭。在那一扇扇紧闭的大门上，都贴着两个黑漆漆的大字——“罢市”。走近一瞧，有家店铺的门上，除了罢市二字，还贴着这样一副对联：

北京学子，爱国热诚，被捕含冤，无端无妄祸；

金陵商界，罢市齐心，要求公允，不释不开门。

月来围绕着席卷全国的“五四”爱国热潮，在南京学联的号召下，随着学生罢课、商人罢市、工人罢工的“三罢”运动，在南京落地生根。面对帝国主义和北洋卖国政府的倒行逆施，南京工、商、学三界展示了奋起反抗的坚定决心。

红色火种，从这一刻起，在南京徐徐点燃。

跨进20世纪的门槛时，中国已经在半殖民地半封建社会的泥潭里深陷，国家千疮百孔，人民饥寒交迫，“救亡图存”成为时代最迫切的呼吁。辛亥革命推翻了中华大地上延续了两千多年的封建帝制，然而南京临时政府仅仅存续了三个多月，革命果实就被袁世凯窃取。袁世凯任中华民国临时大总统后，刺杀宋教仁，篡改《中华民国临时约法》，图谋复辟帝制。又受日本帝国主义胁迫，于1915年5月25日在北京签订了日本欲灭亡中国的“二十一条”部分条款。

第一次世界大战结束后，全国人民迫切希望能通过巴黎和会洗刷耻辱，如从德国手中收复青岛，废除“二十一条”及其他不平等条约等。1919年5月初，巴黎和会上中国外交失败，国人群情激愤。5月4日，3000余名北京爱国学生在天安门广场前集会，呼吁“外争国权，内惩国贼”，“五四”爱国运动迅速席卷全国。

1917年12月，俄国爆发“十月革命”。无产阶级走上历史舞台，也越过寒冷的国界线为中国送来了马克思列宁主义。经过早期的思想启蒙，以“五四”爱国运动为契机，越来越多的先进知识分子和无产阶级聚集在马列主义的旗帜之下。1921年，中国建立了第一个无产阶级政党——中国共产党，中国革命迈进了新纪元。而南京的红色浪潮，正是这崭新的篇章中不可或缺的精彩一页。

为了后文表述方便，笔者尝试将中国共产党在南京的发展分为五个阶段：一是南京党组织的初建时期；二是第一次国共合作时期；三是土地革命战争时期；四是第二次国共合作时期；五是解放战争时期。

就让我们从南京党组织的建立开始讲起。如果为这个时期建立一个“资料卡”，大概是类似这样：

背景时间：“五四”前后

组织名称：浦口党小组、南京党小组、中共南京地方执行委员会

主要人物：张闻天、王荷波、谢远定

关键词：南京学联、五四“三罢”、中华工会

南京临时政府解散后，南京处于北洋军阀的反动统治之下，张勋、冯国璋等北洋军阀在总统府“你方唱罢我登场”，南京遂成为东南诸省的反动统治中心。专制统治之下，进步思想也在萌芽酝酿，加之南京高校云集，文教事业十分发达，“五四”前夕，各种爱国主义思潮已在南京广泛传播。

以北京学生为先导、迅速波及全国的五四爱国运动，在南京掀起巨大反响。南京学界第一时间致电北京：“一息尚存，愿做后盾”，1919年5月9日，南京高等师范学校、金陵大学、河海工程专门学校等数十所学校及教会团体六千余人举行国耻纪念大会并绕督军署、省长公署游行请愿。13日，各校组建南京学界联合会，掀起南京反日爱国运动的高潮。在南京学联的组织下，6月6日，南京商界宣布罢市，7—8日，南京浦口、下关各地码头、铁路工人相继罢工，在进步青年王荷波的带领下，浦镇机厂工人一路高呼“还我山东”“还我青岛”，举行罢工游行。南京工、学、商“三罢”运动，是对北京及全国爱国运动的有力呼应，更给予反动军阀当局沉重打击。

随着马克思主义的传播和工人阶级走上历史舞台，南京涌现出一批积极宣传马克思主义的先进知识分子，如张闻天、沈泽民、杨贤江、杨杏佛等。其中南京河海工程专门学校的张闻天就是个中翘楚。他以五四后创办的南京进步刊物《南京学生联合会日刊》为阵地，陆续撰文《社会问题》，阐述了马克思主义的观点，被认为是南京地区传播马克思主义的第一人。

南京地区的第一个党组织是浦口党小组。1921 年我党初成立之时，将发展工人运动作为首要任务。1922 年加入中国共产党的王荷波，早在 1921 年 3 月便领导浦镇机厂工人成立了中华工会，带领工人反抗资本家的残酷剥削。1922 年秋，王荷波在浦镇建立了南京地区第一个党小组，王荷波为组长，浦口小组被列入中共上海地方兼区执行委员会第七小组，领导两浦铁路工人进行了顽强的斗争，开展了两浦铁路工人“二七”大罢工等工人运动。

在南京主城区，国立中央大学（前身为张之洞创办的三江师范学堂，校史几度变迁）成为有代表性的进步思潮发源地，早期共产主义青年团员在校内梅庵（位于今东南大学四牌楼校区）成立南京社会科学研究会，在此集会交流，宣传马克思主义理论。1922 年 5 月，20 余名团员在梅庵成立南京团地方委员会，广泛吸纳进步青年，又从中选拔优秀者入党。1923 年 10 月，中共上海地方兼区执行委员会将南京的 5 名党员编为南京党小组，列为第六小组，以谢远定为组长。

1923 年 11 月 8 日，中共上海地方兼区执行委员会批准成立中共南京地方执行委员会，12 月，中共南京地方执行委员会正式成立，初时有党员约 20 人，团员 32 人。

第二个阶段，第一次国共合作时期，资料卡如下：

背景时间：国民党“一大”至“宁汉合流”

组织名称：中共南京地方执行委员会、中共南京市委

主要人物：王荷波、侯绍裘

关键词：南京市总工会、“四一〇”反革命事件

“中国共产党人在领导工人斗争的实践中逐渐认识到，为了战胜强大的帝国主义和封建势力，必须结成最广泛的统一战线”[①]。在共产国际的参与下，1923 年 6 月，中共三大召开，确定了与中国国民党合作的方针，决定全体共产党员以个人名义加入国民党。南京地委贯彻党中央指示，截至 1923 年底，南京全体共产党员和青年团员都加入了国民党。1924 年 1 月，国民党第一次全国代表大会在广州召开，孙中山改组国民党，确定联俄、联共、扶助农工三大政策，国共第一次合作达成。随即，国民党在苏联的资助下创办黄埔军校，组成国民革命军。

1926 年 7 月，国民革命军出师北伐。在国共的密切合作下，次年一举打垮直系军阀孙传芳和统辖直鲁七省联军的军阀张宗昌，并于 3 月 24 日攻克南京。基于前期和记洋行工人罢工、商会罢市等积累的斗争经验，在中共南京地委书记谢文锦的主持下，25 日，南京市总工会在江南贡院明远楼宣告成立，随即农协、商协及各类基层工会组织如雨后

① 引自中共南京市委组织部、中共南京市委党史办、中共南京市委党校《初心与使命——党员干部南京党史读本》

春笋般涌现，大革命受到南京社会各界的积极响应。4 月 2 日，国民党江苏省党部由上海迁来南京，以南京安徽公学旧址为省、市党部所在地。省党部常务委员、中共党团书记侯绍裘抵达下关车站时，受到南京党部、各界人士的热烈欢迎。

1927 年 4 月 9 日，蒋介石抵达南京。随即指使陈葆元率流氓打手捣毁国共合作的国民党省、市党部和总工会。革命群众措手不及，随即发起请愿抗议。10 日，反动势力打着“劳工总会”的旗号，在南京通济门外九龙桥大肆屠杀中共党员、工会干部和国民党左派人士，造就了“四一〇”反革命事件。4 月 12 日，蒋介石公然撕毁国共合作开始“清党”，悍然在上海发动“四一二”反革命政变，致使我党蒙受成立以来最大损失，王荷波、侯绍裘、张应春等革命烈士都于这一时期牺牲在南京。

1927 年 4 月 18 日，蒋介石在南京建立国民政府，随即“宁汉合流”，汪精卫也背叛了革命，第一次国共合作全面破裂。国内局势陡转，轰轰烈烈的大革命宣告夭折，南京成为国民党反动统治中心，南京的人民革命斗争就此转入艰难曲折的土地革命战争时期。

第三个阶段，土地革命战争时期，资料卡如下：

背景时间：“四一二”反革命政变到“长征”结束

组织名称：中共南京市委、中共南京特别委员会、中共南京特别支部等

主要人物：陶行知、李耘生、顾衡

关键词：晓庄师范地下支部、中共南京特委、“八次重建”

“四一二”反革命政变后，1927年8月1日，以周恩来为代表的一部分共产党人发动南昌起义，8月7日中共中央在汉口召开紧急会议，正式确定了土地革命和武装反抗国民党反动派的总方针。随后，中国共产党人在湘、赣、粤、鄂、豫、皖、闽、浙、陕等地相继举行武装起义，走上武装夺取政权的道路。1927年10月，毛泽东在井冈山创建了中国第一个农村革命根据地，1928年4月，朱德、陈毅到达井冈山与毛泽东胜利会师，创建了中国第一支工农红军。

“八七会议”后，邓中夏任中共江苏省委书记，即委派罗世藩、贺瑞麟来南京恢复党、团组织。1927年10月，吴雨铭任中共南京市委书记，开始恢复工作，当时南京地区有党员200余名，团员100余名。

土地革命战争时期南京革命之所以艰险，一方面因为南京地处国民党反动统治的中心，身处白色恐怖之中；另一方面，在于这一阶段正是党内“左”倾冒险主义路线频发的时期。一方面身处龙潭虎穴敌我力量悬殊，一方面倡导暴力斗争激进冒险，二者合一，其间的风雨崎岖可想而知。据统计，从1927年4月到1934年8月，中共南京党组织先后八次遭受大破坏，党组织多次被迫转入地下，先后成立中共南京特别支部、中共南京地下支部、中共南京特委等，众多革命先辈隐于南京的大街小巷，他们在黄夜中积聚着革命星火，在烈火中一次次涅槃重生。

1927年3月，中国民主同盟主要领导人、爱国教育家陶行知在燕子矶附近的劳山创办南京晓庄师范。1928年夏，晓庄师范秘密建立了中共地下支部，这是“四一〇”反革命政变后南京地区最早恢复的党支部之一，由刘焕宗任支部书记。借助陶行知创办的“晓庄剧社”，晓庄地下支部在艰难的年代组成爱国统一战线，广泛宣传革命进步思想，将工人、农民、民主党派和进步师生牢牢团结在党的周围。曾任中共江苏省委书记、南京市委书记的陈云、李维汉、王弼等人都曾大力赞许过晓庄师范地下支部的工作。

1930 年底到 1931 年 9 月，红军在毛泽东、朱德的领导下先后粉碎国民党军对中央革命根据地的三次围剿。11 月 7 日，中共中央在瑞金成立了中华苏维埃共和国临时中央政府。在主持中央工作的李立三“左倾”错误路线影响下，南京地区党组织在力量悬殊的前提下，仍遵照上级指示以武装暴动为主要斗争手段。1930 年 4 月，为了声援南京下关和记洋行工人反帝斗争大罢工，晓庄师范支部成立南京学界后援会，合力冲破被军警封锁的兴中门。在蒋介石的亲自介入下，包括晓庄师范支部书记石俊在内的革命师生 30 余人被捕入狱，他们的鲜血洒在了雨花台。一年内，南京党组织相继遭到第五、第六次大破坏，近百名党员、团员牺牲。

1930 年 12 月，中共南京市委做出了反“立三路线”的决议，开始恢复南京党组织。可自 1931 年党的六届四中全会后，在共产国际代表米夫的支持下，新一任中央领导人王明选择了比“立三路线”还要更“左”的“左倾”冒险主义路线。1931 年 11 月，中共江苏省委成立中共南京特委，“特委”全称“特别委员会”，是党组织的一种，多数是在特殊年代负有特殊使命（如组织暴动）的党组织。李耘生出任南京特委书记，负责南京及周边各县党的工作和武装斗争。他先后在京杭国道句容、溧阳段成立党的特别支部，组建茅山武装游击队，准备策应中共中央组织的南京“兵暴”队伍。由于敌我力量过于悬殊，1932 年 4 月，南京党组织再次遭到严重破坏，李耘生遭叛徒出卖，遍历酷刑而坚贞不屈，就义前他回复敌人“我的遗嘱就是盼望亲人们与你们斗争到底”。11 月，中共南京特别支部成立，任命顾衡为支部书记，在最初仅有 6 名党员的情况下，继续为南京革命集聚着星火。

1931 年“九一八”事变和 1932 年的“一二八”事变，日本帝国主义侵略中国的野心昭然若揭。大敌当前，蒋介石集团却仍坚持“攘外必先安内”的政策，于 1932 年 6 月和 1933 年 10 月相继发动对中央革命根据地的第四、五次围剿。在王明“左倾”冒险主义路线的指导下，第五次反围剿失败。而“左”倾冒险主义思想也严重影响了南京党组织的恢复和发展，1933—1934 年间，江苏省委连续遭到破坏，南京的斗争环境日趋险恶，全国各地被捕的共产党人和革命先辈也被大批押解到雨花台，恽代英、邓中夏、罗登贤、何葆珍等革命先辈相继在此牺牲。在通知党内同志提前转移、最大限度为革命保存有生力量的前提下，1934 年 8 月，坚持在南京不愿离开的顾衡被捕，并于 12 月在雨花台被杀害。

浪迹江湖忆旧游，故人生死各千秋。

已摈忧患寻常事，留得豪情做楚囚。①

1934 年 10 月，中国工农红军开始长征。1935 年 1 月，中共中央在遵义召开政治局扩大会议，决定以张闻天负总责，结束了“左”倾冒险主义路线的统治，确立了以毛泽东为核心的新一届中央领导，中国革命

① 此为恽代英作于南京江东门陆军监狱《狱中诗》

在曲折中终于迎来了转折和希望。

第四个阶段，抗日战争时期，资料卡如下：

背景时间：瓦窑堡会议到第二次国共合作时期

组织名称：中共南京市委、中共南京小组、中共南京特别支部、中共南京工作委员会等

主要人物：叶剑英、李克农、粟裕、陈毅、刘峰

关键词：八路军驻（南）京办事处、抗日民主政府

随着中日民族矛盾日益加深，1935年12月，中共中央召开瓦窑堡会议，确定了建立抗日民族统一战线的方针。而中国国民党在第五次全国代表大会后，也逐渐改变了对日政策，由“九一八”以来的妥协退让逐渐转向较强硬的态度。

1936年12月，“西安事变”和平解决，次年中共代表周恩来、博古、叶剑英、林伯渠先后在西安、杭州、庐山同国民党代表顾祝同、张冲、蒋介石、宋子文等进行了四次谈判。1937年8月9日，周恩来、朱德、叶剑英应国民党政府邀请抵达南京参加国防会议，同时继续两党谈判。8月13日，淞沪会战爆发，蒋介石迫于形势，同意红军在改编的三个师之上设立第八路军指挥部。经协商，中共中央在南京设八路军驻京办事处，叶剑英以八路军参谋长的身份，作为八路军代表留驻南京，租借傅厚岗66号（今鼓楼区青云巷41号）组建八路军驻京办事处。

8月下旬，李克农奉命从上海到南京就任“八办”处长。中共中央洛川会议后，中央书记处书记博古也来到南京，负责与国民党的谈判和

国统区党组织建设。八路军驻京办事处实际上相当于中共中央驻南京办事处。“八办”成立后，在积极恢复和发展长江与华南各地党组织、组织抗日爱国救亡运动、争取国内外舆论阵地、营救在押党员方面做出了突出贡献。

“八办”为促成第二次国共合作、争取最广泛的爱国统一战线做出了历史性贡献。1937 年 9 月 22 日，国民党中央通讯社发表《中共中央为公布国共合作宣言》，历时八个月的国共两党谈判终于达成协议。为了建立自己的宣传阵地，“八办”在南京筹办中共中央机关报《新华日报》，后因上海局势紧张，《新华日报》被迫迁往武汉。《新华日报》在武汉创刊后，不少国民党方面党政要员发来贺电，展现了国共第二次合作的友好氛围。卢沟桥事变后，南京人民抗日情绪高涨，先后成立首都各界抗敌后援会、首都文化界抗敌后援会、首都华侨抗敌后援会等，事变后自平津南渡南京的党员组成了特别支部，继续联合各界人士组织抗日救亡运动。

1937 年 10 月底，上海守军放弃南翔以东、苏州河以北全部阵地，国民政府决定迁都重庆。八路军驻京办事处也于 11 月下旬分批撤往武汉。紧张的局势下，在南京的共产党员在“八办”的统一指挥下陆续撤出，南京市委随即停止工作。

1937 年 12 月 13 日，南京沦于敌手。日军在南京进行了为期六个星期惨无人道的大屠杀，遇难同胞达到三十万人。近代以来，中国连续遭受帝国主义列强的侮辱、欺凌和伤害，但环顾近代史 109 年，也没有任何一个帝国主义国家在强占、侵犯中国领土和主权的同时，像日本帝国主义一样，连续多次对中国无辜百姓挥起屠刀，进行惨无人道的虐杀、屠戮和亡国灭种，且至今毫无悔意、毫无反思、毫无面对历史的诚意，甚至从未做出过正式的道歉，公开参拜战犯挑衅，这在中国上下五千年的历史上是空前绝后的，是每一个生活在这片土地的中国人都不该忘记的。

为了进一步侵吞中国，1938 年 3 月 28 日，日本在南京成立伪中华民国维新政府。1940 年 3 月，日本又在南京扶持汪伪傀儡政权。目睹南京日伪盘踞，满目灾殃，南京党组织再一次在反动势力的心脏挺身而出，面对民族危亡，面对敌人屠刀，其爱国之情怀，其党性之纯烈，较之在各大革命根据地浴血奋战的革命将士们，也毫不逊色。

早在 1938 年 4 月，中共中央即指示新四军深入敌军后方，在长江以南建立游击根据地，5 月中旬，以粟裕为司令员、钟期光为政治部主任的新四军先遣支队进入溧水。6 月上旬，第一支队司令员陈毅、副司令员傅秋涛率所部从皖南出发；6 月 8 日，第一支队与先遣支队在新桥（今溧水晶桥）胜利会师，正式揭开了新四军东进抗日的序幕。随即新四军一支队在高淳、溧水、江宁；四支队在江浦；五支队在六合，相继帮助地方建立党组织和抗日民主政府，先后成立竹镇市抗日民主政府、六合县抗日民主政府、横山县抗日民主政府、溧高县抗日民主政府等，联合当地军民开展了一次次打击日伪的抗日游击战。

围绕南京地区党组织的重建，中共江苏省委和苏皖区党委进行了多种尝试，于 1942 年先后成立中共南京小组和中共南京特别支部，采用单线联系的方法，如同两支并行的隐秘战线，在日伪眼皮底下发展组织力量。1944年6月，中共南京工作委员会成立，隶属于华中局领导，刘峰任书记，到抗战结束后，南京地区党员达到80余人。

第五个阶段，解放战争时期，资料卡如下：

背景时间：日本投降到人民解放军占领南京

组织名称：中共中央南京局、中共南京市委

主要人物：周恩来、陈修良

关键词：梅园新村、五二〇运动

抗日战争胜利后，为尽早结束内战，实现中国的和平统一，毛泽东率领中共代表团由延安飞赴重庆同蒋介石进行和平谈判，双方签订《双十协定》。1946年，双方相继签署停战协定、政治协商会议的五项协议和整军方案等几大协议。然而，签字墨迹未干，蒋介石就公然撕毁协议进攻解放区，内战一触即发。

1945年5月，国民党政府还都南京。为了避免内战，争取和平，5月3日，周恩来率领中共代表团飞抵南京，继续与国民党政府就停止内战进行谈判。周恩来等人以梅园新村为中共代表团南京办事处，对内称中共中央南京局，办事处工作人员先后有200多人。

曾亲历梅园新村革命斗争的邓颖超同志曾总结道："梅园新村是中国共产党和国民党政府谈判的最后一站，是中共党史重要的一页"。身在国民党统治中心的中共中央南京局，怀有建立和谈、维护和平的重任，所处的环境比起重庆和谈时期更为险峻。"就在离代表团驻地不到100米的范围内，国民党当局就设立了十多个特务据点。这里面有中统、军统的联合指挥所，有特刑庭的侦讯室，有首都警察厅厅长的公馆，前后左右，门对门，窗对窗，虎视眈眈地对代表团进行严密监视”[①]。深居龙潭虎穴的中共中央南京局，“仿佛在空气里面四处都闪耀着狼犬的眼睛、眼睛、眼睛。”[②]在这样的重压下，中共中央南京局以其坚定的共产主义信念，围绕停止内战进行了艰苦卓绝的谈判斗争，帮助南京地区恢复、发展党组织的同时，在敌人的心脏开展进步宣传，使广大进步群众、爱国组织、民主党派接触到中国共产党和平民主的理念，为爱国民主统一战线打下根基。

1945年6月26日，休战谈判尚未结束，国民党军队进攻中原解放区，全面内战爆发，蒋介石口出狂言：要在三个月到六个月内打败中国共产党领导的人民军队。11月15日，国民党当局不顾中国共产党和各民主党派的反对，一意孤行召开一党包办的“国民大会”，国共和谈之门被其一手关闭。19日，周恩来率中共代表团部分同志返回延安。1947年2月，董必武等其他办事处成员撤离南京。

随着国民党军队在正面战场的节节败退，财政赤字节节攀升，国统区物价暴涨，人民生活动荡不安。1947年4月，中共中央上海局当机立断，决定以国民政府首都南京为突破口，以中共中央南京局的前期统战工作成果为根基，在南京建立最广泛的爱国民主运动统一战线，“在红五月中形成高潮”，加速国民党反动统治的瓦解。

在中共中央上海局的领导下，在上海学委、南京学联的联合推动下，

① 引自中共南京市委组织部、中共南京市委党史办、中共南京市委党校《初心与使命——党员干部南京党史读本》

② 语出郭沫若《南京印象》

1947年5月20日，宁、沪、苏、杭四地高校5000余名学生以“反饥饿，反内战”为口号，发动“京沪苏杭区十六专科以上学校挽救教育危机联合大游行”。游行队伍行至珠江路时，遭到武装宪兵和警察的暴力殴打，学生血染珠江路，但他们仍在暴雨中高唱“团结就是力量”，与军警对峙六小时余。当晚6时许，反动政府的骑兵和宪警被迫后撤让路。

南京“五二〇”血案后，各地民主党派、社会团体、爱国进步团体、知名媒体和社会名流纷纷发声谴责暴行。全国60多个大中城市、数十万学生罢课游行给予声援，约120万工人参加罢工示威游行，最终形成席卷全国的“反饥饿、反内战、反迫害”民主运动，史称“五二〇”运动。至此，反对国民党反动派的第二条战线——爱国民主统一战线全面形成。5月30日，毛泽东为新华社撰写评论文章，高度赞扬国统区人民的英勇斗争：“中国境内已有了两条战线，蒋介石进犯军和人民解放军的战争，这是第一条战线。现在又出现了第二条战线，这就是伟大的正义的学生运动和蒋介石反动政府之间的尖锐斗争”[①]。

在广大爱国民主运动之外，在南京，还有一条隐秘战线，他们的行动如无声处听惊雷，似一把尖刀插入敌人的心脏——他们，就是隐秘战线的情报工作人员。

早在1931年3月，我党著名情报人员，时任徐恩曾秘书的“龙潭三杰”之一的钱壮飞，就曾面对中共中央政治局候补委员、中央特科负责人顾顺章叛变一事，在南京上演谍报风云，连夜向党中央报警，并于4月26日机智地“虎口脱险”，在土地革命战争时期为保护中共中央、

① 引自毛泽东“蒋介石政府已处在全民的包围中”，出自《毛泽东选集（第四卷）》

江苏省委和共产国际远东局机关的安全做出重大贡献。

1940 年 3 月，出于抗日战争和革命斗争的需要，中共中央成立中共中央社会部上海情报站南京情报组。工作地点在太平南路小火瓦巷长治里 1 号（今小火瓦巷 79 号）。从 1938 年到 1945 年，先后有十几名共产党员、二十余名党领导下的党外情报人员奔波于隐秘战线，其中包括日籍中国共产党党员西里龙夫、汪精卫秘书汪锦元、中联社首席记者陈一峰等，他们以赤胆忠魂奋斗于党的地下情报工作，为抗日战争的胜利做出了不可磨灭的贡献。

1948 年济南战役胜利后，国内战争形式进入新转折，中共中央上海局与南京市委书记陈修良要求南京市委做好迎接渡江作战的各项准备，尤其是加强情报策反工作。中共南京市委党史工作办公室、南京市档案馆的《南京调查资料校注》即是当年情报工作的成果。此书将国民党反动政府的党、政、军各级单位及人员情报整理得一清二楚，内容详细到某人"谈到国民党，常摇头叹息，认为已经绝望"；或某人"常驶上小吉普车上菜馆"①。在掌握大量翔实敌人资料的基础上，我党情报系统先后策反国民党空军八大队驾机起义、"重庆号"巡洋舰起义等，震动中外。特别是对国民党军第九十七师的策反更是显出了几分黑色幽默——第九十七师是保卫南京的警卫师，所辖第三团分别承担保卫蒋介石、陈诚、顾祝同等国民党政要安全的任务，可是就连这样一支"御林军"，也在 1949 年 3 月被我党成功策反了。

1949 年春，以蒋介石为首的国民党反动政府在政治上众叛亲离，

① 引自中共南京市委党史工作办公室、南京市档案馆《南京调查资料校注》

经济上危机频发，军事上全面溃败，面对难以挽回的全面崩溃，反动当局陷入了穷途的疯狂。4 月 1 日，面对上街游行请愿的南京 10 所大专院校近六千余名进步青年，反动政府暴力镇压，制造了黎明前的“四一”惨案，感知着即将到来、却也许终在彼岸的黎明，南京党组织和爱国进步人士并未退缩，他们选择了战斗到最后一刻。无论是“燕子矶头化作江花”的刘亚生，“四一”惨案中倒下的陈祝三、程履绎、成贻宾和广大爱国师生，或是先后三次被捕、始终坚贞不屈的卢志英，他们倒在了黎明的前夜，以鲜血铸就了赤色的新中国。

1949 年 4 月 23 日傍晚，驻扎于浦口车站的第三野战军第三十五军一〇三师侦察部队越过敌人的封锁，在暮色中飞渡长江。他们摸索着找到了下关发电所，向护厂工人亮明身份。

人民解放军来了！

护厂工人喜出望外，当即抬出了藏于所内的“京电”号小火轮，又将隐蔽在新街口发电所的水手们接回厂，发动小火轮向江北开去。在南岸下关码头水手、船工的集体帮助下，这一夜，茫茫江面上出现了数不清的船只。到英雄的人民解放军一列列通过挹江门，走过“四一”惨案中负伤师生养伤的鼓楼医院，途径市中心新街口广场，最终占领总统府、登上蒋介石办公的“子超楼”时，一轮金灿灿的红日，已经升至南京城的上空。

1949 年 4 月 24 日，人民解放军占领南京。

在邓小平、刘伯承、陈毅、粟裕、谭震林组成的渡江战役总前委的领导下，延续一月的三路渡江、激战江浦、守敌大溃、浦口飞渡，终以在4月24日，第三十五军一〇四师三一二团第三营营长管玉泉插上总统府的一面红旗，宣告了这场势如破竹的战役的结束。而随军摄影记者邹建东拍摄的《红旗插上总统府》，为后人永远定格了这胜利的一刻。

这一瞬间，令人不由得想起多年以前，那个第一次提灯照亮中国革命前进之路的人曾说过的一句话："试看未来之环球，必是赤旗的世界"。

忽报人间曾伏虎，泪飞顿作倾盆雨。

南京进入了新纪元。

跨过漫长的一百年，南京见证了中国近代史的百年沧桑，终在中国共产党的领导下，在各阶层人民的共同见证下，南京在风雨中迎来了新的篇章。这是崭新的一百年，承载着历史的厚重与守望，必将是辉煌的前路，是盛世的新篇。

而不知不觉间，已是笔下洒沓十万言。去岁八月动笔时，曾以南朝谢玄晖的一首诗为卷首，那么，今日也谨以一首诗为本篇作结。这首诗，非伟大领袖毛主席的《人民解放军占领南京》莫属——

钟山风雨起苍黄，百万雄师过大江。

虎踞龙盘今胜昔，天翻地覆慨而慷。

宜将剩勇追穷寇，不可沽名学霸王。

天若有情天亦老，人间正道是沧桑。

南京历代正式名号

朝代	名称	备注
战国	金陵邑	周显王三十三年（前333），楚威王于石头山筑金陵邑，开创南京城区设置行政管理机构之先河。
秦	秣陵县	始皇帝三十六年（前221），废楚金陵邑，置秣陵县。另置丹阳县、江乘县、溧阳县。
汉	秣陵县	县级侯国。
	建业县	建安十七年（212），改秣陵县为建业县。
	石头城	建安十七年（212），孙权“城楚金陵邑地，号石头”。
	扬州	东汉末年，南京始为扬州刺史治所（唐武德年间治所移为江都）。
三国	丹阳郡	魏黄初二年（221），吴移郡治于建业（唐天宝年间移为京口）。
三国（吴）	建业（国都）	吴黄龙元年(229)定都建业，为南京建都之始。
西晋	秣陵县	太康元年（280），改建业为秣陵。
	临江县；江宁县	太康元年（280），析秣陵置临江县。太康二年（281），改临江为江宁。
	建邺县	太康三年（282），分秣陵县为二。秦淮河北为建邺县，河南为秣陵县。
	建康县	建兴元年（313），为避愍帝司马邺讳，改建邺为建康。
东晋	建康（国都）	建武元年（317），琅琊王司马睿于建康重建晋朝，史称东晋。

（续表）

朝代	名称	备注
南朝	建康（国都）	东晋亡后，南朝宋（420—479）、齐（479—502）、梁（502—557）、陈（557—589）四朝相继以建康为都城。南朝时期，南京主城地区也沿用过金城、江宁、白门、白下等名称。
隋	蒋州	开皇九年（589），隋灭南陈，毁建康，于石头城置蒋州。
	丹阳郡	大业三年（607），改蒋州置丹阳郡。
唐	丹阳郡	隶属东南道行台管辖。
	扬州	武德三年（620），以丹阳郡改为扬州。
	蒋州	武德七年（624），以扬州改，次年复为扬州。
	江宁郡	至德二载（757），以江宁县置郡。
	昇州	乾元元年（758），改郡置昇州。
	归化县	武德三年（620），以江宁县改为归化县。
	金陵县	武德八年（625），复扬州，改归化县为金陵县。
	白下县	武德九年（626），改金陵县为白下县。
	江宁县	贞观七年（633），改白下县为归化县。贞观九年（635），改归化县为江宁县。
	上元县	上元二年（761），改江宁县委上元县，属润州。
五代（杨吴）	昇州	杨吴占金陵，仍为州。
	金陵府	杨吴武义二年（920），改昇州大都督为金陵府。
	西都	杨吴天祚二年（936），以金陵为西都，广陵为东都。
	江宁府	杨吴天祚三年（937），以金陵府为江宁府。
五代（南唐）	金陵（国都）	昇元元年（937），徐知诰（李昪）代杨吴，以江宁府为都。

（续表）

朝代	名称	备注
北宋	昇州	开宝九年（976）改江宁府，置昇州，为江南东路治所。
	江宁府	天禧二年（1018），改昇州为江宁府，封寿春郡王赵祯为昇王。
南宋	建康府	建炎三年（1129），高宗改江宁府为建康府，仍为江南东路治所。 南宋时，建康也被称为陪都、留都。
元	建康府	元占建康，仍为府。
	建康路	至元十四年（1277），改府为路，属江浙行省。
	集庆路	天历二年（1329），改名集庆路。
	应天府	至正十五年（1356），朱元璋改集庆路为应天府。
明	南京（国都）	洪武元年（1368）朱元璋定都南京。以金陵、大梁为南、北两京，改应天为南京。
	京师	洪武十一年（1378）罢大梁北京之称，升南京为京师。永乐十九年（1421）都城北迁，复称南京。以南京为南直隶。
	南都	正统年间，以应天为南都。
清	江宁府	顺治二年（1645），改应天府为江宁府，属江南省。
	江宁道	宣统二年（1910）置。
太平天国	天京（国都）	1853年3月19日太平军攻克江宁府城，改江宁府为天京。太平天国时期，天京又称天都、天城。

（续表）

朝代	名称	备注
中华民国	南京（国都）	民国元年（1912）1月1日，中华民国临时政府定都江宁，改江宁为南京。
	南京府	民国元年4月1日，孙中山辞去临时大总统职，袁世凯迁都北京。以南京为南京府，将上元、江宁两县并入南京府。
	江宁县	民国二年（1913）撤南京府，置江宁县。
中华民国	金陵道	民国三年(1914),袁世凯设金陵道,下辖江宁、句容、溧水、高淳、江浦、六合等11县。
	南京（首都）	民国十六年（1927）4月，蒋介石国民政府定都江宁，改江宁为南京。
	南京市	民国十六年（1927）6月，改南京市为南京特别市。后陆续使用首都特别市、京市等称呼。
中华人民共和国	南京直辖市	1949年4月23日南京解放，为市级建制。1950年为中央直辖市，由华东军政委员会领导。
	南京市	1952年12月改为省辖市，为江苏省省会。

注：本表引自卢海鸣《南京历代名号》南京出版社2018版第176页“南京历代正式名号一览表”，部分细节参考谭其骧《中国历史地图集》。

参考文献

文　献

[1]（南朝）刘义庆.《世说新语》.

[2]（宋）周应合.《景定建康志》.

[3]（明）礼部纂修.《洪武京城图志》.

[4]（明）朱棣.《永乐大典》（序）.

[5]（明）陈沂.《金陵古今图考》.

[6]（明）顾起元.《客座赘语》.

[7]（清）陈作霖，陈诒绂.《金陵琐志九种》.

[8]（清）顾炎武《建康古今记》

[9]（清）甘熙，谢元福.《灵谷禅林志》

[10]（清）甘熙.《白下琐言》.

[11]（清）袁枚.《随园诗话》.

[12]（清）孙文川，陈作霖.《南朝佛寺志》.

[13]（民国）胡祥翰.《金陵胜迹志》.

［14］（民国）张惠衣 .《金陵大报恩寺塔志》.
［15］（民国）国都设计技术专员办事处 .《首都计划》.

书 籍

郭预衡（编）.《中国古代文学史》. 上海：上海古籍出版社，1998.
朱东润（编）. 中国历代文学作品选 . 上海：上海古籍出版社，2002.
蒋赞初 .《南京史话》. 南京：南京出版社 .1995.
叶皓 .《重读南京》. 南京 : 南京出版社，2011.
成林，程章灿（编）.《南京历代经典散文》. 南京：南京出版社，2017.
冯亦同（编著）.《南京历代经典诗词》. 南京：南京出版社，2016.
卢海鸣 .《南京历代名号》. 南京：南京出版社，2018.
叶兆言 .《南京人・续》. 南京：南京大学出版社，2011.
张鸿声 .《南京文学地图》. 北京：北京大学出版社，2021.
田飞，李果 .《寻城记・南京》. 北京：商务印书馆 .2012.
季羡林 .《佛教十五题》. 北京：中华书局，2007.
王振复 .《汉魏两晋南北朝佛教美学史》. 北京 : 北京大学出版社，2018.
李国荣 .《帝王与佛教》. 北京 : 人民出版社，2018.
魏道儒 .《佛教史话》. 北京：社会科学文献出版社，2011.
《文史知识》编辑部 .《佛教与中国文化》. 北京：中华书局，1988.
任继愈 .《魏晋南北朝佛教经学》. 北京 : 国家图书馆出版社，2013.
林语堂 .《苏东坡传》. 长沙：湖南文艺出版社，2018.
梁启超 .《王安石传》. 长春：吉林人民出版社，2017.
当年明月 .《明朝那些事儿》. 北京：北京联合出版社，2020.
宋黎明 .《神父的新装 : 利玛窦在中国》. 南京 : 南京大学出版社，2011.
胡适 .《胡适红楼梦研究论述全编》，上海：上海古籍出版社，2013.
张爱玲《红楼梦魇》，北京：北京十月文艺出版社，2012.
冯其庸《敝帚集——冯其庸论红楼梦》，北京：文化艺术出版社，2005.

罗尔纲 .《太平天国史》. 北京：中华书局，1991.
盛巽昌 .《实说太平天国》. 上海：上海书店出版社，2017.
盛巽昌 .《李秀成大传》. 上海：上海书店出版社，2017.
蒋廷黻 .《中国近代史》. 南京：江苏人民出版社，2017.
梅毅 .《帝国殃咎 : 太平天国真史》. 深圳 : 海天出版社，2012.
唐德刚 .《从晚清到民国》. 北京：中国文史出版社，2019.
钱穆《中国历代政治得失》. 北京：三联书店，2001.
林语堂 .《吾国与吾民》. 南京：江苏文艺出版社，2010.
刘晓宁 .《总统府史话》. 南京：南京出版社，2016.
中共南京市委党史工作办公室（编）.《南京党史一百年（1921—2021）》. 北京：中共党史出版社 . 南京：南京出版社，2021.
中共南京市委组织部，中共南京市委党史办，中共南京市委党校 .《初心与使命——党员干部南京党史读本》. 南京：南京出版社，2019.
郭沫若 .《南京印象》. 上海：群益出版社，1946.
毛泽东 .《毛泽东选集》. 北京：线装书局 .1998
中共南京市委党史工作办公室，南京市档案馆 .《南京调查资料校注》. 南京：南京出版社，2019.
张宪文（著），南京市地方志编纂委员会办公室（编）.《渡江和解放南京》. 南京：南京出版社，2021.
中共南京市委组织部，中共南京市委党史办 .《南京红色印记（1921—1949）》. 南京：南京出版社，2019.
[德] 赫达・哈默尔（摄影）[德] 阿尔弗雷德・霍夫曼（撰文）; 印芝虹（译）.《南京》. 南京 : 南京出版社，2015.
[英] 崔瑞德，[英] 鲁惟一（编）；杨品泉（译）.《剑桥中国秦汉史》. 北京：中国社会科学出版社，1992.
[美] 哈金（著），汤秋妍（译）.《通天之路：李白传》. 北京：十月文艺出版社，2020.
[美] 夏伯嘉（著），向红艳，李春园（译）.《利马窦——紫禁城里的耶稣会士》. 上

海：上海古籍出版社，2012.
[美]裴士锋（著），黄中宪（译）.《天国之秋》. 北京：社会科学文献出版社，2014.

期刊论文

[1] 陈韶龄.《中西交融的南京近代建筑》.《寻根》，2006（2）
[2] 王明德.《论南京在近代中国社会变迁中的作用与影响》.《江苏社会科学》，2005（2）
[3] 李砾.《传神的图式——顾恺之对绘画史的创造》.《天津美术学院学报》，2006（2）
[4] 韦桂来.《浅析魏晋南北朝山水画论在中国绘画史上的价值》.《时代文学（理论学术版）》，2007（5）
[5] 刘承华.《探寻历史上的金陵琴派》·《乐府新声（沈阳音乐学院学报）》，2008（2）
[6] 陈池瑜.《中国艺术史学的发展历程及基本特征》.《艺术百家》，2009（5）
[7] 方闻.《传顾恺之 < 女史箴图 > 与中国古代艺术史》.《文物》，2003（2）
[8] 李新峰.《明朝建国前的“应天府”与“建康”》.《明史研究（第十一辑）》.2010
[9] 韩光辉.《元代中国的建制城市》·《地理学报》，1995（4）
[10] 李辉.《论南宋金陵怀古词的四个时期》.《西南农业大学学报（社会科学版）》，2011（6）
[11] 王志清·《李白与“金陵怀古”的集体无意识》·《南京师范大学文学院学报》，2011（3）
[12] 林稚晖.《宋代诗词中的“金陵怀古”主题初探》·《五邑大学学报（社会科学版）》，2012（2）
[13] 沈学玕.《唐宋诗词中的金陵怀古情结》.《南京邮电大学学报（社会科学版）》，2011（2）
[14] 李之灏.《唐诗中的金陵》.《源流》，2002（1）

[15] 刘明杉 .《试论明后期科举对南京文人生活的影响——以 < 南都繁会图 > 为例》. 第十六届明史国际学术研讨会暨建文帝国际学术研讨会论文集，2015

[16] 徐泓 .《明南京国子监的校园规划》. 第七届明史国际学术讨论会论文集，1999

学位论文

[1] 冯琳 .《南京民国建筑艺术研究》，西安美术学院博士论文

[2] 孟云飞 .《两晋书法研究》，首都师范大学博士论文

[3] 权伟 .《明初南京山水形势与城市互动关系研究》，陕西师范大学硕士论文

[4] 贺仪 .《魏晋六朝围棋与文学》，上海师范大学硕士论文

[5] 刘真真 .《魏晋六朝琴文学》，厦门大学硕士论文

[6] 周永华 .《明代南京大报恩寺复原研究》，南京工业大学硕士论文

跋

女儿的这本书，我是第一个读者。说实话，最初我是有点不太确定这本书会有什么样的结局的。想着为了鼓励她，我就先做认真阅读状吧，后来却越看越有兴趣，甚至开始“催更”。每个章节我都认认真真读，并且提出意见和建议，她也会认真修改。成书之后，就要付诸印刷了，她说：您不考虑为我的书写点什么吗？我当然高兴，然而从何写起呢？

一

李思和古城一直有着不解之缘。

我们家的祖籍在河南安阳，淇水汤汤，那里曾是殷商古都朝歌。她的大学就读于河南大学，位于开封，那里曾是东京梦华的古都汴梁。李思从小就喜欢看书，但少年时的她喜爱的是西方古典名著，对中国传统文化和历史的喜爱，却是从河南大学的四年本科开始的。

她曾不止一次地说过，河南大学教授古代文学的几位老师对她的影响很深，其中尤以教授先秦文学的王珏老师和教授三国魏晋南北朝及隋唐文学的彭广明老师为最深刻。在王老师那里，她第一次知道了十五国风，知道了楚辞九章，知道了先秦文学的雄奇奔放和沉郁悲凉；在彭老师那里，她第一次知道了三曹七子正始之音，知道了魏晋风骨，知道了盛唐气象。当时的教材是郭预衡先生的《中国古代文学史》和上海古籍出版社的《中国古代文学作品选》，她视若珍宝，毕业后仍然走到哪里带到哪里。如今二十年过去，彭师久别未见，王师更已作古，时感深恩负尽，唯有这两套书，仍然放在她家书柜最显眼的位置。

作为父亲，我一样不能免俗地希望孩子能在她喜爱的事业上取得成就，所以自她小时起我就觉得，或许这孩子将来会从事写作，但却不知终究会以何种形态呈现？现在一看，也许这本《帝王州》的诞生，正是缘起于她在河南大学与六朝文化、竹林风骨结下不解之缘的那些日日夜夜。

二

2005 年大学毕业后，李思考入南京师范大学读研，从此正式来到南京读书和生活。但李思和南京的渊源其实不仅于此。

我的父亲毕业于北京地质学院（即现在的中国地质大学）后，辗转祖国的大西北长期从事地质勘探工作，后因人才引进举家迁居南京。正因如此，从李思小的时候，她就有很多个新年是在南京过的。浦口火车站，南京长江大桥，中山陵、梅花山……都成为儿时的记忆。小学时她还曾写过一篇《南京长江大桥》的散文向报社投稿，当时我骑着自行车带她去桥上观察了好几次。长长的引桥蜿蜒，桥头堡上高耸的工农兵塑像，江面上跳跃的阳光，这不仅是李思的童年记忆，也是跨越了时光的一代人的记忆。

南京是一个充满了人文气息的城市，也是一个宜居的城市。它有着厚重的历史文化，正因如此，当有一天李思问我，如果她写一本从古到今关于南京历史文化的书，请我看看这个选题怎么样，我几乎是毫不犹豫就说："我看行。"

三

《帝王州》的选题究其因果属于必然，但决定的动机又非常偶然。缘起是有一天她看了一部纪录片《河西走廊》。

《河西走廊》是一部区域历史文化纪录片，以时间为脉络，选取某一区域在某个历史阶段内的"亮点事件"徐徐展开，既见微知著又大气恢宏，文案配乐画面无一不精。据李思说她是受到身边多个朋友的推荐才去看的，而几乎所有的朋友看过这部纪录片后都萌生了"去甘肃走一趟"的冲动，更有一位在中国政法大学研究法理学的友人在实地走访后，萌生了研究边疆治理的想法并付诸实施。

而李思也是在去西北转了一圈后思考了很久，才提出了一个问题：

《河西走廊》模式，南京可不可以？我们的结论是一致的：南京当然可以，而且可以更好。但凡事不必想得过于长远，先从手边能做到的那一步做起，对她而言就是马上抬起腿，拿起笔，动起手。

《帝王州：千载沧桑话南京》从2022年8月确定选题，到2023年3月完成历时八个月，李思听了我的劝告，给自己定了个计划，以一周一章的频率，每周末写出手稿，再一边打字一边修改。每周写作的时候，她就单纯地着眼于当下的那个章节，在南京博物院、六朝博物馆、金陵图书馆查阅相关资料，有时还会利用休息时间实地查看历史古迹。在这个过程中她发现南京出版社出版了许多与南京相关的书籍，并且说起过好多次。最后她的书也能在南京出版社出版，我们都有掩饰不住的喜悦。

四

李思的《帝王州》，写的是城市，却自始至终得益于人。她写的城市是个温情的、有人文气息的城市，她身边的人，是温情的、有人文气息的人。

比如那位始终支持鼓励她创作的、研究法理学的友人董静姝，比如读了《帝王州》后为她诚心引荐专家的朱兆华先生，比如为此书的出版仗义相助的邹雷先生，比如为《帝王州》考据及精校付出心血的编辑和专家们……这些都是人的温情。她这样说过：我是一个平凡人，人生的经历、史识的储备、写作的水平都很有限，但却有许多人萍水相逢仗义相助，我何德何能有此幸运？作为父亲我想，这个孩子的天资虽然平平，但她却有一种单纯和真诚的理想主义在其中，这或许就是她能够获得“幸运”的原因吧。

最后，仅以《帝王州》中我比较喜欢的一段话，为这篇后记作结：

“相较于屹立于时间长河中璀璨瞩目的英雄，芸芸众生不过是沧海中的一朵朵细浪，来不及留下曾经存在的痕迹，但却并未放弃捕捉思想的闪光。正是这些不知名却不妥协的灵魂，凝结成创造和改写历史的基本力量，这种力量跨越时间的长河，化作南京城的一砖一石、一草一木，化作这座城市最初和最后的人文记忆。”

李明江于 2023 年 7 月

后 记

人间四月，草长莺飞，正是读史好时节。

读史，不外乎读人。那一年的夜半虚前席，榻上从容对；那一年的凤凰忆旧游，夜色凉如水；那一年的半山听雨路，离宫转夕晖；那一年的暮霭龙江关，十里绕秦淮。千百年云烟过眼，钩沉于历史长河的深处，我回望着南京这座古城，忽觉此生相逢有幸。

此作始于去岁七月，偶然观之的一部纪录片《河西走廊》。看似风马牛不相及，却为我开一窗：何不为我寓居十年的南京写些什么？前人之述已是备极精要，我或可不必太过艰深，就比照《河西走廊》架构，从历史的深处娓娓道来，一桩一件，也不失为一大乐事。毕竟之于世人熟知的“六朝金粉”“十里秦淮”与惨痛的近代磨难外，之于南京，亦有古往今来不灭的报国之志、故土之叹、士人之风与怀古之思，这些南京的人文记忆，历经时间长河的淘洗，仍熠熠生辉。遂就此动笔，至今半岁有余矣，写作有苦有乐，总体而言，其乐甚多，难以言喻。

文中涉及古代文学的篇章，多参考郭预衡先生《中国古代文学史》。此为我大学时教材，十数载又重读，仍觉字字珠玑，慨叹于先生学识之广博。叶皓老师《重读南京》亦对本文的整体架构有影响。此外各篇章亦针对细节，多有引用参研，皆列于文末。特别值得一提的是，知乎网友“软件园的大肥猫”所作“关于南京的一些历史和名人”和知乎网友“艺术观察员”在“为什么说‘中国近代史始于南京，终于南京’”下的回答，对于本文、特别是近代史部分的整体架构多有参考意义。

历史长河渊远广博，南京置身于其中，以一身道尽六朝兴亡事，又前后跨越近代史百年风云，这样的城市，岂是三言两语能够说清。此文兴之所至，虽怀一腔热血而为之，亦难免浅薄粗陋之弊。诸君明眼，可付之一笑。回首成文八个月间，家人鼎力支持，挚友殷切鼓励，感激之情，难以尽述。唯愿安得寂寞，且尽人事，不负亲恩，不负师友之托。

寂寂寥寥扬子居，年年岁岁一床书。

唯有南山桂花发，飞来飞去袭人裾。

写于壬寅年清明前。